信東學院大事記

宣傳工作背後的故事

曲丁——著

序言一

編輯整理　　曲丁

　　林某是我大學同學，我們同在信東學院政文系（現政法系）讀過書。他畢業後留校工作，當過宣傳科幹事，後來任科長，也兼任教學工作。上學期間我們接觸挺多的，每週都能聊幾次，知道他喜歡讀書，也經常寫作。

　　我畢業後到中學教書，考了心理諮詢師證書和教師資格證，再後來讀完研究生，又回到了學院工作，和他關係密切起來。

　　去年他在本地某個論壇發了不少內容，內容很荒誕，還發了連結來給我看。我那時才知道林某不知何時得了精神病，也可能是癔症或者焦慮症什麼的。他媳婦說，他在單位還沒什麼，回到家偶爾會皺起眉頭自言自語，有時候咬牙切齒，有時候又會搖頭歎氣，在窗前一站一晚上。後來家人送他去精神病院看了幾次病，也找了心理諮詢專家，還吃了一些藥，已經有好轉。

　　我費了很大力氣，把他發到網上的內容編輯了一下，發現和他在宣傳科從事的工作有關聯，小部分內容是編寫

學校校史或者大事記的內容，大部分內容看上去是日記或者工作筆記，其實是病人的臆想或者的回憶。這些內容雖然顛三倒四，卻能湊成幾個完整故事，足以證明趙某的精神病是屬於陣髮型的。

此外，網上對他發佈的內容也有些評論，我也摘了一些放在了裡面。

我和他還有他家裡人商量了一下，覺得這些故事可以發表出來，作為心理學家瞭解精神病人的一個視窗。

他願為心理學和精神病學作貢獻，但說過：「一定要用化名，因為曾夢見有瘋子胡說八道，被人潑糞，或者掛在電線杆上，沿著信東大街掛了七百多個。」他說這話時候地眼神特別不正常，我覺得他作為精神病人，發病期間的胡言亂語也有可能會在無意中影響到別人的工作和生活，就姑且聽他的，都用化名吧。

那就叫他林平吧。我在裡面也用了化名。

這裡面除了標題，其他內容都是精神病人發病期間的胡言亂語，和現實沒有一絲一毫的聯繫。萬勿對號入座。

曲丁

序言二

林某

　　兩千五百年前，孔子周遊列國時，曾路過信東市城東的西河鄉高臺村，在那裡講過學。據說這個地方就是信東市乃至整個河東省教育開始的地方。但我總感覺這個地方鬼氣森森的。去年，學校以此為始，要慶祝建校兩千五百周年。

　　當時，學院召開黨委會，研究了校慶事宜。宣傳部的任務很多，安排給我的工作是寫學校的《十年大事記》，先寫的是二〇一九至二〇二〇學年。

　　我搜集了幾萬字的材料，還與有關二級系部、科室的負責人、教師進行了訪談。但編寫到中途，遇到他們的無理阻撓，說我患了精神疾病。我寫的都是事實，每一件事都有出處，每一個人都能查證。

　　雖然我常作夢，有時候夢見西夏的貓牛城，有時候夢見唐朝的益津關，還夢見過湛藍和灰黃色交錯的撒馬爾罕，但夢見最多的是一隻銜著火把的獵犬，那火把熊熊燃燒，極近又極遠，就像是西晉時期武庫燃著的一場大火，

又像是第歐根尼手裡的燈籠，但那些都是我的私事，和工作無關。

曲丁說，我把寫的一些東西發在網上了，還發給他了。他撒謊，這都是他幹的。他整理了一下，說打算發表出去，為精神科大夫和心理學家提供一些案例。我不同意，他造謠撒謊包藏禍心，他篡改我寫的內容，他想害我。

林平

目錄

大事記

（2019 年 7 月—2020 年 6 月）

第一章

7 月 25 日，我校上報就業品質報告，因工作措施得力，就業率再創歷史新高，得到教育廳、人力資源與社會保障廳表彰。

第二章

8 月 15 日，我校積極組織師生參加社區人大代表換屆選舉，得到上級肯定，獲得先進單位稱號。

第三章

9 月 23 日，黨委召開「不忘初心、牢記使命」主題教育推進會，宣讀並下發《「不忘初心、牢記使命」主題教育實施方案》，開展主題教育。

第四章

10 月 15 日，我校制定精神文明創建實施方案，開展精神文明創建活動。

第五章

10 月 23 日，我院舉辦創新創業項目遴選會。

第六章

11 月 18 日，我校組織全體學生參加主題團課活動。活動主題：「正確認識香港局勢　堅定『一國兩制』信心」。

第七章

12 月 28 日，我校獲得「省級文明單位」稱號。

12 月 30 日，我院召開會議，學習信東市依法治國會議精神。

第八章

1 月 9 日，學院領導幹部換屆。

第九章

1 月 4 日，學院召開校長辦公會，研究並審議了《學院職稱聘任實施方案》。1 月 28 日，我院職稱聘任結果及公示。

第十章

2 月 2 日，信東學院黨委與西河縣黨委開展黨支部共建系列活動。

第十一章

2 月 28 日，信東學院教職工參加東川省對口支援武漢物資調配和醫療隊。

第十二章

3 月 20 日，我院開展教育教學改革，開發網路課程。

第十三章

3 月 27 日，學院召開會議，調整領導班子分工。
3 月 30 日，學院舉辦藝術高考專業考試。

第十四章

4 月 12 日，召開二○二○年社科課題申報會
4 月 14 日，召開黨委會，對科級幹部進行調整。

第十五章

5 月 30 日，學院舉辦「孔頌」詩歌節。

7 月 25 日，我校上報就業品質報告，因工作措施得力，就業率再創歷史新高，得到教育廳、人力資源與社會保障廳表彰。

關鍵字：畢業生　就業證明　威脅　小狗

第一章　就業工作

　　信東學院辦公樓對面，一排柳樹堆起一團團濃黑色的綠，清早就有蟬鳴傳出來，悶聲悶氣的。柳樹後是個廣場，早上七點多，廣場三三兩兩地學生，有的是在晨讀，有的是在談戀愛，還有的，是借晨讀的名義談戀愛。

　　據說，從前這個地方當過屠場。信東市一馬平川，都是平原，學院這塊地方連個土坡也沒有，卻稱為五龍山。早些年的夏天，有人在操場見過鬼火，草叢裡，飄飄悠悠的綠色和白色。對面就是辦公樓，每天與廣場對視。

　　這季節，熱得太早。林平從車裡出來，走了二十多米，身上就開始冒汗。心裡盤算著昨天的通知，就業工作完成不好，就是班主任工作不利，工作不利就會取消評職

稱的資格。想到這兒，早上吃進去的那幾塊蔥油餅好像開始重新堅硬起來，喝下去的仿佛不是豆漿，而是鹽酸，把他的腸胃燒得千瘡百孔。

他略皺了皺眉頭，捏著份文件，走進辦公樓。二十年前，他大學畢業，來學院報到的時候，第一次踏進這座樓。當時他滿懷激動，雄心勃勃，要改變教育。上課上班，至少每天上下午各一次，一年二百多天，到今天進出此樓大約有八千次了。現在他走進來，只覺頸椎腰椎和肩膀都硬硬的，像是鏽住了。

這座辦公樓坐南朝北，建於八〇年代，當時或許是米黃色，現在只顯出滄桑的灰黃，一些淋漓的鳥屎，給牆體上添了些白斑。樓的樣式和當時的建築都差不多，中間是七層高的主樓，主樓兩旁是五層東西走向的側樓，側樓頭上各向北伸出兩座配樓。站在辦公樓前，前方和左右都是方方正正的樓，很有些壓迫感。

信東學院建於一九九〇年，開始叫信東師專。二〇〇〇年六月，國家推進教育改革，合併了東邊的農業學校、貿易專科，率先改為學院。目前主校區在這城市南郊，占地四千畝，東西長，南北窄，東半部是運動場和學生生活區，西邊是教學區。學院北邊是醫院，南邊是麥田，往西過了馬路，還有一片家屬樓。這幾千畝校園的重要部門都

在這辦公樓裡。一樓是學團、學籍和招生部門，工作與外界交流比較多；二樓是財務和人事部門，方便教職工辦事；三樓書記院長，四樓是副書記副院長，五樓六樓是宣傳、檔案、資訊等部門。

這辦公樓裡有四十多個部門，二百多行政人員。林平在宣傳部的宣傳科，負責學院新聞審核編輯、輿情監控等。他任職宣傳科副科長，也是學院裡政法系教師。這類人員俗稱「雙肩挑」。他的上級是宣傳部長週一峰，宣傳科沒有正科長，林平主持工作。手下有三個人，小李、小王和小趙。

去年薛青剛調到團委的時候，和林平一起吃涮肉，問他：「你說，學校三十幾個部門，哪個部門最重要？」林平放了些肉到鍋裡，打哈哈說：「誰是最美麗的女人，你不得問問魔鏡？」

看到薛青還等著回答，林平就說：「是你們團委？」薛青一邊往碗裡舀芝麻醬，一邊盯著旁邊服務員窈窕的背影搖了搖頭。

「教務處？」

薛青撇撇嘴，還是搖頭。

「你這讓我有點煮酒論英雄的感覺了哈，莫非是我們大宣傳？」林平笑著說。

薛青的嘴角「嗤」地一聲：「你沒喝酒就醉了。哪個單位最核心的部門都是財務和人事嘛，一個管錢袋子，一個管官帽子，這兩個部門才是最關鍵的，至於教學和學生管理嘛，」他伸了伸小手指。

薛青是團委辦公室副主任。從前他是個挺精幹的小夥子，個子不高，但很勻稱。他工作能力強，處事靈活，幹了幾年組織部工作，請客的人多，體型和臉型都逐漸圓了起來，似乎連眼睛都給擠小了。

他這麼一說，林平才知道薛青從組織人事處幹部科調到團委辦公室，多少有些情緒，就打趣他：「你們團委美女多，男女搭配幹活兒不累，」見他不語，又安慰他說：「都是科級，平調，都差不多嘛。」

薛青蘸足了芝麻醬，送嘴裡一筷子涮肉，很用力地嚼，腮幫子的青筋也鼓起來，咽下一口，恨恨地說：「從前是管幹部，現在是管學生幹部，差不多？差遠了。」對同事發牢騷是職場大忌，但薛青相信林平，他們是十多年的朋友，從二十來歲到四十，兩眼閃爍的夢想像晨星寥落了，鬢角的白髮卻星星點點悄悄出現。相互之間不好說是肝膽相照吧，但互不出賣對方的這點信任是有的。

今天早上，林平手裡捏的檔其實是兩張廢紙——2016年的《意識形態管理辦法》，早就沒用了。隨著形勢趨緊，

16

第二年學院就出臺了更嚴格的管理辦法，任何到校內來做講座、報告的，都要事先把主講人介紹和大綱給宣傳部審批。

2017 年的時候，中文系邀請臺灣散文家張曉風來信東做講座，那老太太慈眉善目，很快答應了要來。中文系去報批的時候正遇到新的管理辦法出臺。宣傳部長週一峰捏著他們的申請，臉上表情像是吃了個酸澀的柳丁，苦著臉看了半晌，歎口氣說：「程式上是我簽字然後副書記批准，不過這個人是臺灣的，要不你們先去副書記那裡提一提？」

見他為難成這個樣子，中文系就知趣地撤回了申請，沒再去打擾副書記。至於後來怎樣，林平就不知道了，反正思想教育三天兩頭來一次，不愁師生沒有收穫。

這類廢舊檔放在副駕駛座前的儲物箱裡，還有一打。對林平來說，這些東西的作用是拿在手裡，遇到領導的時候顯得把工作帶回家，留個勤謹的好印象。有時候林平也懷疑，這有用嗎？但轉念一想：有備無患。

就像前些天，林平無意說起自己買了本小說，部長週一峰就笑他。他趕忙申辯說：「是業餘時間看。」結果週一峰開玩笑似的說：「業餘時間？有空看小說，看來工作量太小。」林平就更不敢多說什麼了，就算手頭沒活兒也在電

腦前忙忙碌碌的，自己私下把這戲稱為「無道具表演」。

爬上五樓，坐到像是開了暖氣一樣的辦公室裡，衣服很快就貼在後背上。接電話、寫材料忙忙碌碌，一上午時間很快就要過去了。

林平抬頭看了一眼對面的掛鐘，十一點五十八，還有兩分鐘就可以去打卡機上刷卡。這幾分鐘格外漫長，前天，通知就是這個時間來的。

當時，林平用滑鼠點了一下螢幕左下角的「開始」功能表，準備關電腦。突然右下角的企鵝閃爍起來。

他皺著眉頭點開企鵝，瞟見班主任群裡通知：「週末帶畢業班的班主任要收學生的就業證明，要保證百分之百。年底列入班主任工作考核。」「百分之百」下面還有一行著重號。

學院有規定，參加職稱評定有幾個基本條件，必須任課，必須當班主任，必須發論文。學院總共有一萬八千多學生，一千余名教師，凡是當老師的，都等著評職稱。職稱一般有四個檔：助教、講師、副教授、教授，晉升難度依次遞增。之所以說一般，是因為教授之上還有各地市的東江學者、嵩山學者、北湖學者等學術稱號，省部級的還有黃山學者、長江學者等稱號，國家級的還有院士。每一級有一級的成就要求，每一級有一級的財政補貼，拿林平

18

瞭解的信東市東江學者來說，每年有市級補貼幾萬元，除此之外尚有一些學術研發基金資助。這類稱號對大部分高校教師來說都是可望不可即的浮雲。

林平在學院裡工作了十幾年，心裡是有個譜的：幹部提拔屬於可遇不可求的事，自己安分工作，有機會時候爭取就好；職稱評聘卻是每個人只要努力就能夠得著的，自己想要兩條腿走路，職務提拔和職稱都要追求，不過在高校裡，被人喊一聲林教授，顯然比林科長要動聽得多。

為評職稱，林平也就不得不當起了「五項全能」：除了完成宣傳科的工作之外，在系裡帶了一個班，當了班主任，加入了教研室，一周要上四節課，閑下來還要寫論文四處投稿。有時候自己也覺得悲催，一天天過得像陀螺一樣，是什麼日子啊！林平就納悶，那些評了教授副教授的領導，他們不開會不出差的日子屈指可數，就有空上課、當班主任、寫論文？不過奇的是，每次職稱評定，他們照樣參加評定，而且名次居前。

林平歎口氣，打開班級的 QQ 群，通知了自己班的學生。學生都在實習，要寄回來，少不得一再地提醒。

週一收到的通知。今天週三，班裡的學生還有三個沒有寄來。陶成、周楠、陳鑫鑫，前兩個是在校期間就個性很強，對學校的安排各種不配合。後一個陳鑫鑫，林平是

知道的，那是個紮著馬尾辮，很俐落的瘦女孩，她怎麼也
沒交？

電話裡傳來「嘟——嘟——嘟」的盲音，他咬咬嘴
唇，掛了電話。今天群裡的通知，除了依然要求「就業率
百分之百」以外，「務必完成」後面還跟著三個紅紅的驚嘆
號，像是三個炸彈。

下午，林平正端詳著通知和三個學生的名字。陳鑫鑫
的電話打過來了，他如此這般說了一遍，她乾脆地答應
了：「好的老師，沒問題。我明天寄給您。我這兩天准備考
研，沒有找工作。」

掛了電話，林平舒了口氣，可這口氣在聯繫陶成時又
提了起來，陶成在電話裡說：「老師，您就甭管我了，我正
從網上倒騰《夢幻西遊》裡的裝備，沒就業，不過請您放
一百個心，我每個月流水小一萬，利潤能有七八成，不
會⋯⋯」

林平皺著眉頭打斷他：「陶成你少給我油嘴滑舌，這個
就業證明必須要有，你抓緊去找個實習工作，把證明給單
位蓋章然後寄給我。」他也知道這兩天他找不到什麼工
作，但總不能明說，你隨便找個地方蓋個章給我。

去年就有個老師非常「直率」，或者說，非常缺心眼地
把這話明說了，還發在 QQ 群裡，轉頭就被學生截屏發在

微博了，鬧出了不小的事端。有的事能做不能說，比如眼下的就業證明。有的事能說不能做，比如說願意為偉大事業奉獻一切。這就叫做潛規則。

　　給周楠打電話前，林平頗猶豫了一陣子：周楠立志要成為國家公務員，正在家裡複習準備公考。這倒沒什麼，其他准備考研的、準備出國的也都找了地方蓋了章寄過來了，儘管不少學生蓋章的單位是同一家小書店，林平也只作不知道。

　　是對周楠性格的瞭解讓林平很犯難。這麼說吧，從前林平見他總在教室裡看書，就在班會上公開表揚了他，號召其他同學向他學習，會後又單獨對他講，希望他讀書學習之餘也積極參與班級和學院的活動。沒想到他翻了翻白眼：「參與活動有什麼意義嗎？隨便來個專家，不管我們愛聽不愛聽，有沒有興趣，都得當人肉背景去捧場……」

　　林平心說，我被抓去聽會報告會捧場的時候比你多多了，領導管你愛聽不愛聽，那有什麼辦法？但還是秉著政治正確的原則，耐心地對他說，多聽講座和報告有助於拓寬視野，增長見識。周楠撇了撇嘴，扭頭就走，當時自己那種心裡灌了水銀的感覺，林平現在都還記得。

　　他定了定神，撥出號碼，盯著手機想策略。

　　嘟-嘟-嘟-嘟-電話無人接聽。

　　他咬咬牙，這小混蛋。他再次打開 QQ，第三次給周楠留了言，給他強調週末前務必要寄回來。他想了想，又添了一句話：「不要影響你及時畢業。」

　　週五上午的通知很客氣，但後面的話讓林平心驚肉跳：「學生就業率關係著下一年度學校的招生計畫和辦學經費，班級學生的就業率會影響班主任的年終考評進而影響職稱評定。請各位老師務必重視。」

　　陶成雖然玩世不恭，但再三再四地催促下，還是給老師幾分面子，找了個網吧蓋了章給寄過來了。林平不滿意地看著信東市飛翔網吧紅彤彤的印章，歎口氣放在了檔案袋裡。

　　只剩下周楠了。電話是依然打不通。

　　蟬的叫聲漸漸高亢，關上窗戶依然塞滿耳朵。氣溫越升越高，科級幹部的辦公室沒有空調，像是個蒸籠。林平覺得頭頂的風扇吹出來的全都是熱氣，自己就是那籠屜裡的小籠包，頭髮上、臉上都濕漉漉的。

　　腦子裡也像是著了火，抬起右手，四根手指在桌子上叮叮咚咚地叩擊著。要是這桌子上有弦的話，自己彈出的怕不是一曲《十面埋伏》，林平恨恨地想。

　　他編了條短信，「請認真面對自己的學業和未來，及時寄發就業證明。」

不一會兒就見 QQ 閃了起來，周楠上線了，或者說結束了隱身：「怎麼著？什麼學業和未來？不交個就業證明學校還能扣發我畢業證？學校時不時就搞一些完全沒意義的東西，我就不交，還能不讓我畢業咋地？！」

隔著螢幕，林平能感覺到他的憤怒，這憤怒也似曾相識。當年自己畢業的時候也很煩學校這一套，但又有什麼辦法，還不是找了個小店蓋了章交上拉倒了。

國家三令五申不允許把就業證明和畢業證掛鉤，可招生計畫、經費都是和就業率掛鉤的，哪個高校就業率不夠，下一年教育廳就縮減高校地招生計畫，哪個學校敢怠慢？

從前老單就發過這樣的牢騷：「學校就是個勞動力工廠，誰考慮人的全面發展誰就是傻缺，辦學好不好就看畢業生能不能賣出去，雇主收不收貨。現在流行學生拿著就業協議，學校發畢業證，一手交錢一手交貨。」

老單本名單自華，其實不老，他性格直率，口無遮攔，人稱單大炮。他和林平年紀相仿，但和林平不同，他高且壯，像頭熊。大炮從前在團委學工處，都說他要提拔，後來卻不知怎的回系裡當了專任教師，教思政課。

話雖這麼說，可學生不能及時就業就扣發畢業證這事，能幹不能說。萬一抓到把柄捅到媒體上可不是鬧著玩

的。

林平想旁敲側擊一下，斟酌了幾句話，在 QQ 上給周楠回了過去：「學校這幾天正在批改實習作業，聽說你做得不太認真啊。如果不及格的話，明年要重修，就真的影響及時畢業了。」

周楠沉默了半晌，發了一句「真卑鄙。」下線了。

窗外的蟬聲高亢到有些歇斯底里，林平緊緊抿著嘴唇，心裡煩得不行，看著周楠不再亮起來的 QQ 頭像，習慣性地又把手指在辦公桌上反復的敲打，篤篤篤的聲音像是驛馬疾馳。

林平本想打個電話給學籍科的許文賓，讓他把周楠家長的電話號碼找一找，發給自己。可轉念一想，又不是一個部門，求人辦事還是親自去一趟的好。

到學籍科，敲開門，屋裡一片清涼世界，同樣是科級幹部，這裡就有空調。見屋裡坐著兩名家長，都沉著臉，而許文賓不知道去哪兒了，料想沒走遠，就出來等他。不一會兒，許文賓來了，望了一眼林平，點點頭打個招呼，滿臉愁苦。

他對那兩名家長做了個請的手勢，說：「領導在三樓三〇一會議室，您兩位上去吧。」然後回頭跟林平努了一下嘴，表示自己也得跟著上去。林平不想再跑一次，就簡要

把事情說了一遍，文賓點點頭，出門時撂下一句：「敏姐，請幫林科長查一下。」

敏姐是個四十來歲的中年女人，她放下手機，一言不發地去查學生檔案。林平打個哈哈：「添麻煩了哈。」

敏姐邊查邊端起茶杯喝了兩口，不情願地說：「不客氣。林科長今天有事？」

林平知道她剛才玩手機，自己跟文賓說的都沒聽進去，就又說了一遍。

敏姐找了半天也沒找到，就有些不耐煩，說，當年入學的電子檔案，可能都存在系裡了，學籍科沒有。

林平心想，系裡的檔案不是學籍科發下去的嗎？都是電子版的，學籍科怎麼沒有？嘴裡卻沒有說什麼，只說，等文賓回來再看看。

閑著也是閑著，林平就問敏姐文賓帶上去的那兩個家長是什麼情況。敏姐說起這個有了精神，放下手機，神神祕祕地說了原委，還低聲囑咐：「別往外說，影響不好。」

原來，那兩名家長的孩子在設計系上學，前幾天午飯後回宿舍的時候邊走邊看手機。宿舍樓前英才路的下水道上午才打開，工人還細心地設置了圍欄和提示，中午下班時候從下水道離開，圍欄留了個缺口，沒留神那學生從缺口走進去，正好跌進下水道裡，小腿骨折，肘關節骨裂，

要辦休學。

　　文賓推門進來，聽見說這事，憤憤不平，「林科長你說，這事能怨學校嗎？前些天住院的時候，說要五十萬，不然要告學校，這不純粹是訛詐嗎？！」

　　王霞探頭進來：「到下午鍛煉時間了。」她是基建科的，也是敏姐的球友。敏姐就麻利地換上雙跑鞋出去了，臨走還感歎：「這就是些刁民，沾上羊毛四兩肉，甩都甩不脫。」

　　等她們出去，林平說：「這麼熱的天，出去跑步，不是瘋了嗎？」

　　文賓瞥了他一眼：「她們打乒乓球，有老幹部活動室的鑰匙，那裡有空調。」

　　林平發出了「嘖嘖」的一聲，說：「都在天底下，一樣是幹革命，硬是不一樣。」轉頭還是讓文賓查檔案，文賓不滿地嘟囔：「這些領導太太安在這裡，啥事幹不了，還正科待遇哩。」林平知道他是對敏姐不滿，裝沒聽到，問他：「學生骨折的事，領導怎麼處理？」

　　「還能怎麼處理，幸好領導找人瞭解了一下，這孩子想考研究生，就勸他考本校的研究生，告訴他會安排專業老師給他輔導，只要英語政治能過線，包錄取。條件是別再胡攪蠻纏要學校賠償了。」

　　林平笑起來：「更別讓他去打官司，學校今年還要參評精神文明單位，和諧穩定是重要指標。可家長同意嗎？」

　　「上午我打電話給他們，他們下午就來了，看來有戲。」

　　「這事不該學團去管嗎？怎麼落到你頭上了？」

　　「是這麼說，不過當時他們去校領導辦公室一鬧騰，領導一聽要辦休學，又正好我們老大周處長去彙報，就安排到學籍科來了。」文賓一邊說，一邊從電腦中調出了林平班裡學生的入學檔案。

　　林平找到了周楠家長的電話，給文賓道謝出來。出了學籍科，走廊上的熱空氣像是棉褲一樣裹在腿上。他深呼吸了幾下，給周楠的家長打了過去。

　　周家父母都是老實巴交的農民，林平說了半天就業證明的重要性，他爸媽只說：「孩子不聽話，老師多擔待，我們趕緊催他寄來。」

　　實在受不了暑氣的薰蒸，林平寫了個安裝空調的申請給了後勤處辦公室。後勤處的老周看了看，擱在一邊說：「學院規定處級幹部才能裝空調，到處都裝的話，不合規定。」

　　「那學籍科和財務科怎麼裝上了？」林平沒好意思說後勤處辦公室也裝著空調，但還是忍不住反駁他。

　　老周自顧自的看手機，斜了他一眼，嘴角還掛上了若有若無的一絲笑：「那是領導特批的，你拿領導簽字來，我今天就打電話叫安裝公司。」

　　週六上午，周楠的就業證明寄到了學校。林平把裝滿就業證明的文件袋交到了就業處，邁出他們辦公室大門的一刻，他覺得渾身都輕鬆了許多。

　　「林老師，」就業處的王老師又叫住他，嚇得他一哆嗦，「麻煩您回來在袋子上簽上班級。」

　　「好嘞，」林平鬆了口氣轉身回去了。

　　辦成了這件事，他心情很好，打電話給媳婦胡玉。胡玉說要帶孩子回娘家吃飯。轉頭又看到隔壁團委辦公室薛青也出來了，就喊他一起去學院北邊吃羊肉。

　　北邊那家叫老趙羊肉，肉不膻氣，肥瘦正好，料也下得足。大熱天開起空調吃鹵羊肉，美得很。

　　「哥們兒，我讓狗咬了，不能喝酒。」

　　「喲？那你不把狗給燉嘍？」

　　「實在是不能喝，還是回家吧」。

　　「那就回家。」

　　薛青不是不想燉那狗，是副院長李達義家養的，不敢。為什麼把他從組織人事處調出來？他心裡清楚，自己身後沒人。副科長孫穎有背景，薛青不走她沒有發展空

間。處長關明總是一副撲克臉，可見了她總是眉開眼笑。薛青有天還對林平嘀咕：「大老爺們反正沒大姑娘小媳婦順眼。」何況這小媳婦常穿深「V」領襯衫。

前幾天聽說李達義搬新居，薛青沒跟別人說，悄悄去了。副院長也是黨委委員，雖然排名在書記、院長、副書記等幾位領導後邊，萬一有朝一日能給在黨委會上說句話，也算是條路。

李達義請了搬家公司，大部分都搬走了。薛青去的時候正好有沒捎走的一個盆景，他順手放在後座上給送去。那盆景有一米來寬，七八十公分高，白沙底子，上面是些怪石，滿重的。

薛青把這盆景抱在自己的肚子上，小心翼翼地放到李校長客廳的條几上。正巧李家的小狗過來湊熱鬧，他撫弄了一下那小狗的頭，側臉對李院長說：「這狗真可愛，是京巴嗎？」

沒想到李院長還沒答話，那小狗忽然張嘴在他中指上叼了一口，咬得並不厲害，但手指肚也沁出了點血。李院長看了光罵了句該死的狗，連踢一腳都沒捨得，招手讓老婆給他包紮，薛青趕緊擺擺手說沒事。

出門薛青就把車開到社區門診，打了一針疫苗。心想：今天幹的這是啥傻缺事。

日頭正高，空氣裡彌漫著些灰塵，像是焦枯的大地冒出煙來。

夢記（每章最後記錄了林某的一些夢，下面各章同）：
八角飛簷的小亭子裡，青石桌上一碗胖師傅紅燒牛肉飯，閃著油光，香噴噴冒著熱氣，牛肉是薄薄的一層，下面的米飯有些硬心。會稽山下的遊客撐著傘，湖邊雨霧綿綿。

網友評論：
阿 P 頓 272：我們頌州學院的班主任能幹多了。根本沒有麻煩我們同學，班主任給我們蓋完了章，都就業了。好久之後，我們才知道。
zhouFangxi：樓上的，敢不敢說說你的名字？
匿名使用者：作者我認識，他是個精神病，內容都是臆想出來的。

8 月 15 日，我校積極組織師生參加社區人大代表換屆選舉，得到上級肯定，獲得先進單位稱號。

關鍵字：培訓　投票　微信號　環保

第二章　換屆選舉

前些天剛剛出伏，校園裡的喬木灌木都還茂盛，只是那綠意有了些消沉，葉子邊上開始乾燥、發黃，不像是夏天，總是濕漉漉的，濃得化不開。

學院的龍澤湖波光粼粼，邊上有些綠色的浮萍。這「龍澤」的名字，據說是當時的學院領導題的，意為「高山大澤，蛟龍生焉」。這麼多年過去了，龍澤湖畔也出了些省部級幹部，但最有名的是位歌手。他在校期間就參加了樂隊，畢業後在酒吧演唱，不久就成了名。直到他演唱一首歌被封禁，學院才匆忙將他的名字從知名校友的刻石裡鑿去。

八九月的天氣，晚上不涼不熱。晚飯後到信河邊散散

步，最合適不過。可是今天，林平沒空，他要為週末的培訓備課。

這幾天林平接了朋友介紹的一個活兒，週末給一個企業做培訓。那老闆覺得的自家基層管理人員幹勁不足，讓他去講講基層管理和激勵。

他大致計畫了一下，想通過秦末楚漢相爭裡的故事，拿項羽和劉邦當例子講講，保管那些傢伙愛聽。給成人培訓，台下個個都是老油條，好聽還罷了，不好聽他們敢當場把講師轟下來。不過話說回來，講三個小時三千塊錢，這錢正好給媳婦和女兒各添上一件羽絨服。媳婦胡玉老早就念叨要買冬裝了，可還房貸、孩子學費、美術特長班等等事事都要錢，快年底了，還要考慮買點年貨，就更拮据了。

每逢秋天這個時候，總有些人打著秋冬天適合進補的旗號，在校園周圍找些紅燜羊肉、火鍋驢肉、地鍋排骨之類的飯店，聚在一起吃吃喝喝。他們進補是假，爭取在年終考評之前聯絡感情，關鍵時刻好相互抬舉一下是真。林平一直認為自己是個讀書人，懶得去跟別人拉拉扯扯，吹吹拍拍。

薛青約他今晚一起坐坐，他想回去好好準備一下過幾天的培訓講稿，就藉口家裡有事推脫。但薛青拉上了老

杜，老杜給林平打電話，他不好拒絕，只好去了。不過林平也耍了個小手段：平時他經常騎車上班，既然今晚有酒場，就特地開車來了。寧可最後挨家挨戶送人，也不喝得醉醺醺回家。因為他還得備課，培訓課要好好貫徹企業老闆的意圖，才能一茬一茬來請，不然就是一錘子買賣。

老杜五十有五，面黑眼小，體型寬大，是薛青的上級，也是林平從前的領導，現在因病調整到教學督導處任督導，但在他學校樹大根深，很有影響力。

林平很尊重老杜，不過他覺得老杜喜歡的喝酒打牌這類事情是浪費生命。老杜喜歡喝酒，從前每場喝一斤左右是常事，得了胃癌之後切了半個胃，戒了白酒，但紅酒還是要喝上一瓶，不然覺得不過癮。更要命的是，他還喜歡勸酒，看著手下的年輕人喝得不熱烈，就用右手的指節扣一扣桌子，眉毛一揚：「你，自己幹一杯吧。」遇上他，林平是很犯怵的。

好在今晚老杜惦記著打牌，喝了一瓶紅酒就要走，林平借著送他，也出來了。在車上，老杜打著酒嗝問：「小平你這平時不大參與酒場，下班之後都幹嘛去？」

別人都誇林平認真負責，可老杜總覺得他太無趣。中等身材，普通相貌，天天穿個白襯衫，從來不換個色兒，年年都理個平頭，從不變髮型，就連臉上的笑容也總是小

心翼翼。

　林平一邊開車謹慎地避讓著橫穿馬路的行人，一邊回道：「回家看看孩子，孩子睡了就看看書什麼的。」

　「那你這也覺得活得沒意思不？」

　「哈哈，還行，」林平敷衍了兩句，心想「天天抽煙喝酒打牌才活得沒意思」。

　老杜苦口婆心地啟發他：「多一塊玩玩，多聯繫。有感情才有關係，有事的時候再聯繫，不頂用。」

　到棋牌室下車，老杜推開車門時候還嘟囔著「前幾天我還說你們週一峰，不喝酒不抽煙外邊還沒個相好的，活得那個沒勁……」週一峰是宣傳部長，也是第九支部的書記。

　回到社區，看著樓上家裡的燈還亮著。上樓之前，林平照例是在車裡坐了三五分鐘，發了發呆。他家庭美滿，事業也算順利。在學校裡，他是幹部，是教師，在家裡，是丈夫，是父親，也是兒子，角色多了擔子多，他時常覺得肩上沉甸甸的。

　前些天看電視訪談節目，一些明星感慨自己生活不易，他不以為然地想，觸目所及，周圍人無一不是每日奔波勞碌，哪有容易的生活。

　老杜說的多玩多聯繫，他是不以為然的。當前社會，

所謂關係就是利益交換，友情也差不多如此，所謂有關係就是有交換價值。不提高自己的價值，無法和別人進行利益交換，光和別人吃吃喝喝有什麼用，既無助於職務提拔，也無助於職稱晉升。至於資訊交換價值，這種飯局資訊密度太低，十天半月參加一次就可以，多了就純粹浪費時間。

週五上午，林平在 QQ 的通知群裡看到了個自己最不願見到的消息：週六下午開會。他知道週末培訓正好也是這個時間，不由得心裡一陣煩亂。

後來又在走廊裡碰上老杜，林平客氣地幫他接過暖壺，送到他辦公室。剛轉身要走，老杜叫住他：「我這幾天打牌打累了，每天下午都在家睡會兒，看著週六下午有個會，你替我把會議精神領回來吧。」

林平猶猶豫豫地點頭答應了，接著拿起電話聯繫培訓公司，問培訓能否改時間。培訓公司的教學管理員很客氣：「林老師，因為其他幾個主講老師都是外地人，固定了時間，講完就走，您的上課時間實在是不能調整，還請您多諒解。」

掛了電話，林平心裡一片茫然。學院福利本來就少，外出培訓賺點錢機會難得，自己不想放棄。於是給辦公室打電話請假。接電話的是小孫：「哥，這個會很重要，實在

是不敢開口子，要是非要請假，你得找李達義副院長。對
了哥，除了週六下午要開會之外，今天下午也要求提前去
開個通風會，你一定去哈。」

　　這一下就是兩個會了。週五下午一個，週六下午一
個。

　　學校開會一般都是在校內禮堂，下午這個會地點選在
社區辦公樓裡，這很不尋常。下午林平去開會路上還碰到
了好幾個同事，各學院的都有，行政和教學上的也都有，
圖書館和工勤崗的也有一些。他心裡納了悶：「這是個什麼
會？來的人這麼雜。」

　　逢著開會，林平一貫早到十分鐘。而下午這個兩點半
的會，到兩點四十會場才坐滿了，開會的領導接近三點才
進來。那是個四十來歲的黑胖子，旁邊人介紹他姓宋，是
社區的副書記。

　　宋書記先微笑著問候了大家，然後說了說會議的主
題。

　　原來這是個社區人大代表的選舉會。宋書記瞄著台下
的人，語重心長地說：「學校歸屬地管理，屬於我們這個社
區，很高興坐在一起交流。來的諸位，無論黨員群眾，都
是學校遴選出來的，政治上靠得住，覺悟高的同志，希望
能夠充分地行使上級賦予的權利，明天投票，不准缺席，

嚴禁代投⋯⋯」

宋書記講完選舉代表的重大意義，就落座喝茶。跟著他來的一個戴眼鏡的主任就講了操作的細節：「各位同志，我們有兩位候選人，其中一位是我們社區的孫書記，另一位是龐會計。明天上午投票的時候，切記要投孫書記，投龐會計的無效。我們代議制的民主權利要行使，具體國情也不能忘，下午大家切記不要投錯了，投錯了就是廢票，就浪費了自己的民主權利。」

三點四十會議就開完了，林平隨著同事們像出圈的羊群一樣湧出會議室。和學校關係不大，那是不是就可以不去？林平心裡還惦記著週六下午的培訓，惦記著那三千塊錢。

林平試探著問了一下李達義：「李院長，明天下午我有點事，這個投票會，能不能不去？」

李達義正要上車，回頭語重心長地說：「林平啊，每個人家裡都有些事，可一定要分清楚孰輕孰重。投票選舉關係到地方基層政府，我們的教職工代表體現著學院黨委的戰鬥力和駕馭能力，而且學校一把手很重視和社區的關係，下午可能要安排人事處考勤。科級幹部快要調整了，你可別在關鍵時候出問題哈，」他拍拍林平的肩膀：「靈活一點，你投完票就走嘛。」

　　林平呆了一呆，覺得也有道理，兩點投票，自己投完票也就十分鐘，二十分鐘到培訓場地，也就是兩點半。於是拿起手機給培訓公司說了，培訓公司的教學管理員很爽快地答應了：「沒問題，只不過兩點半開始，就要五點半結束了，我們跟企業安排的時間是三個小時，請您做好準備。」

　　林平很高興，回到辦公室，在網上早早地選好了要買的羽絨服，一件義大利的，一件美國的，都是長款。心裡想著，先不跟媳婦說，給她個驚喜。

　　回辦公室後，林平約莫老杜睡醒了，就給他打電話彙報會議情況。老杜那邊似乎還沒醒明白，吧嗒一陣嘴之後說：「一會兒還得去打牌，一打起來不知道打到幾點，明天投票你替我去投算了。學院問我我就說去投票了，在家多睡會。」林平正猶豫著要不要把嚴禁代投的事說給他，老杜已經掛了電話。

　　第二天下午兩點，林平騎著車到了社區辦公樓，把自行車停在樓下一棵柳樹旁邊。心裡盤算著一定要速戰速決，早早投完票走人。

　　看見自己的同事不多，來的很多學生模樣的人。他有些疑惑地上樓，還沒到會議室，就看見薛青往下走。他一把拉住薛青：「投完了？」

薛青咧嘴一笑：「沒，早哩，票箱還沒弄來，還說要等電視臺的來拍幾個鏡頭。」

「沒投票？那，你幹嘛去？」

「我回去，老林你沒見他們都是派學生來的？就你和我實在，自己大老遠跑來了。」薛青的圓臉就有些憤憤的。

「不是不讓代投嗎？」

「不讓的事多了，誰當真啊。學生能替別人也能替我，我讓旁邊一個替我投，免得等啦，我家孩子在門診上輸液來著，我走啦哈。」薛青擺擺手下樓了。

林平呆了一呆，看薛青圓滾滾的背影消失在大廳裡，就也隨著下樓，慢這麼一會兒，迎面正碰上副院長李達義上樓。

李達義滿臉黑雲，看見林平下樓，立馬投來了詢問的目光，林平趕緊解釋：「我去上廁所，馬上回來。」李達義欣慰地笑起來：「不熟悉地形吧？樓上會議室主席臺旁邊就有，還是咱黨內同志的覺悟高，這些沒來的人就沒點對黨和人民的敬畏，也沒有主人翁意識，」他把手裡的水杯遞給林平。林平就只好端起杯子，跟著進了會場。他抬手看了一下，兩點五分。

宋書記和李達義寒暄了幾句，轉頭看見急得抓耳撓腮

的林平，馬上給旁邊的眼鏡主任說：「來來來，一會攝像機來了，讓李院長和這位老師站到前排……」他對李達義歎口氣：「咱們學校的老師真是……嘿嘿，太忙，」宋書記又笑笑：「所以來的幾位老師一定要站到前排，這樣拍起來效果更好。」

林平心裡有事，又不敢拔腿就走，滿頭大汗。他和幾位到會場的老師按照攝影師說的走了幾次位，在票箱前擺了幾次姿勢，兩點二十分，終於攝影師擺出一個「ok」的手勢，這意味著拍完可以下去寫票了。林平如蒙大赦，抓起筆找了張桌子就寫起來。

宋書記在臺上很嚴肅地掃視了一下會場：「各位同志，各位老師，本著對黨和人民負責、對工作負責的態度，請在你的選票後面寫上自己的名字。對工作不負責任的，組織上一定會嚴肅查處。」

會場一片肅靜，只有「沙沙沙」寫字的聲音。幾分鐘之後，就有人站起身離開。因為沒來的老師太多，有的學生要寫好幾張票，不免慢一些。這時宋書記就表現得很溫和，他雙手虛按，笑著說：「不必著急，慢慢來。」林平可等不得，那三千元正在他心裡橫刀躍馬、左右馳騁。兩點三十分，他站起身把兩張票塞進票箱，急忙沖出會議室，渾然沒注意身體一蹭，把門口的桌子都帶歪了。李達義端

著茶杯，皺眉看著他匆匆下樓的背影，歎了口氣，抿了口茶。

　　兩點三十五，林平坐上計程車趕赴藍海培訓中心，「我馬上到，馬上到。」他掛了電話，連聲催促司機。

　　兩點四十五，藍海培訓中心的標牌就在前方，可路口有追尾車禍，堵車了。林平匆匆給了司機車費，下車提著筆記型電腦一路狂奔。手機一路響得他心煩意亂。

　　三點零五分，林平握著有十多個未接來電的手機，沖進培訓中心。

　　培訓中心的會議室裡空空如也，只有個女服務員在收拾桌子。

　　「他們那些培訓的學員呢？」

　　「聽說是培訓的老師到時間沒來，培訓公司臨時安排他們去參加戶外拓展活動了。」

　　……林平抹了把汗，艱難地咽了口唾沫，覺得嗓子裡都是腥氣。

　　又打車回社區，下樓去推自行車，林平抬頭看見一旁柳樹側枝旺盛異常，披散在周圍，樹頭卻有些枯黃，乾枯的枝杈嶙峋地戳在一片葳蕤的綠色中，顯得很突兀。他回到家，趁做飯的空，把訂好的羽絨服退掉了，以後再說吧。

　　有天早上，林平起床去買早餐，卻見慣常買燒餅的店鋪的鋪面被砌上了厚實的青磚。旁邊賣肉餅的、賣包子的、賣小米粥的店也無一倖免。

　　他隱約想起來，前些天買雞蛋時候，糧油店老闆悻悻地說：「今後就要到菜市場和超市去了，這些店都要關門了，」當時他也沒在意，覺得天天都有人買東西，傻了才會關店，沒想到真關了。

　　晚上去理髮的時候，才聽理髮店老闆海哥說起這事的原委。據說有個人大代表，向政府提意見，說這些店鋪導致靠近學校的小巷天天堵車，嚴重影響居民生活。

　　海哥一邊理髮一邊嘟囔說：「也不知道是誰家的代表，現在買個饅頭都沒地方了。」林平也附和了幾句：「堵車主要因為學校接送孩子的家長亂停車，假期裡小店也都開門，就從沒有堵過，」他停了停，又說：「這是以什麼理由封的店呢？怎麼見都是用青磚把門給砌上了？」

　　過來理髮的老徐是附近修車店的，他的小店也給關了門。聽到海哥和林平的交談，忍不住插話：「那幫人說是臨街的房子不許掏門，屬於違章建築，我下崗後，這修車鋪都開了十年了，哼哼……」

　　他越說越氣，胸口一起一伏：「以後我只能占人行道修車了。」林平想說「你占人行道修車，城管也會來趕

你，」不過他張了張嘴，忍住了。

　　一出理髮店門，看到街對面，從前的糧油店老闆正在警惕地四處張望。他的店被壘上牆之後，他把店挪到了人行道上，推著一個三輪摩托，車鬥裡是米麵糧油，有幾個老街坊在圍著他拾雞蛋。不遠處駛來城管巡邏車，黃燈一閃一閃，慢慢逼近。賣燒餅的女人正手忙腳亂地收拾，糧油店老闆吆喝著「趕緊拾完趕緊走。」

　　回家以後，林平坐沙發上端詳手機。想起來前些天說到微信，部長週一峰開玩笑似的說：「林平也不太發朋友圈，還是只是把我給遮罩了呀？」這會兒，聽媳婦胡玉說，賣文具和電池的小店也給封了。他拿起手機，又搓了搓下巴，想起白天小店封門的事，正好發幾句牢騷，也證明自己沒有遮罩領導。

　　「十年小店一朝封，下崗職工難謀生。早點不知何處去，城管依舊鬧哄哄……」他還沒編完，想起來前些天開會，領導講輿論輿情。尤其強調，教職員工必須要謹慎發言，不要發佈與上級精神違背的內容。他遲疑了一會兒又把編好的幾句給刪了。自己編發不太合適，又覺得需要說點啥，乾脆找個別人的轉一下。

　　林平看到朋友圈裡有人發「康乾盛世與大航海時代」，點開看看是講乾隆皇帝的傲慢無知對中國發展的拖累，覺

得不合適，畢竟前些天電子科技大學教師批評四大發明剛被停課兩年，自己轉發了這條算不算對傳統文化不恭敬？學校會不會處分自己？或者乾脆不讓參評職稱？

另一個朋友發了一條「文學與權力」，大致內容是現在文學有獻媚權力之嫌，文學應當有獨立的風骨。這條就更不合適了。上個月薛青參加經濟師資格考試，發了個「GOD bless you」，就被領導叫去談了談，提醒他注意，代表著高校團組織的形象，不要發一些有關宗教的內容。

想了半天，林平發了一條古詩：「晚年唯好靜，萬事不關心。自顧無長策，空知返舊林。松風吹解帶，山月照彈琴。君問窮通理，漁歌入浦深。」

第二天一早看到部長在古詩下面評論：「詩是好詩，只是『萬事不關心』太消極了，缺少點正能量。」林平吸了口涼氣，嘟囔了一句「管得真寬」，還是把昨晚發的朋友圈給刪掉了。

週一上午，黨委書記劉鳳鳴召集開會，說最近有管道反映，學院微信公眾號內容有違精神文明，要求黨委宣傳部對學院內的公眾號作一次清查。學院裡歷來都是院長管財政，黨委書記管幹部。對幹部來說，他的話就是最高指示，宣傳部長週一峰不敢怠慢，轉身把清查的事安排給了林平。

　　林平清楚領導說的「管道」是怎麼回事，信東日報社買了個輿情監督軟體，替市委市政府監督輿情，一年四五萬的樣子。學院既想用這個軟體監控有關學校的輿情，還不想拿錢，就給信東日報社贊助了三千塊錢，讓他們在關鍵字里加了「信東學院」和「劉鳳鳴」等關鍵字，捎帶著給注意點。

　　回到辦公室，林平就給科里小李和小王交代了一下，讓他們發個通知，讓各處室系部自查上報。小趙主要是在做校報，就沒給她安排什麼任務。

　　到了團委學工處辦公室，兩個科員都知道他們熟悉，常來常往，也不招呼他，忙著打電話下通知。他見薛青不在，便隨手抽了一本他桌上的書，翻了沒幾頁，薛青進來了。他滿頭大汗，看見林平翻他的書，劈手奪過去：「不知道不能隨便翻別人的書嗎？」

　　「小氣。」

　　薛青笑笑，低聲說：「這別人的案頭書，就像是內褲一樣，不能隨便翻看。」

　　林平笑話他：「喲呵，『孫子兵法』，學習鬥爭技巧？」

　　薛青抹一把汗，把書放好：「哪有……學習裝孫子的技巧還差不多。」

　　清查公眾號的通知發下去，校園微信裡各路神仙都現

了真身：有各系裡自己申請的，方便給學生下通知的，這個很好管；也有處室裡做的，比如科研處、教務處，這個也好說，林平最頭疼的是一些學生社團也申請了公眾號，有一些社團連團委學工處都不知道，在公眾號上發「霧霾天，對早操豎起你的中指」、「學院天天開講座　公開宣揚封建糟粕」之類內容的就是一個雷鬼音樂社團。

情況彙報給部長週一峰，周部長吸了口涼氣：「查，到底是誰主辦的？該取締就取締，學生……讓團委和系裡去處理。」團委雷厲風行，取締很迅速，處理得也很快，但學生的發聲管道被封住之後，反手打了市長熱線。

市長熱線發了公函給學院，要求學院限期解釋。

團委薛青專門去給學生做了教育：「學院和家長的期望是一樣的，希望同學們德智體美全面發展，希望大家積極面對早操活動。市長熱線是反映重要情況的，不要動不動就打市長熱線，浪費國家資訊資源。」

學生代表提出：「我們不反對上操，但我們反對霧霾天氣上操。」

薛青只好答應說，只要天氣預報有中度以上霧霾，就可以不上操。

回到辦公室，薛青和林平發牢騷：「奶奶的都是美國大使館那個駱家輝，閑得蛋疼，沒事測我們的霧霾，現在連

這幫熊孩子都知道了 PM2.5，真不好對付了。」

「換個角度嘛，你該這麼說，」林平一笑，眼角堆起皺紋：「越是霧霾天越是要堅持上早操，什麼叫愛黨愛國愛人民，就是要為祖國吸霾，為人民淨化空氣。為提高人民身體健康吸霾光榮，為自己健康不跑早操可恥……」

「滾吧你。」

正笑鬧間，行政科小孫打來電話，讓他去見黨委書記劉鳳鳴。一把手召見，有什麼事？林平理了理最近微信公眾號整頓的事情，拿上筆記本和筆就去了領導辦公室。

一進門，見黨委書記劉鳳鳴正在打電話，林平就退出來在門口等待。

再被喊進去的時候，見劉鳳鳴嘴角微微上翹，顯然比較高興。他並沒有問微信公眾號整頓的事情，只是問了問最近的輿情，然後說：「最近，線上線下的輿情都要注意，實在不行就組織個協調小組，把有關外單位的也組織一下，好好交流交流。」林平聞到點酒味，看來領導中午有接待活動。

林平認真作了記錄，劉鳳鳴仰臉看著窗外碧油油的巒樹和白雲，像是自言自語又像是跟林平說話：「二十年前，東山縣委四大班子的一把手，每家分配了一個副縣級幹部名額，到了今天，還不是各人憑各人的本事，進京的進

京，提拔的提拔，」他歎口氣：「也免不得有身敗名裂的。」

四大班子說的是縣委、縣政府、縣人大、縣政協，聽這話的意思，劉鳳鳴是四大班子家庭分配的副縣級名額之一。那身敗名裂說的是誰？林平想了半天沒想出來，查了查信東的新聞，這幾年有縣長投繯，有局長抑鬱自盡，出事的領導沒有哪個和劉鳳鳴是同鄉。想不明白就不想了，他甩甩頭，神仙的事情，和我們凡人無關。

林平用一周的時間，制定了管理制度，常態化進行微信公眾號和微博管理。管理制度的核心就是，日常不進行審核，但一旦發現或者被舉報，取締公眾號運營資格，凡是不服從學院管理的，要給處分，進檔案。

管理制度頒佈後，半個月取締了兩個公眾號、註銷了一個微博。

薛青那天過來聊天，笑眯眯地說：「還是你老兄高明，學生現在再往網上發東西，不用輔導員和老師提醒，自己就開始斟酌：說這句話合不合適？會不會被處分？有你那個制度保駕護航，我們省事多了。」

現在，學院微信公眾號和有關的微博秩序井然，大部分都是談些詩歌、零食和服裝，沒大有人敢對學院的一些事指指點點，像從前那樣《再強迫我們聽講座，我就炸掉

報告廳》類似的混帳文章，再也沒有了。

當然，從前薛青他們也確實太過分，一個月辦四五回講座，每次請個老先生講資本主義醜惡，歐美各國水深火熱、等待救贖，儒家思想將征服全球等等。每次講座都安排在週六晚上。每個系派一名輔導員負責考勤，七點開始點一次名，九點半結束點一次名，中間八點十五再點一次，極大的減少了學校周邊情侶鐘點房的業務量，學生恨之入骨。

今天在社區，下樓的時候薛青其實瞄見李達義了，不過公事再重要也不能耽誤私事，他一低頭就過去了。孩子有點發燒，媳婦在醫院照看著，他得去替一下。

有了這個常態化輿情管理的制度，最近這兩天學生老實了不少，網上發的言論少多了。薛青早就跟班主任開會說過，管好自己學生，少唧唧歪歪，有事向學院反映，又不是沒有管道。

學生說辦講座、報告會之類的活動多，占用休息時間，他薛青有什麼辦法，要是他能選，才不辦這熊事哩。每次巴巴地找人主講，還要低聲下氣送給宣傳部週一峰審稿，怕思想帶毒。最後還得全程陪著：陪講、陪吃，就差陪睡。院領導有最高指示：年輕學生容易精力過剩，組織的學生活動越多，時間占用越多，學生閒事越少。

　　薛青跟林平嘟嚷：「這些熊孩子，就是辦得輕。現在咱有了制度，又抓著畢業證和檔案，不怕他們上天。」

　　有一次開會，黨委書記劉鳳鳴跟宣傳部長週一峰說：「我聽說最近開展校園公眾號和微博集中整治，你還帶著林平建立了制度，這很好。法治社會，我們就是要靠制度管人、管事。」

　　週一峰回來，樂呵呵地在部裡說了。得到了黨委書記的認可，個人的發展和進步就有指望。因為這句表揚，那一陣，林平走路都像是踩著彈簧，一跳一跳的。

　　日子一天天過去，天氣卻依然是那麼熱。辦公樓對面的冬青，都有些發蔫。

　　林平家所在的社區，也有不少冬青，不過霧炮車天天來一趟，洗得乾乾淨淨。

　　聽說，社區裡要安裝廚房油煙淨化設備。有人說是因為上級環衛部門在附近安裝了設備，進行環境檢測。一旦檢測不合格，就要對地方一把手一票否決。林平聽說之後，對媳婦胡玉說：「這些官，就會雙眼朝上看。」

　　胡玉說：「那有什麼不好的，至少咱家附近空氣好一些了。」林平想想有道理，便高興起來，對啊，自己是占了便宜的，有什麼可抱怨呢？

夢記：

甯武關前，風吹著大旗獵獵作響。鋪滿天空的雲慢慢移動，它們在地上投下巨大的影子。它說：「我愛你們。」螞蟻在地面忙碌，生或死。

網友評論：

火 26：這文章包藏禍心，西方國家掌控乏力，社會衝突不斷，各種抗議活動頻發，槍支氾濫，物價飛漲，哪有什麼真正的民主可言！？

M3：我國擁有幾千年的文化傳統，國情在此，適合的就是最好的。我們的代表能夠反映社情民意，你說的是個別情況，不能代表全部。憑藉個人一孔之見就抨擊國家制度，盲目而危險。

匿名使用者：你的評論沒了，你的號沒了，你沒了。

9 月 23 日，黨委召開「不忘初心、牢記使命」主題教育推進會，宣讀並下發《「不忘初心、牢記使命」主題教育實施方案》，開展主題教育。

關鍵字：初心　材料　喬雪　小玲　飯局

第三章　主題教育

　　秋天，校園裡的樹仍是綠色，但那綠已有些病懨懨的乾澀，不復夏日的生機勃勃。這讓林平很懷念仲夏的時候，那時的辦公樓外，石楠木散發出濃郁的香氣，滿樹的小白花繁盛得像夜空裡的星星。

　　秋天的太陽，照在身上已不再是那麼火辣辣的了。為了寫主題教育的調研報告，林平已連跑四個系了。去英文系的時候看到一幫學生在教學樓門廳裡排戲，估計是為過些天的文化節做準備。

　　扮演女主角的那個學生高挑白淨，一襲碎花長裙，他多瞄了兩眼，然後看出排的戲是古希臘的《俄狄浦斯王》。

52

他上大學的時候也參演過這部戲，當的是男主角，當時的女主角就是他暗戀的喬雪。他到現在還清晰地記得，喬雪當時穿一件碎黃花的裙子，排完戲後，站在教學樓對面海棠花下等人。春日的陽光下，喬雪恬靜的面龐與海棠花交相輝映，自己看了一眼便心跳不已。

九月以來，學院開展了「不忘初心、牢記使命」主題教育，要求每週二、四下午黨員都要去集中學習。學習內容是市委孔書記上臺後新發明的理論，還不斷地要求黨員寫學習心得體會，寫各種自我審查清單和自我批評的發言提綱。這類的工作做好了不一定是成績，但做不好一定是把柄。「忠誠不絕對就是絕對不忠誠」這話可是中央大員口中說出來的。

在會上，黨委書記劉鳳鳴經常強調「學習和領會偉大思想的重要意義」，但私下裡，宣傳部去提醒他「要開展學習，以備上級檢查」的時候，他總是用右手搓一搓自己的額頭，然後皺起眉頭，用食指和拇指狠狠地捏幾下眉心，然後說：「學吧，讓行政辦安排好。你們好好弄個稿子出來。」

進入十一月，學院又出了新花樣，讓每個支部組織黨員去調查，寫整改報告和自查報告。學校機關不像在系裡，面對的都是教師黨員，一般很聽話。林平所在的機關

第三支部人員比較雜，各部門都有，每次安排寫的東西，都是個難題。上級要求一個不少，都要交，而且要檢查重複率，不許照抄照搬。往常允許複製粘貼的時候還好，改個檔案名就算了，這次明顯不讓那麼幹，更讓林平覺得比給學生佈置作業還要複雜。

按道理領導也是要寫的，可宣傳部部長，也是黨支部書記的週一峰從不做這類小事，林平是副科長，又是支部組織委員，週一峰的報告自然就落在他身上。他年年替領導調研、替領導自我批評、寫方案，那些問題還是年年有，從來沒改過，寫這類東西有什麼意義？可誰敢去問呢？

上一個給領導提意見的，是單大炮。他在一次聚餐時候，對任團委學工處長的章林說：「弄個團課，每週查筆記、驗收照片，弄得學生怨聲載道，純應付，搞形式主義。」不久大炮就被從團委調到系裡去了，據說幹部檔案裡還給記了一筆：「妄議領導決定，工作積極性差，能力有待提高。」這事是後來薛青跟林平說的。

林平調研回來，沏了杯茶，還沒坐熱椅子，電話又叮鈴鈴響起來。

放下電話，他低頭一看表，又到學習研討會的時間了。他皺起眉頭，拿起了筆記本和簽到表。

　　參加學習的黨員幹部要麼是各部門的負責人，要麼是骨幹，所以一到週二、週四下午，各部門都運轉不起來了。大家都很抵觸，但有領導參會的時候誰也不敢說。

　　近些年，意識形態三令五申，抓得很嚴，對高校這種單位來說，幹部對上級黨委的安排執行敢打折扣，一旦問責輕則處分，重則丟官，就算是普通教師黨員，也要嚴肅處理。

　　這類的教育學習都歸宣傳部安排。每到這時，黨委書記劉鳳鳴總是說：「上級怎麼安排，我們怎麼執行，堅決不打折扣。」有時候，他還會跟宣傳部長週一峰說：「一定把責任壓實壓緊，上級讓讀領導回憶錄和語錄，我們就讓幹部教師寫出學習心得。上級讓寫心得體會，我們就讓幹部教師一天寫一篇。」

　　這時候，週一峰就頻頻點頭稱是，並表示：「不光寫出心得體會，還要背熟背會，入心入腦。我們負責組織在學院裡抽查，凡是背不下來的，都要寫檢查，通報批評。」

　　久而久之，林平也學會了這個套路：上級要學的，下通知就說每人都要寫出學習體會，上級要求有調研的，學校就要求有調研方案和報告，每次學習和調研還要都配有照片，叫做「辦事留痕」，痕跡是有了，至於具體效果嘛，誰在乎？

　　林平站在走廊上，看著支部的十來個黨員三三兩兩走進會議室，禁不住歎了口氣，支部書記無論有事沒事總不會來，副書記本來每次必到的，這次也找托詞推掉了。自己人微言輕，不知道安排寫自查報告、調研整改報告這個事能否安排下去，正發愁這回的獨角戲怎麼演。看到來了紀檢委員何小玲，他眼前一亮。

　　何小玲是學院的藝術系的骨幹教師，能歌善舞，本不該當支部紀檢委員，奈何本支部沒人願意幹活，就連哄帶嚇把紀檢委員的差事硬安排給她了。當時選支委的時候，林平和小玲都以能力有限來推辭，書記週一峰板著臉說：「這是黨組織的安排，不是單憑個人意願就算了的，」他頓了頓，臉色和緩了下來，又微笑著說：「年輕人能得到一個幹事創業的舞臺，多麼難得，好好把握。」小玲和林平出了門對視一眼，不禁有些同命相憐的感覺。

　　林平在會議室門口叫住小玲，把簽到表給她，讓她拿著給黨員簽到，還給了她一份黨的好幹部焦裕祿的事蹟材料，讓她會上讀讀，這樣自己有個緩衝，再安排事情就好一些。兩人站得很近，何小玲身上散發出的陣陣幽香沁人心脾，像是清晨帶露的薔薇，林平輕輕多吸了兩口氣。

　　每個人的身上，味道不一樣，多是後天的影響。保衛科的老黃，身上一天到晚就是一股白酒的味道；督導所，

身上就是一股嗆人的煙味；組織人事處的孫穎，有學院第一高峰之稱，她應該是香水噴得多，林平一聞到樓梯上甜膩膩的香氣，就知道她又上下樓送檔了。從前排戲的時候，喬雪身上有淡淡的清香，像是百合，林平鼓起勇氣問過她，她只笑笑說：「大概是香皂吧。」

林平看一眼會場，29 個人的黨支部，只來了 19 人，圍坐在橢圓形的會議桌邊，稀稀拉拉。沒來的人拿各種理由打電話發短信請假，林平沒有准假的權力，又不敢得罪他們，只說會向書記彙報請假的情況，有些人並不滿意他的回答，但終究沒有來。

何小玲讀完檔後，林平宣讀了上級的通知，通知上要求，每名黨員必須對照黨章黨規的十八條，一一寫清楚自己的問題，寫完要支部書記審核，審核通不過要重寫。另外還要按照要求開展調研，寫整改報告。

他還沒讀完，老曲就把筆在桌上一摔，啪地一聲響，瞪著那雙黑黢黢的眼睛嚷開了：「我們普通教師，無權無勢，怎麼還得寫這『是否為黑惡勢力當保護傘』？」他一張老臉黝黑，滿是皺紋。

林平就知道他會開腔，老曲是上一任院領導的司機，也是個老黨員，覺悟一直不高，從前因為領導安排的工作比較多，還給領導辦公室門上貼過打油詩，到現在五十歲

了，還只是個副科長。

林平小心翼翼陪著笑臉，剛想做個解釋，大仙也說話了：「我們都是些讀書人，和『濫用職權、經商辦企業，謀取私利』『堅持正確的用人導向，不獨斷專行』有什麼關係？」

大仙叫黃大明，從前是學的中文，現在任東山書院辦公室副主任。這個書院是上一任領導搭建的，現任領導並不感冒，現在弄成個半空殼機構。他也只好在辦公室裡研究周易，天天神神道道的給別人看手相風水、陰宅陽宅，朋友圈裡也經常發一些面相骨相、大小周天，就得了這個雅號。

就連一貫老實的董勝都嘟嘟囔囔的。

其實林平也覺得這幾條太扯淡，但會前，支部書記週一峰囑咐過「這個你跟他們說一定要親自寫，千萬不能從網上抄襲一篇應付了事，遇到市里抽查責任自負。」所以他還是要硬著頭皮去解釋：「各位同志，這兩條雖然沒有，但其他的比如官僚主義和形式主義……」

話沒說完，林平又被圖書館辦公室副主任德彪打斷了，他拿手指指節敲打著桌子，盯林平：「這就是官僚主義和形式主義！本來上級弄這個東西，主要是針對高級幹部的，結果到了我們這裡，事事都是對著我們基層黨員來，

他們不來學習研討，總是讓我們陪綁，這不就是形式主義嗎？我不寫，誰愛寫誰寫。」

會場裡的黨員都七嘴八舌議論起來。

正說著，何小玲清脆的聲音忽然響起來：「大家有意見可以提，我做一下記錄，會後向領導反映，看是否能夠解決。」她說著，掃視了一下會場。

會場頓時安靜下來，只有老曲從鼻孔裡擠出一聲冷哼。

林平感激地望了一眼何小玲，對眾人說：「對照檢查的問題，有則改之，無則加勉，領導有要求，大家都寫一寫，明天上午之前發給我。散會。」他心知肯定有人說他拿著雞毛當令箭，也顧不得了。

散了會，林平回去準備寫調研報告，電話又叮鈴鈴響了起來，是週一峰：「林平，前幾天主題教育辦公室讓交的材料給弄完了嗎？」

「周部長，您說的是哪個材料？是調研的報告還是個人心得體會？」

「都不是，前些天個人心得體會不是交上了？那個部門的調研報告你慢慢寫。這回是我的對照黨章黨規檢查材料，要求對照那十八條，要有問題有現象有例子，還要深挖官僚主義和形式主義的思想根源，列出整改措施，你抓

緊哈，這個務必要重視，寫深刻一些。明天下午四五點鐘，上級部門會來暗訪，萬一查到我的材料沒有交，就麻煩了。」

要掛電話的時候，像是又想起了什麼：「這個自查材料，寫完發我看看。那個黨課的材料，你寫寫，不必給我看了直接發給部門的黨員，讓他們自己寫會議記錄算了，囑咐他們——就說我們講過黨課學過了哈。注意，寫之前你統一從群裡發個樣本，讓他們比量著弄，別寫得驢唇不對馬嘴。」上回沒統一過口徑，支部的黨員各自寫的黨課記錄，結果主題不一。當著領導的面，和他不對付的關明陰陽怪氣地說：「一峰你們支部的黨課創新性很強啊，內容都各有千秋。」「創新」這個詞是好詞，但用到這裡特別彆扭。這話當時他只能乾笑兩聲，但回來路上在心裡罵了一路。

林平想想去年，替週一峰寫自查報告。寫了個對八項規定遵守不嚴，結果遭到周嚴厲質問：「執行紀律不嚴？哪兒不嚴？你說啊！」當時林平趕緊表示，對自查報告要求沒把握好，自己再修改，但事後一肚子鬱悶，你的自查報告，我怎麼知道你的問題？

越想越覺得火往上竄，看看辦公室沒人，林平把桌上的筆筒拿起來，猶豫了一下，又放下了。他抓起一本上周

發的領導文集「啪」地摔在了地上。

「喲呵，怎麼了這是？」薛青沒敲門，笑嘻嘻推開門進來：「我正要來道賀，聽說最近有調整……」他瞟了林平一眼，看他沒什麼反應，就繼續賣關子：「老兄你很有希望啊。」

「希望個……毛啊」林平壓低聲音說：「一天到晚搞這些……上上下下心知肚明地應付。這是在一點點毀掉我們黨的根基！」說著，他往靠背椅上一仰，歎了口氣。

「不應付的話，想把自己累死嗎？每上來一屆市委書記就發明個新真理，一天一個新精神，兩天一個金句，都按照他們的認真做，就沒法活嘍……」薛青斜睨著他「這又不是一天兩天，我在人事處時，上頭搞人才評估，咱們學院教授和博士數量不夠，我連用 Photoshop 做假證都學會了。」他嘿嘿一笑：「大才子，據說你這次還是在宣傳科，級別提高了，活兒沒變。你要是真不想幹這攤活兒，就不會找找上頭，換個科室？」他坐在對面小李的椅子上，手撫著自己的小肚腩，小肥腿一晃一晃的。

林平沒搭理他，心想自己熬了五、六年，眼巴巴快要副科熬成正科，換個科室，談何容易。薛青見他不吱聲，覺得無聊，就先走了。

薛青知道，林平經常去找領導彙報工作，應該沒問

題，早請示晚彙報，進步之寶嘛。自己就有些懸了。不確定最讓人懸心，他不免想找誰的門路活動一下，思來想去，還是想起老杜。

清單、問題根源、整改方案、新時代、新常態、意識形態、黨性修養、鬥爭……各式各樣的名詞像是蛛網又像是迷宮，林平就是這迷宮裡暈頭轉向的飛蛾，精疲力竭不停振翅卻找不到落腳的地方。

下班時，他一邊揉著發脹的頭臉一邊深一腳淺一腳地往停車場，不想又遇到何小玲，她笑著招招手走過來，一邊走一邊說：「炸刺兒的那幾個，真是。咱都知道這些事身不由己，都敷衍著不說破就算了，偏偏他們……」

林平心裡很感激她，就拱拱手說：「今天要不是你，這會還真不知怎麼開下去，多謝解圍。」

何小玲擺擺手：「別客氣，咱沒外人」，轉身嫋嫋地離開。她玲瓏的背影像磁石一樣吸著林平注視的目光，他喉嚨輕輕動了一下，咽了口唾沫。

趁著天還不冷，下了班，林平喊上薛青、單大炮、老馮和大江等幾人去吃海鮮大排檔。這幾個都是他從前在政法系裡的同事，年齡差不多，又大都是思政課教師出身。每隔一段就在一起聚聚，彼此兄弟相稱，實質是彼此交換一下資訊。

　　大江是退伍兵，高高大大，一身硬邦邦的肌肉，從前在政法系辦公室，目前在保衛處保衛科工作。幹幹瘦瘦的老馮叫馮思明，是經濟管理系 MBA 教育中心的副主任。

　　和夏天不同，秋冬天的大排檔是在室內。飯店是個車間改的，幾個暖風機呼呼吹著，房梁上白熾燈泡把整個店裡照得通明。黃楊木的板桌上，擺著些杯盤碗筷。正中央的大鐵盤足有六十公分長，扇貝、蟶子、大蝦、花蛤毛蛤和洋蔥木耳上，澆著些蔥油蒜蓉花椒油，熱氣騰騰，香氣撲鼻。

　　「二鍋頭，兄弟酒，來，滿上。」「少點少點」。

　　信東規矩，林平先帶了兩杯酒，就是舉杯一碰，大家各自喝幹。接著就是一對一的敬酒。說些社會的見聞、單位的掌故。

　　一個小時後，林平打開了第四瓶二鍋頭，幾人酒已半酣。林平和旁邊的老馮油臉泛紅，轉臉看薛青臉都紅到了脖子，開始耷拉腦袋了。

　　他兩個正比劃著笑話薛青酒量差，忽聽大江嚷著：「你這種就是不懂瞎胡說。」抬頭看時，原來他是和單大炮爭辯著啥。

　　林平把一口滴著油的蒜蓉粉絲送進嘴裡，含混不清地問：「怎麼啦你們？」

　　大江瞪著通紅的眼睛，嘴角上有些白色唾沫：「他抱怨最近要寫學習心得筆記和調研報告的事，他不願寫。這幾天上級要來暗訪，我都接到信兒了。」

　　「寫就寫唄，又不單單是你自己。」老馮滿不在乎的晃晃腦袋。

　　「話……話不能那麼說，上級說個啥，我們都得寫筆記寫心得，那要是說錯了唻。大家都這麼幹，那就對嗎？還有沒有點獨立思考和自由人格了？」單大炮舌頭有點硬，但畢竟是思政專業畢業生，看問題有些深度。

　　「自由自由，我還想當地球球長哩。都寫都不說麼，就你特殊。」老馮一手抓著滴滴答答的酒杯，一手拿著筷子撥拉著蒜蓉找漏網的蛤肉。

　　「領導……偉大光明正確，天天金句金句，底下這些人就像是個屁兜子，上面放什麼都接著，還得成天捧著學！為啥人家香港現在鬧意見？不光是沒房子住的事……」

　　林平鬱悶地想，看來也不是自己一個支部出現這個情況，其他部門對這種形式主義的事也有抵觸，明天收報告，難度不小，於是重重地拍了拍大炮的肩膀，用命令的口氣說：「你喝多了，喝點水……」

　　看著忿忿不平的大炮，大江擰起脖子，額上爆出了青

筋「領導會出錯？！領導讓學你不學，你……」

熱鬧的酒桌頓時安靜下來。大家默不作聲地看向大江和單大炮。

冷了三五秒，林平舉起杯子：「喝酒喝酒！」

大炮像是做錯了事，小聲辯解：「不是反對，這……這種事就像文革時期的個人崇拜，容易出問題。」

大江嚷道：「個人崇拜怎麼啦？！做得對的就該崇拜！沒個主心骨國家早散了！領導的安排，你想不學就不學啊你。你還黨員哩你，你這覺悟的還……」

林平掃了一眼周圍，伸胳膊過去拍了大江一下，打斷了他：「喝完酒我們吃麵食，早回去早休息，」他又轉頭給大家說：「酒桌酒話，弟兄們哪兒說哪兒了（liao 了結的意思），出門就忘了就行哈。」

薛青剛剛清醒點，也打岔說：「不要隨便崇拜哥，哥只是江湖上的傳說，不要隨便崇拜哥，嫂子會發火……」

大家各自喝了麵條，作鳥獸散。

臨走，大江還嘟囔著：「黨和政府養著你，年年漲工資，你事還不少，你這麼能……太平洋沒蓋，你移民啊。」林平攬著他脖子塞進了計程車，囑咐薛青把他送回家。

薛青在計程車裡攬著大江，儘量讓他別撞在後車窗玻

璃上。從白天辦公室裡的一幕看來，林平對各種形式主義的玩意也很煩，但他聰明，只在私下裡表露一下。不像大炮，戇天戇地，生怕別人不知道他心裡想啥。

薛青明白，這些兄弟有的反對這，有的反對那，可有些話，他們從沒人敢說過。就像是家養的寵物，可能抱怨飼料不新鮮，可能心煩主人常訓練，但從沒人敢質疑，為什麼需要個主子？因為他們和我，都是這藤上的一顆顆瓜，真要是倒了藤拆了架，誰也落不了好。有人裝糊塗，有人真糊塗，難得糊塗。電影《肖申克的救贖》裡面，有個老克，坐了一輩子牢，臨了出獄了，反而上吊自殺了。當你成為監獄的一部分的時候，你就再也離不開了。

大排檔外，林平又攔了輛計程車，是給大炮的。單大炮半閉著眼，摟著林平的膀子絮叨：「我也愛咱們黨、咱們的國，怕他亂嘍……可按咱平時幹的事，老百姓能認咱嗎？」

「認，怎麼不認咱。這些年國家發展了，咱們日子也過得好了，都是看得見的。」

「日子過好了，怎又不讓說話了呢？」大炮的腳有點軟，林平和老馮扶著他，很沉。

林平把他放在後座上：「不讓說，那就少說幾句，回去睡覺。」

　　老馮坐了前排，回頭囑咐他：「大炮你要是想吐，就把車窗打開，可別弄車裡啊。」嚇得司機不放心地回頭看了好幾回。

　　離家不遠，林平送走大炮和老馮，自己踱回去。想起來，前些天張維說過，搞文明單位建設，進社區幫扶搞衛生擺拍……這樣確實太胡鬧，林平也覺得除了敗壞黨的形象，起不了什麼作用，可他也知道，學院也是沒辦法，因為這是市委孔書記的要求。

　　回到家，林平躺下就睡。迷迷糊糊不知道到了哪兒，自己像是又在扮俄狄浦斯王。面對喬雪扮演的王后，他憤怒地質問「我要聽，我必須要聽，我要知道整個真相…不管發生什麼，我都不會猶豫！」而喬雪笑靨如花，溫柔地對他說：「不要在意，不要問那麼多為什麼？輕鬆一點生活有多美好……」

　　在混亂中，他好像看到手中的劍刺穿了喬雪的身體，一低頭，劍尖卻在自己胸前透了出來，沒感覺到痛。她笑吟吟地望著他，整個舞臺和房間瞬間塌了下來。

　　他驚叫了一聲，醒了。回憶著夢裡的情景，回憶著喬雪，林平忽然感覺自己只記得她的身形，已經記不起面容了。恍惚中，忽然覺得夢裡的喬雪容貌竟像是小玲。他歎了口氣翻了個身，想起演過的那場戲，想起十五年前自己

的理想，想起當時寫在畢業簿上的留言：「世界，我來了」，畢業的時候，林平相信善良，嚮往愛情和理想。現在他想起過些天的幹部調整，睡不著了。

第二天，林平早早地到了辦公室，寫完領導的對照檢查材料，林平開始寫自己的，對照「始終在思想上政治上行動上同黨中央保持高度一致」這一條，他想了想，猶猶豫豫地，他給自己寫了這條對照結論：「對錯誤言論，沒有旗幟鮮明的反擊和糾正，今後將提高警惕，堅決予以反擊。」

到了上班時間，果然沒有人交材料，一個都沒有。林平揉了揉發酸地眼睛，拿起電話，準備逐個催一遍。

校園裡的樹，又落了一地的葉子。天氣越來越涼了。

夢記：

到處都是光，白色的光，絕對的明亮。這是一座監獄，光便是柵欄和牢房。囚徒，緊閉著嘴唇到發白，黑色的字，還是一顆顆撞斷了門牙，跳出來。激流沿著百丈的牆奔騰而下，那巨石堆砌的建築長滿了青苔。

網友評論：

用戶弗萊明：確實有些形式化，但本意是好的。是基層執
行的問題吧？

匿名使用者：這個林某是個 loser，又慫又壞

frostmourne：有種你公開說，有人拿槍頂著你？刀架在你
脖子上了？

吉爾拖拉機：不忠誠者，剝皮填草。

10 月 15 日，我校制定精神文明創建實施方案，開展精神文明創建活動。

關鍵字：設計　精神文明　微博　張維　病

第四章　精神文明

一、冊頁設計

　　早飯照例是雞蛋面，隨便切進去點青菜，林平一家邊吃邊看了會兒信東的早間新聞。開始是信東市委書記孔令華講話，他梳著三七分的分頭，一身黑西裝，手勢堅決有力，然後是市長和副書記。

　　新聞鏡頭也有一定之規。會議上，凡是能夠享有特寫鏡頭的，一般是一二三把手。其中，一把手鏡頭時間最長，二把手次之，三把手再次之。級別低微的官員，就只能是在鏡頭一掃而過的時候出現。鏡頭次序、長短弄錯了，往往是有人要挨處分的。

　　吃完飯，送女兒上學，然後上班，年復一年，每天如

此。

　　信東學院育才路兩旁，一叢叢金菊已開到了三四分，在微風中搖曳，散發出陣陣清香。花叢後是一片停車場，冬青叢中，新劃出一排車位。教工的私家車停得整整齊齊。

　　辦公室裡，黨委副書記汪君度低頭看了看單子，又馬上抬起頭瞪著林平：「這是怎麼回事？」他眼光銳利如刀，花白的鬍子像鋼絲一樣圍著臉頰炸開。

　　儘管林平早有準備，還是心裡一顫，他咽了口唾沫，低聲說：「嗯，當時看著，還是西嶺公司校園文化冊頁設計得更好一些……」

　　前些天來汪君度辦公室彙報工作時，他瞥見沙發上坐著個人。彙報完了林平想出去的時候，汪君度一努嘴：「這是工業園區一家設計公司的楊經理，你們認識一下吧。」當時彼此記下了聯繫方式。正是學校要打造文化品牌的時候，他自然知道這個「認識一下」的意義。之所以後來沒選這家公司，是設計水準實在太低。

　　「說吧，是誰的關係？！」汪君度皺著眉頭繼續問。

　　林平愣了一下，猛醒似的趕忙解釋：「沒有……沒有誰的關係，確實是西嶺設計更合理，楊經理這家設計水準不太夠……」

「設計水準不夠？什麼水準算夠？青年幹部一定要有大局觀，我有時候提醒你們，也是出於對你們的愛護。」

汪君度的手從茶杯把手上挪下來，配合著自己的話，用中指在桌上扣了扣，發出「噔、噔」的聲響。

林平咬了咬嘴唇，努力齜牙微笑著：「汪書記，這樣行不行，下回⋯⋯」

汪君度不耐煩地一揮手：「不要說了。」

「我們可以策劃三家入圍，最後用一家。這樣入圍的也有設計費用，最後採用的也有費用。您看這樣行嗎？」

汪君度眯起眼打量林平：「入圍能有幾個費用？你們眼裡還⋯⋯」

厚重的實木門響起了「篤篤」的敲門聲。汪君度冷冷地看了林平一眼，把話咽了回去。

一位白淨的女教師走進來，她推了推眼鏡，臉上堆著笑：「汪書記，我們教研室在頂樓，室內溫度現在能到 40 多度，比室外還高，我們寫了個申請，希望學校能安裝空調，」她怯生生地遞過來一張申請，還把手機上溫度計的照片亮了亮。

汪君度並沒有接她的申請，也沒有看手機上的照片，他鼻子裡發出了「嗯」的一聲，皺起眉頭：「這事該找分管後勤的副院長，不歸我管。」

「管後勤的周院長說，思政部歸口在副書記，要先向您申請……」

「天氣確實很熱，但學校經費不足，還要籌資建新校區，咱們老師就先將就一下吧。」

抬頭看見那女教師還想張嘴說話，汪君度舉起右手往下一切，像是斬斷了這個話題：「我們當初年輕時候，天氣還不是一樣熱？有風扇就不錯了。現在的年輕人，怎麼都這麼嬌氣呢？」

那人白淨的臉上就泛上了一層粉紅，尷尬地笑著說：「那……那我們就……就先堅持一下，領導您先忙，我走了。」

她一走，汪君度就站起身來：「我還有個會議，設計和印刷的事你們認真想想，這個地方是個風險點，不能只憑個人喜好隨意選，要對學校負責。」

他一邊說一邊往外走，出了門又回頭：「你找個農學專業的老師來，給我看看辦公室裡的龜背怎麼有些發黃？」林平也舒了口氣跟出去，替他帶上門。

冊頁製作是今年精神文明創建工作的一部分。用領導的話說就是，創建精神文明先進單位，能給單位職工實實在在的福利，在年底評估之前，要開展全員的創建活動。在全校動員之前，宣傳部先做出個小冊子，集中展示學校

的辦學成果和精神面貌。

其實每隔幾年做個小冊子也算宣傳科的常規工作，因為部長外出學習沒參與，就讓林平直接向分管副書記彙報。沒想到在冊子的設計這裡卡住了。冊子這事不大，但領導挺上心，所以也沒安排給科里的年輕人，林平這種做事方法，薛青有個評價：「累死無功，年輕人還得罵你攬權。」

林平下樓回辦公室，遇上薛青去打開水，二人揚揚手打個招呼。在等著暖瓶灌水的時候，薛青壞笑著湊過來：「昨晚學院家屬樓有熱鬧你知道嗎？」

沒等林平反應過來，薛青就打開了話匣子：「藝術系的系花，就是那個何小玲，昨晚被丈夫打了，頭都被打破了。」

林平一愣，蓋上瓶塞，回了他一句：「人家的私事，不要瞎傳。」

「你還心疼起來了……切。」薛青見他不感興趣，提著暖壺走了。

林平沉著臉，回到辦公室。小玲像是一朵楚楚動人的白蓮，誰忍心下這等狠手？他也曾聽說過小玲的婚戀頗為傳奇，但從沒見過他丈夫。

林平甩甩頭，擺脫這些事情的困擾，回去坐下，繼續

看著兩幅設計稿犯難。要是大專案，就直接走招投標程式，就不用費這心思了。可要是招標，這冊頁賺的錢估計連做標書都不夠。往常都是自己定了，領導過過目就算了。現在明顯汪君度對這小小的冊頁上了心。

可這稿子的品質……不用問行家，他作為閱過不知多少設計稿的老科長，一眼就能看出來高下。西嶺這家公司設計配色大方，採用的書報亭、慎思園、圖書館等景觀符號也符合學校的文化形象。反觀工業園這家，配色很不協調，紅色過豔，配上深灰色，又老氣又俗氣，字體大小且不說，用的這些符號都是網上抄的，還有個埃菲爾鐵塔的圖示，真不著調。

上周西嶺公司那名瘦瘦的王設計師發過來了設計圖，後來還送來了列印的樣稿，當時也說了不少請多關懷之類的話，但林平很認真地告訴他，之所以認同他們公司是因為設計圖靠譜。那人既有對設計的專注，又有些商人的老練圓滑，聽到林平的話忙握著他的手說，與他大有知己的感覺，還邀請他去喝兩杯。林平婉言拒絕了，當時還說了句：「只要有水準，我們就一定會用，你放心。」

他捏了捏自己的眉心，現在這事怎麼辦呢？用工業園這家？那印刷出來自己真的不知道會怎麼跟學校交待。不用的話，汪君度能滿意？

三家入圍只採用一家的方案被汪君度否決了，那能否讓工業園這家好好改改提升一下設計水準？

他歎口氣，也只能這樣了。抬頭看向窗外，隔著有些生銹的菱形窗戶柵欄，見天井裡的大葉女貞和石楠綠得發暗，天井就像個四面圍住的坑。

接下來的一周時間，他感覺自己掉到了這個坑裡了。汪君度中意的工業園這家公司叫佳琪美印，名字好聽，但這公司沒有設計人員。因為這個公司壓根沒來送過樣稿，他只好騎車去拿。輾轉到了工業園一家居民樓裡才找到公司辦公室，竟然是楊經理一人身兼銷售、印刷、設計、財務的個體公司。

他每次指出設計配色和圖樣上的缺點，楊經理總是拍著胸脯：「沒問題兄弟，你一百個放心，我改完下午就給你。」結果每次都是三催甚至四催才發過來，設計品質慘不忍睹。

正事不行也就罷了，歪門邪道卻不少，一天晚上竟然說和幾個人在外邊洗腳，喊林平一起參加，被林平一言不發掛掉了電話。這一周下來，林平感覺身心俱疲。

週五下午，林平倒了杯茶，在辦公桌前正愁眉不展。薛青的圓臉從門口探了進來，他見林平這個樣子，打趣說：「林科長也有發愁的時候，愁預算花不出去嗎？」

　　林平斜了他一樣，想懟他幾句。電腦右下角的辦公QQ 忽然狂閃起來。打開一看，是學校行政辦公室的工作督查表。按照工作進度，出文化冊頁的設計稿、印刷，只剩一周時間了，而這個佳琪美印每次發來的稿子顏色還總是東拼西湊，各種文化標誌符號也是凌亂不堪，剛告訴他刪去了埃菲爾鐵塔圖示，這次又貼了個悉尼歌劇院。

　　因為二人是朋友，林平就把當前難處跟他說了，只是隱去了汪君度的要求這些事，但薛青一聽就明白了。他「嘿嘿」笑著說：「設計品質不高，寧肯操心去輔導也要用他家，那一定是有很大的壓力呀……」

　　林平推了他一把：「有主意就說，沒辦法就閉嘴，少嘰嘰歪歪。」

　　「那你得請客，我執行方案很複雜，本可以申請個課題來著，」薛青耍著貧嘴。

　　在林平催促下，薛青俯首過來對他如此這般地說了一番。林平恍然大悟，拍拍他圓圓的肩膀表示了一下感謝。

　　又是一個週五上午，在冗長的蟬鳴聲中，林平拿著印好的冊頁樣稿給汪君度送去。領導仔細看了看，點點頭：「唔，還不錯。」林平懸著的心慢慢放下了。

　　「是哪家做的啊？」

　　「是西嶺的一家……」

汪君度的眼睛登時豎了起來：「嗯？！」

林平沒等他發火，趕緊又拿出一份遞上去：「汪書記，這份稿子是工業園區佳琪美印做的。」

「都出了列印稿？準備怎麼安排？」

「西嶺的這家一萬，佳琪美印一萬。」

「啪！」汪君度重重地把兩個設計稿摔在辦公桌上：「我看這兩份稿子品質沒有你說的那麼懸殊，都差不多。差不多的情況下為什麼找兩家公司設計印刷？找准一家公司做會不會更便宜？我多少次告誡你們，要牢牢記住，學校經費雖然不少，但每一分都要省著花？」他沉著臉，審視著林平。

林平連連微笑點頭稱是。

「不要分開了，找一家做吧，本來設計和印刷費用就沒多少……」

退出領導辦公室，林平臉上的微笑轉瞬消失，恢復了面沉似水的模樣。

回到辦公室，泡上蒲公英茶，捧著不銹鋼茶杯，端詳兩份設計稿，想著主意。

入了秋之後天氣越來越熱，天井裡的大葉女貞雖然曬不到，卻像是給灼熱的空氣烤蔫了，連葉子也不是翠綠的了，倒有些蒸熟了的樣子。

下午，科里的小李告訴他說，下半年的宣傳部預算讓副書記否決了，理由是不必要的費用太多，預算過高容易滋生浪費。

林平面無表情地看了他一眼，表示聽到了，沒吱聲。他心裡明白這是副書記汪君度在給他顏色看。

一直到把那杯蒲公英喝得沒了顏色，他也沒想出什麼辦法，能在印刷品質不下降的情況下讓領導滿意。

快下班了，他聽到隔壁辦公室關門的聲音，忽然站起來快步走出去，正好看到薛青要走。叫住他，二人進了辦公室，林平如此這般說了一下。

薛青撇撇嘴：「這人真是……」他搓搓手說：「既要品質好，還讓他滿意，這事我也沒轍……哎，你把西嶺公司的設計圖弄來給工業園這家，然後告訴西嶺公司他們的設計沒選上，不就行了？」

「這不是坑他們嗎？」

「反正不在一個地方印，西嶺公司也不知道。除此以外，哪還有啥別的辦法？」薛青揉著圓圓的肚腩，臉上一副「你怎麼點不透」的神情。

給薛青道了謝，回來繼續盯著設計稿，林平感覺眼睛有毛細血管崩裂的疼痛，腦子裡閃過很多東西：這半年機構改革，各部門人員要有變化；學院幹部的年輕化；汪君

度可能在現任領導退休後扶正……薛青說得對，西嶺公司的設計圖肯定能要來，給佳琪美印公司去印刷也沒什麼，西嶺公司肯定不會知道。退一步說，學校是大客戶，知道的話，他們也不敢怎麼樣。

良久，他把工業園區佳琪美印的稿子扔到了一邊，掏出手機，撥通了楊經理的電話：「印一萬，」他又猶豫了一下：「不，印兩萬吧。」

掛了電話之後，林平歎口氣。他心裡堵得慌。想來想去，還是給薛青打了個電話，抱怨了幾句。薛青聽了沒做聲，良久才歎了口氣。

「薛青，你說說，他別是和那人有啥親戚吧？」

「嗐，老林你當領導在乎這點印刷設計費用，三兩萬塊錢的事，他其實未必有什麼利益在裡頭。他，看的是你對他命令的執行力啊……」

林平愣住了。窗外來了陣熱風，讓那些女貞和石楠的葉子嘩嘩一陣亂響。

這天下午，教園藝技術的田老師來了，到副書記辦公室看了看那棵龜背竹。他告訴林平，領導辦公室空調製冷開得太猛，龜背是熱帶植物，翠綠的葉子給吹得厲害，凍壞了。以後空調不直吹就行。

二、病

「平哥，看你這樣子，又被領導訓了吧。」行政科的小孫一邊接過他還過來的筆，一邊竊笑。

「一邊兒去」，林平今天早上特別不痛快，又是熟人，就沒跟他客氣。

這些天網上有個叫什麼「雲嵐」的發微博反映學校負面資訊之類的，學院一把手、黨委書記劉鳳鳴也很關注網路，一發現問題就把他叫過去訓一頓。今天又是這樣。在書記寬敞的辦公室裡，林平站著聽了好一頓訓。

「這網路還有人管嗎？！你這個宣傳科長是怎麼當的？！外人看了會怎麼想我們學校？！咱們的精神文明單位今年還要不要了？！」劉鳳鳴橫了他一眼，頓了頓：「這事不必跟週一峰彙報，也不必跟分管副書記彙報。你今天下午就查清發帖者是誰，什麼背景，誰在背後指使……」

劉鳳鳴後面的話沒說完。林平心裡清楚，肯定是「查不出來你就別幹了。」自己這個科長就是他一句話的事，正在要提拔正科的關鍵當口，可不能出紕漏，而網路深如大海，這個「雲嵐」自己要到哪兒找去？

不能跟其他人彙報，弦外之音就是只能向他彙報，中間越著宣傳部長和黨委副書記兩級。越級彙報是工作的大忌，想到這兒，林平覺得頭疼極了。

回到自己辦公室，打開電腦，林平開始琢磨，怎樣才能找到這個「雲嵐」。

寇里的小李、小王他們，見林科長皺著眉頭，沉著臉回來，互相使個眼色，敲檔的敲檔，看材料的看材料，辦公室裡氣氛頓時嚴肅了起來，一根針掉在地下的聲音都能聽見。

林平打開這個人的微博。根據「官僚習氣、大搞形式主義」之類內容，基本能夠確定是內部人所為，真是有病，但會是誰呢？

辦公室裡人多耳雜，他走出去掏出手機，給資訊中心打了個電話：「小陳，問你個事，咱們能否能用技術手段查到網上的一個微博是誰發的？」

小陳想也沒想就說：「林科長，我們只能查到本校校內網 IP 發出的微博，用校外網路和手機發的都查不到，那得找公安局開證明，再找聯通或者電信公司給查。」

這條路走不通。

正沉思間，電話響了，一接起來，是宣傳部長週一峰。

「小林，一會兒學校要召開精神文明評估的會議，在 C 區六樓 2 會議室，你跟我去一下，應該有些工作要安排。」

「部長，我手頭有個事……」

週一峰：「林平，這個精神文明單位評估，可是關係到全院上下年終獎金的，別的事先放一放，要有大局觀念。」林平眼前好像看到部長把手掌豎起來往下一切，不容分說的樣子。

「好的。」林平掛上電話，讓科里小李找出前些天列印好的部門分工表，抱到會場去。自己也列印出一些上級的檔帶去，好傳達精神。

這個精神文明單位創建評估活動，上級說，意義就在於：提升單位綜合管理實力和整體文明素質的同時，展現一個單位物質文明、政治文明、精神文明、和諧社會建設取得的成就。說人話就是，看看這個單位文明不文明，和諧不和諧。

從前沒人在乎這個評估，也沒人在乎這個精神文明單位的稱號，都是宣傳科整整檔，交上去敷衍一下而已，評上就評上，評不上頁無所謂。畢竟，稱號而已。

兩年前一個政府檔改變了大家的想法，檔的其他內容都無關緊要，但第四條吸引了所有人的眼光：省直單位精神文明獎金基數一點八萬，按照職級係數發放：地廳級二點零，局處級一點五，鄉科級一點零，科員級零點七。

從那一年開始，各單位卯足了勁去爭這個稱號，名額

是三十個左右。當年度報名參加評估的單位就翻了一番，突破一百大關，接下來幾年，每年參評都要超過一百五十個，但最後的評上稱號的名額沒有增加，進一個退一個。機關和事業單位與企業不同，每年發到手的錢都是固定的那些，年終的精神文明單位獎金數額不小，關係著全體員工的錢袋子。而且，這不比從前發的補貼、獎勵什麼的，發的時候強調是獎勵工作成績，紀委一巡視就因為發的名目不符合規定強令退回去了。精神文明單位這獎金國家和省裡都有明文規定，發的光明正大。每次評估，評上的笑顏逐開，年底點著票子開心，沒評上的垂頭喪氣，免不得人前人後抱怨自己單位領導無能。

去年就因為政府給在編員工撥發了精神文明單位的獎金，聘用制的員工沒有，不少人打市長熱線反映，寫匿名信告狀，好容易才解決。

今年還算風平浪靜，不過如果網上這個微博炒作起來，肯定會讓那些競爭獎金的單位抓到把柄，文明單位怎麼能不和諧呢？這樣的話，學校的精神文明單位還能不能保住，就難說了。多一些獎金沒什麼，不過要是年底少了這個文明單位的獎金，不知道會起怎樣的波瀾。

整完檔，林平看看時間差不多，就拿起材料去開會了。

三

　　開完會，林平第三次把這個微博博主的資訊打開，看到個人資料這裡有個郵箱號，心裡一動，趕緊複製下來，放在百度上搜索一下。

　　有了，這個郵箱號和一個手機號關聯。有了手機號！林平大喜過望，他把這個號記下來，然後撥通了電信公司的客服電話，經過五六層選擇題後，他終於和客服人員搭上話了。溝通的結果卻是一盆冷水，電信公司的客服說有客戶資訊保護，要求他提供身分證號。

　　正心煩的時候，又來了兩個行銷的電話，一個號稱武夷山賣茶葉，一個是讓他貸款，被他不假思索的掛掉了。這麼一折騰，時間到了中午了。

　　林平看著眼前的手機號犯了愁。他煩躁的翻著自己手機裡的各個頁面，忽然看到了微信。不少人的微信是和手機號綁定的，是不是這辦法可以？

　　很快，林平盯著手機螢幕的臉，就露出了一絲哂笑。這個人太大意了，微信號用的照片就是一張大頭照，雖然他不認識此人，不過看著挺面熟，應該是校內老師。他迅速把照片下載到手機裡，轉發給師資科的孫穎，並附上一句：「孫科長，這是我們哪個部門的？叫什麼名？」

　　半小時過去了，孫穎並沒有反應。林平關掉螢幕，起身去師資科。他敲開門的瞬間，看見孫穎正在連線玩鬥地主，火氣就騰地上來了，眉頭一皺正要說話，但轉念一想組織人事部門哪能得罪，便在門口停了一下，過去陪著笑問：「幫我查了嗎孫科長？」

　　孫穎眼睛並沒看他：「稍等會兒。」

　　林平瞥著孫穎：她不到三十，妝容精緻，身材豐滿，常穿低胸裝。不知道是什麼背景，據說來上班第一天開的是一輛雷克薩斯。一般新入職員工是一年轉正，再滿兩年才提拔，不知此人如何神通廣大，入職一年半就提了副科長。

　　等她打完一局，切出來 QQ 看了一眼，回說：「哦，是圖書館美女張維。」隨後，她斜了一眼林平，繼續匹配牌友，帶著些探詢的口氣笑問：「你問她做什麼？」

　　「沒什麼，同事群有個人前幾天加我 QQ，我覺得有些面熟，想不起來，過來問問你。」林平說。

　　正說話，電話響了，林平不顧孫穎懷疑的目光，招招手就走了。正是黨委辦公室小孫：「書記要見你，可能還是上午的事，最好有個準備。」

　　書記辦公室裡正中是寬大的辦公桌，領導坐在辦公桌前看檔。身後是一幅字畫，上面題著「敦兮其若樸，曠兮

其若穀」。

劉鳳鳴指指辦公桌前的椅子：「查到了沒有？」

林平的視線一直低垂著，他聞言一抬頭，對上領導探詢的目光，略一沉吟，便回答「圖書館的一位老師。」

「誰？」

林平說「我和她談談怎麼樣？」

「誰？」

林平又頓了頓：「張維。」

劉鳳鳴緩緩說道：「誰指使的？」

「目前不知道，」林平腦子轉了好幾轉，趕忙說：「想先談一談，看看她的想法。」

劉鳳鳴沒有搭話，過了一會兒，才說：「你考慮考慮，把這個事情解決好，結果要報給我，」他抬頭意味深長地看著林平：「往往面對困難工作的時候，才能展示一個人的能力。」

能力是幹部提拔的關鍵，這句話領導常說。林平怎會不懂得其中深意，心裡立刻七上八下想起了對策。

林平回到辦公室，天色已黑，他怔怔的看了會兒材料，又胡亂翻了一些輿情管理的論文，絲毫沒有頭緒。

最好的解決辦法是談一談，讓這張維自己刪了微博，自己回去彙報，給她遮掩一下，就說，經教育，這同志認

識到了自己的錯誤。如果人事處要處分她，就和他們說說不要激化矛盾，就大事化小小事化了。

她會聽自己的嗎？怎麼談？不用看，林平也知道自己現在眉頭緊皺，滿面愁容。

當時自己提出要談一談，但領導讓再考慮，顯然是不贊同這種做法。但是不談怎麼能夠讓她把這些東西刪掉呢。那找別人去跟她談一談？他隨即歎了口氣放棄了這個異想天開的想法，這事瞞著別人還瞞不住，還能主動去擴散嗎？能少一個人知道就少一個人知道。

林平和圖書館的李偉比較熟，就藉口查書去借閱部找張維。

張維正坐在借閱室門口的電腦旁給書分類，她二十三四歲年紀，高高瘦瘦的，鵝蛋臉，紮著馬尾巴。

林平過去和借閱部的白雙打個招呼，然後轉向張維，「張老師，我這裡有點事想和你交流一下。」張維就放下書，跟他到了借閱部西面的休息室，這裡原本是用於開大會時候領導暫時休息的地方，很安靜。

林平帶上門，想了想，又把門打開了一條縫——和異性獨處最好是謹慎一些，這是他長期以來的習慣。

張維端詳著他。她見過林平，是在學校的一些會上，不知道他為什麼找自己。

張維的眼睛很秀氣，林平看看她，直覺她發這個微博估計沒什麼背景，也不會有人指使，也就是發個牢騷。他左手攏著右手的指頭使勁搓了幾下，決定單刀直入：「張老師，是這樣，最近有些微博，據瞭解和你有關，內容不太合適，能否把它刪掉？」

張維沒有否認，但她的臉刷地紅了，單薄的肩膀有些抖動：「我說的都是事實。」

林平耐心地分析：「我也知道有些事情不太合理，但也不可能事事完美是吧，何況這也不是學院的事，是上級安排的啊……張老師我擔心會影響你的考核……」

張維秀氣的眼睛瞪了起來，嘴唇也有些發抖：「林科長，我們進社區幫扶，搞衛生，算是文明單位建設。一次去五六個人，換不同站位擺拍二三組照片，拿來充當兩三次活動的，連去加回來一共半小時，中間真正打掃衛生不超過十分鐘。去多了，社區門衛大叔還喊著，你們別光照相啊，多少也掃幾下啊，」張維的嗓音漸漸高起來：「這哪是搞建設，這是敗壞我們學校的形象啊？！影響考核？幹都幹了，還不讓說嗎？！」

林平心裡有些煩，但也只好耐著性子談：「這些事我也知道，也是沒辦法的事，張老師你想，那麼多人都是這樣做，應付一下上級檢查了事，為什麼偏偏只有你……林平

頓了頓：「只有您對這件事有意見呢？如果因為這個微博，學校的文明單位取消了，獎金也沒了，上上下下會有多少人對你有看法？」

他知道張維沒說錯，但這麼幹……要是真的取消了獎金，那些平時幹活袖手旁觀，兩眼只知道緊盯著工資條的傢伙知道消息不得把張維給活撕了？

張維昂著頭，挺著雪白的脖頸像只驕傲的天鵝：「那麼多人都這麼做就是對的嗎？！上面拍腦袋決策，下面當聖旨瞎安排且不說，單單說這樣搞形式上下級對著糊弄有意思嗎？！他們是真的愛學校嗎？」說到後一句她平日裡白淨的臉頰漲得通紅。

林平也只好強硬一下，沉著臉說：「不是只有你關心學校，你這樣做，學校可能會有一些措施，張老師你仔細考慮考慮吧。」他只是嚇嚇她，張維這種正式員工，開除勸退皆不可能，除非她觸犯刑法被判刑。所謂措施，頂多是說她敗壞學校形象，給個警告處分。但這樣一來矛盾激化，這姑娘不一定會做出什麼來。

張維瞪大眼睛聽著，嘴唇像要被牙齒咬得出血：「你們罰吧！我不在乎。」她騰地站起來，推開門走了。

待在空蕩蕩的接待室裡，林平怔怔地出了好一會兒神。

　　想想張維那恨恨的神情，林平心裡也有些不是滋味，應付上級檢查擺樣子肯定是不對的，可社區幫扶林平也去過，人家社區現在都有物業和保潔，路面清理的一塵不染，真要是掃也掃不出什麼東西來，上級又不管這些，就要求按照季度上交去社區幫扶清潔的照片，所以幾個二級單位也不得不敷衍一下。都是如此，有什麼辦法啊。

　　他打聽到張維的丈夫是市立第三醫院的一位藥劑師。正好宣傳部長週一峰和三院領導有些交情。他心想，如果實在沒辦法，就讓部長去找三院領導去壓一下她丈夫。公職人員都難免有些顧忌，或許能幫著他解決刪微博的問題。不過這麼幹多少有些不上檯面，想到這兒，他撓撓頭，這張維不也算是公職人員，她怎麼這麼不開竅呢？

　　坐在辦公室上網，隨手點開，看看下面好事者地評論有沒有增加。

　　那條微博沒了！張維發的那條微博沒了！上下幾頁翻了一下也沒有了。

　　看來終究張維還是聽了我的，刪掉了。林平長舒了一口氣，半仰在辦公椅上，拿起了手機刷了刷朋友圈，心情很舒暢，情不自禁地把腳尖在地上一點一點的。

　　辦公室小王見他心情好，忙湊上來拿這兩天的單子和材料來簽字。林平漫不經心地打發了他，隨後理了理思

路，拿起筆記本去書記辦公室彙報。

彙報完之後，見書記也無意重罰張維。林平整個人都輕鬆了下來，走在校園裡路上，他甚至有精神打量起來路兩旁的樹木，兩旁樹木鬱鬱蔥蔥，看得心裡也清涼不少。

風平浪靜的日子總是很短暫，事情過去半個月後，張維又在網上把微博掛了出來。這回除了原先的官僚習氣、形式主義之外，又加了一條，人肉搜索，打擊報復。

事情的變化緣於這幾天的一次大會，會議本來和文明單位的事情無關，但會上劉書記不點名的批評了某個不懂的維護大局的教職工。據說當時說此人：「四處造謠抹黑學校形象，污蔑單位的文明單位創建活動，妄圖破壞安定團結的大好局面。」當時會場群情激憤，與會教職工紛紛交頭接耳，目光閃爍四處探尋。林平正好在後排，看到了張維的背影。她瘦削的身子挺得筆直，紋絲不動。

散會後，林平想叫住她安慰她幾句，覺得被人看到不合適就停在她身後。

沒想到她在前排出口拐彎時候看到了林平，忽然走過來說了一句：「錯的就是錯的，做錯了還不讓說，你們能把我的嘴給封起來？！」她聲音不高，但很有力量，胸口一起一伏。林平用餘光瞄了一下兩側，沒做聲。張維吸了口氣，語氣和緩了一些：「上級的要求，就不能提反對意見？

咱們的安定團結，靠的是捂嘴嗎？」

　　有人來了，林平趕緊沖她擺擺手，愁眉不展地走了。

　　老杜從前跟林平說過，要想得到提拔，就要早請示晚彙報。不然天天埋頭拉車，誰能看到你？領導看不到，幹了也白乾。但林平不這樣想，他總覺得多說多錯，少說少錯，不說不錯，巴不得躲著領導走。不過好多時候，在這個崗位上，躲都躲不開。

　　沒過幾天林平又被領導叫去安排工作。

　　這次被叫去，劉鳳鳴沒再提讓他去跟張維談談刪帖的事情，而是當著他的面打了個電話，交待了一下，讓他把情況告訴保衛科的科長老黃，讓他去解決。

　　林平知道，老黃是個老江湖，門路很廣。聽了情況之後，老黃輕輕哼了一聲，嘴角露出一絲笑意，那笑意很像是發現了雛雞的老鷹。

　　不久之後，網上的那條微博就刪掉了。

　　後來，聽說有人看見張維自己在圖書館書庫角落裡小聲地哭。

　　再後來，聽說她得了神經官能症，面前沒人的時候，經常自言自語的，像是在和空氣說話。

四

　　保衛科老黃獲得了這一年的安保先進個人，不少人起哄讓他請客。他請客的時候也請了林平。林平和保衛科來往不多，覺得有些奇怪，不過也不好拂了他的面子，就去了。

　　席間少不得推杯換盞，酒過三巡，到單獨敬酒的時候，席上幾人都有了八分酒意。老黃起身走過來，摟著林平的脖子，帶著酒味的熱氣噴在林平臉上：「我還要謝謝你林老弟，」他舌頭有些打結：「不是……你，我可能還輪不到這個榮譽……嗨，其實咱也不在乎這點榮譽對吧？」

　　林平想起張維，心裡一動：「是那個事嗎？」

　　老黃半閉著眼，搖晃著光禿禿的腦袋，得意地點了點頭：「派出所裡有咱們的自己人。咱想收拾個誰，那還不簡單。兄弟，今後有事說話，哥哥給你……」

　　林平試探著問「那，不是說沒有起訴，不能處理嗎？」

　　「哎……你這書呆子，咱不會找她從前發的，仔細找找，今年發地沒有，往年發的呢？總有不合規矩的……像這種……缺乏正能量的小妮子……總有一些話會得罪到一些她得罪不起的人物，到時候就不是罵罵學校這麼簡單啦……」老黃湊到林平的耳邊，唾沫星子噴到他的臉上：

「我戰友說，那小妮子被弄進所裡，光問了問話，嚇唬了兩句，就慫了，哭得……嘖嘖……，就這道行，還敢在網上……你說她是不是有病？」

林平看著老黃嘴角的白沫，忽然聞到他嘴裡有些腐臭的味道，讓他想吐。他陪著笑給老黃豎了個大拇指，老黃更得意了：「你們年輕，不知道，當年你們政法系的那個老劉，在熙縣跟班裡的女學生開房，被當地聯防隊抓嫖給逮進去了，也是我去當地給領回來的。」

林平暗自吸了口涼氣，臉上依舊笑著，扶老黃坐下。他藉口去洗手間，轉身走出了包間。

在洗手間，林平看著鏡子裡的自己，忽然皺起眉頭，咬著牙低低罵了一句：「操！」

五

再去圖書館借閱部，已經是半年後的事情了。因為工作來往多用微信，林平就加了不少同事，一天大家在群裡笑談，現在加的工作群和同事的數量差不多。

林平敲敲門，看見張維的位置上坐著白雙，就問：「張維老師不在借閱部了嗎？」

胖乎乎的白雙正在分揀圖書，抬頭看了他一眼：「哦，張主任在隔壁。」

林平忽然想到最近提拔了一批幹部，似乎看到破格提拔一欄有張維和其他幾個人的名字，當時一晃而過，沒太注意。

他轉頭出來到走廊，正和出辦公室的張維迎面碰上。

張維依舊是瘦削身材，不過現在臉色有些憔悴，頭上挽了個髮髻，發腳露出杏仁大小的白耳墜子，隨著走路一晃一晃的。

一見林平，她鵝蛋臉上泛起了微笑：「林科長，怎麼有空親自來，需要什麼書我讓他們給你送去。」

林平楞了一下，也笑著說：「最近還好吧？聽說你……」

她目光往下一垂，沒有和林平對視，「前一段時間我不太舒服，後來……想通了就沒事了……人呀，還是要有正能量嘛不是。從前不懂事，給你添麻煩了。」張維一邊伸手做了個請的姿勢，一邊說：「學校領導信任我，讓我管借閱部，兼著圖書館的文明單位創建工作，您有時間還要多指導哈。」她嘴角帶笑，因為皺著眉頭，笑容顯得有些尷尬。

林平附和著點點頭，連說不敢當，抬眼用詢問的目光看著她，她卻歎了口氣，沒再說話。

走出了圖書館，林平正遇上人事科的孫穎。他寒暄幾

句，有意無意地提到張維。孫穎的眼睛眨巴眨巴，得意地說：「上次你去找我問她，我就知道有事，據說她有些神經症……」她神神祕祕地壓低聲音：「張維淨多事，領導寬宏大量沒跟他計較，但我們人事處沒有閑著，查了她的檔案，我們處長專門去找她丈夫的單位領導，做了細緻的思想工作，找後來就談通了，厲害吧？」林平虛應幾句，小心地笑了笑走了，想起老黃當時說的：「落到咱手裡，有沒錯的？輕咳嗽咳嗽都是罪過！」寬宏大量……

隨手掏出手機，刷一下微信朋友圈，看見孫維發了一句：「滄浪之水清兮，可以濯吾纓；滄浪之水濁兮，可以濯吾足。」

前些日子，學院育新路兩旁，法桐還滿樹黃綠，在陽光下斑斕耀眼。才兩星期，就成了一片金黃。

夢記：

貓牛城傳說，城外山上有個怪物，只要看到就會被污染，變得瘋狂。只有喝下深褐色的藥汁，才能醫好。

藥汁是用瘋人的血熬成的，只能用拔舌血。舌頭在麻袋裡蠕動，麻袋吊在鍋上，宛如活物左右扭動，鮮紅的藥汁流進鍋裡。鍋的下方，烈火燃燒。一個男人汗流浹背，扳著

女人的肩膀。女人張著嘴，露出一個黑洞。

網友評論：

魄力彈 360：吃著黨的飯，砸著黨的鍋。這種人該查出來。

論壇訪客：我也在這個學院裡，這個林某是個「名人」，他常常在學校辦公樓裡對著玻璃自言自語，不用微信也不用短信，有事經常和人當面說，還要囑咐別人不要錄音。

10 月 23 日，我院舉辦創新創業項目遴選會。

關鍵字：創業　考核　計畫　飯局　劫匪

第五章　創新創業

一

深秋天氣日漸乾冷，隨著蕭瑟的秋風，辦公樓前紫楝樹的葉子落了大半。金黃的銀杏葉慢慢蓋住了學院的靜思路。

這天上午的工作座談會上，黨委書記劉鳳鳴問老柏：「省裡正在讓報創新創業項目，我們學校能不能有 20 個創業項目？」老柏胸脯一挺：「一定能。」領導看著老柏信心十足，欣慰地點了點頭。

老柏本名叫柏雄才，是本地人。去年信東學院創新創業中心（簡稱雙創中心）成立，學院提拔他為副主任，主持創業中心工作。他其實並不老，才四十來歲，紅撲撲的圓臉膛上，天天堆著笑，眼睛則像是眯成了兩條縫。因為

無論對方級別高還是級別低，他見人總是聳著肩陪笑，顯得矮了不少。

老柏接著提條件：「申報創新創業項目要做項目書，我們中心剛成立，我手下缺少得力的人做材料，能否安排個筆桿子來幫著做做材料？」

領導考慮了一下，轉頭問組織人事處的負責人老關：「有合適的嗎？」

老關略作思索，便回答：「有幾個人選，我回頭報給您。」

經過幾輪人事處、創新創業中心、宣傳部的角力和扯皮，最終確定，林平去創新創業中心臨時幫忙，崗位不動，依然是宣傳科科長，最近一段時間的宣傳科工作交接給部門裡小李。

林平用一兩周天時間熟悉了一下中心的情況和專案情況。得知那天在會上老柏的表態之後，林平問：「我們現在手頭只有二級系部申報的四五個項目，裡面還有幾個是技術創新不是創業項目，二十個項目難度很大……是不是再跟領導反映反映？」

老柏擺擺手：「領導說了就一定要完成，項目不夠就鼓勵二級系部報嘛。」

林平跟二級系部一交流，發現報創業專案大家都很生

疏，學校師生就像是動物園裡養熟的動物，缺乏野外獵食能力，平時講個理論還成，一說出去創業，個個打退堂鼓。

生物系的辦公室主任老蔣像是和那根蘇煙有仇，狠狠地吸了幾口，皺著眉頭抱怨：「手下能喝二兩，中層幹部偏給領導說，手下酒量一斤沒問題，真要弄上一斤，還不得喝死……」

藝術系副主任申娜則嬌嗲嗲地說：「哎呀，林科長，我們只會藝術創作不會創新創業。」據說她是某位藝術系老領導的研究生，到老領導家去接受了幾次論文指導，和老領導家任輔導員的兒子一見鍾情，還沒畢業就懷了孕，在領導幫助下就留在了學校。

林平回去跟老柏一說。老柏皺著眉頭，嘴裡像是含著塊熱地瓜，「噝……噝」吸了半天涼氣，說：「那……領導說了的，無論有什麼困難，我們都一定要做。這個……我們做個考核辦法吧，然後告訴二級系部，拿這個創業項目數量考核二級學院。」說到這裡，他捏著眉頭靠在椅背上閉目沉思起來。

林平等了一會兒，正想說一聲就告辭，老柏仍然是緊閉著眼睛，皺著眉頭，慢慢地說：「要注意，務必穩妥，千萬不要讓二級系部的領導有意見。」

　　林平心說，趕鴨子上架，沒意見才怪。

　　果然，考核辦法發給二級學院的當天，老柏就接到幾個系部的電話，不外乎叫苦連天，說創業項目難以完成。老柏在電話裡陪著歎了一陣子氣，作出一副無奈的樣子說：「校領導讓做這些創業項目，我們也是沒有辦法。中心、系部，我們各自勉為其難吧。」

　　掛了電話，老柏跟林平說：「先把項目報上來，這體現著我們的組織能力。至於說，報了項目最後能否辦成，就要綜合考慮系裡教師創業能力，和省裡審批的標準了。」

　　合著報的數量是我們的成績，能不能批下來是系裡得力不得力，功勞在我，有錯別人背，這水準！林平恍然大悟。最後各系湊齊了二十個項目報上去了，省裡很快批准了其中三個。

　　後來，聽說經濟系的無人值守便利超市開張兩星期，架上貨品丟失過半。正好經濟系辦公室老馮管這事，林平困惑地問他怎麼回事：「不是有攝像頭嗎？怎麼還會丟東西？」老馮不答話，把自己風衣的兜帽一翻，蓋住臉，然後說：「就這，攝像頭有屁用。這個便利超市要是開在校內還差不多，教研室這些人沒點數，光說要面對更大的客戶群，非要開在校外……」林平就明白了，歎了口氣。

　　農科系的物聯網智慧溫室也因為沒有後期資金投入，

被迫關停。系主任老柯一臉無奈：「智慧溫室確實技術含量很高，但成本也高，鮮花八元一枝，學生公寓的花店才三元一枝，哪個會來買？我們農學本來招生少，劃撥地資金也少，哪有錢投那個無底洞。」

生物系的精釀啤酒也因為菌群超標被關停了。

就這樣，雖然據說大部分都夭折了，但劉鳳鳴多次當眾表揚老柏：組織得力，有魄力，能幹事，能幹成事。

二

年底，要列明年年度計畫了。老柏把計畫也安排給了林平，讓他帶著中心的小劉一起做。小劉剛畢業，看上去挺勤快的。

林平問了一下兩個科室，把計畫列出來給了老柏，又把幾個系師生申報的創新項目拿給老柏，問是不是放進第二年的計畫裡。老柏看了看這些項目，沉吟著：「這些項目似乎還不錯，只是能做成嗎？要是加進去做不成會不會影響明年對我們的考評？」

「柏主任，那就不往里加了是吧？」小劉停下了做記錄的筆。

老柏晃晃腦袋：「不加也不合適……沒有專案怎麼體現工作成績？」

　　林平沒吭聲，繼續聽下文。小劉眨巴眨巴眼睛，沒弄明白，就小心翼翼地問：「那……還加嗎？」

　　「要研究研究，考慮怎麼加……」老柏看著計畫，又看看專案申報材料，搓了半天圓圓的下巴，說：「這幾個專案如果做成了，是我們的工作成績，做不成就成了工作失誤了。這個計畫，是要報給學校領導人看的，一定要留下個好印象。明天再喊一下兩科室的負責人，來討論討論，要集中也要民主嘛，多考慮考慮總是沒錯的。」

　　第二天，大家七嘴八舌討論過了之後，老柏笑瞇瞇地說：「我覺得大家講得都很好，很有意義。我也提個建議，是不是把計畫裡的一部分內容刪掉？」

　　林平馬上會意：「刪掉那些套話是吧？反正也沒有太多實質意義……」

　　「不，不刪那些，我認為，應該刪掉那些具體的、帶有實質意義的內容，留下這些套話就行。我們只寫一寫原則就可以，執行起來可以靈活把握。寫得太具體，到時候完不成計畫的專案是要負責任的，那可不成。多幹多錯，少幹少錯，千萬不要出錯咱們一定要記住。」

　　大家對望一眼，覺得甚是高明。

　　老柏又說：「創新是沒什麼可創新的，其他兄弟院校和部門我也大致瞭解，大家做的工作都差不多，只是翻花兒

似找個好聽的說法，一體兩翼、四個驅動五大戰略，六個強化七大成效，八轉化九精准十大提升。不只是兄弟院校，上下級也是彼此心知肚明，只是都不說破而已。不這樣，那些項目怎麼辦，項目資金怎麼下撥？所以關鍵不在於具體做得如何，關鍵在於提煉。」

大家大感佩服，小劉小雞啄米般點頭。

「現在監督這樣嚴，創新創業費用執行一定要放給各二級學院。費用撥給他們自己分配，他們具體怎麼用，我們就不必管了。這樣執行的靈活性有了，出了成績可以說是我們組織得力，出了差錯我們可以說二級學院沒有嚴格執行，我們也沒有責任，兩全其美。」老柏嘴角得意地上翹，發福的圓臉上也有了神采。

林平起身去改材料，老柏趕緊說：「可別寫得太具體，」想了想又囑咐一句：「當然，也不要太空洞。你多研究研究，細考慮考慮。」

幾經周折，稿子寫完交上去了。林平的差事也差不多交了。

三

年底了，雙創中心要做個創新創業的講座，稿子事先少不得一番「研究」和「考慮」。總算要開始了，忽然聽說

黨委書記劉鳳鳴要來旁聽，老柏又認真地安排了人去領掌，就是安排林平找小劉他們幾個雙創中心的科員坐在後排，負責在他講到比較關鍵的地方帶頭鼓掌。他叮囑林平：「千萬注意，這次講座是我們中心表現的一個舞臺，也是一個機會。」

可以聽出來，老柏的講稿是下過一番苦功夫的，「更新理念，提高創新能力，衝破常規觀念的束縛，在工作中勤于思考，開拓性地……」都是從前校領導提到過的內容。

可是小劉他們一聽說要開大會聽講座，早早把手機充滿了電，會場上看得太專心，竟然幾次忘了帶頭鼓掌。老柏講到精妙之處，常會停下來等待一下掌聲，結果會場時常陷入尷尬的靜謐之中，等他又開始念稿的時候，掌聲忽然又如夢初醒般稀稀拉拉響起。

好在黨委書記也沒有來，老柏講完之後，有些期待地往門口看了一眼，戀戀不捨地走下了台。掌聲依舊稀稀拉拉，他看向林平的時候，臉色就有些不好看。但和其他部門負責人打招呼的時候，老柏聳著肩，略弓著腰，圓臉上又綻開了招牌式的笑容：「感謝蒞臨指導呵。」

四

各部門年終考核的方案和分數，一般是由各處室給系

部打分，系部給處室打分，相互評分的結果和賦分的依據要報給考核處，經考核處審定後，報給人事處最終劃分等次。

一次，因為順手幫了點小忙，人事處的老陳請林平吃燒烤，地方就在北門的四海燒烤。

林平臨走時候看到小劉也在，就帶著去了。

到了地方，三人落座，老陳沒等上串，就著涼拌豬耳和蒜泥黃瓜，喝了兩杯啤酒，說：「你們年終考核各二級系部的創新創業項目，給十九個二級系部評分都是九十九以上，差距大概在零點三—零點五分之間，根本拉不開差距嘛。今年幹部調整他有望扶正，小心謹慎一些也可以理解，不過到這個程度就有些過分了。」

肉串和肥筋都端上來了，上面撒著紅紅辣椒面和孜然，滴著金黃的油。

聽了老陳這話，小劉撇撇嘴：「那算什麼，你不知道，當時考核這事費了多少周折，」他啜了半杯啤酒：「考核分數算了三四遍，柏主任一直不滿意，覺得分數差距太大，怕有哪個學院對他有意見，最後直說讓我們都打滿分。」

林平覺得背後說自己領導不太好，不過老柏確實不爽利，又想出成績又不想擔責，就盯著手裡琥珀色的啤酒說：「我交差之前最後一個活兒是幫著弄考核評分，確實是

開始讓都給打滿分，後來考核處說都是滿分不行，柏主任就讓參考評分標準，給劃高分，又都多少有點差距。」他沒做什麼評價，放下杯子，專心對付起眼前一串肥筋。

小劉一口把肉串擼進嘴裡，嘴角帶油：「最後，交上你們人事處之前，主任又告訴我說『我帶著你們核算各學院分數的事，你們不要跟別人說』。」

老陳挺仔細地擦了擦鋼籤子前端的灰，把肉串送進嘴裡慢慢嚼，他笑著問：「那是什麼意思？年終考評的分數，處長沒過手？別人信嗎？」

小劉把剩下的啤酒一口喝幹：「恐怕是有人不滿意的時候好推給我們背黑鍋……嗨，管他呢。」

林平看了他一眼，小劉這說話風格，還是不夠成熟。不過，這也說明此人花花腸子不多。

五

不久，處級幹部調整就開始了，民意測驗老柏是第一名，領導評分據說是第二，其他部門的互評成績也非常突出，以全院幹部總分前三名的成績進入選拔，經黨委會討論通過，任命為創新創業中心的主任。

晉升後的祝賀飯局安排在南山小鎮，在學院南邊。說是小鎮，其實就是個村集體辦的酒店，建在田土上，周圍

都是麥田，酒店裡小橋燈籠，曲水流觴，很有意趣。美中不足，就是酒店外有段小水泥路，沒有路燈，離外環公路還有七八百米。晚上看去，這小鎮很像是個燈光閃爍的孤島。

老柏破天荒喝高了。別人攙扶著，送他回家。他圓臉紅得發紫，醉眼半閉，咧嘴笑著說：「我老柏做人有幾個……原則，」他左手拍著一位科長的肩膀，右手豎起三根手指：「從不擔責，從不出錯，從不得罪人……嗝……再就是，」他伸著一根手指在林平臉前晃著：「聽話。聽誰的話？年輕人，你看那些……提這個意見那個建議的，反映這有困難那有障礙的，都一邊涼快去了不是。領導一言九鼎，下級不換作風就換人……總之，要發展，就要聽話，聽領導地話絕不能含糊……學著點吧……」說到最後幾句話，他的頭逐漸垂下去，像是要睡著了。嘴角向上翹起來，還掛著滿足的笑容。

酒足飯飽，老柏又喊著打牌。林平推說要回家看孩子，溜掉了。

六

林平騎車回家。離開了酒店不遠，熱鬧就甩在了身後。麥田漆黑，秋蟲低鳴，夜空之上，群星閃爍。涼爽的

秋風從領口流進衣服，遍體生涼。他很愜意，就下了車推著走幾步，看看星空。

隱隱約約聽見有人說話，借著遠處的燈光，林平看到前面路邊似乎有幾個黑影。

「不借錢，摸兩把也行。嘿嘿。」聲音又低又啞，像是抽煙抽壞了的嗓子。

走近幾步，像是兩個男人堵著一個女人。林平知道學院地處城郊，附近不三不四的小青年挺多。惡性案件是沒大有，但搶點錢，打一頓，或者女生被占便宜的事時有發生。

前些日子，還聽說一個身量瘦小的男老師給踹了兩腳，搶走了手機，薛青當時還笑人家個子矮，有被搶劫的潛質。

想不到今天遇上了。林平推車子的手有些發抖，腿也有點軟。壯著膽子又往前走了兩步，想騎上車就走。忽然聽那女人「啊」地驚叫一聲，聲音有些熟悉。林平正義感陡增，站住吼了一聲：「幹什麼的！」

那兩人似乎抓住了女人的挎包，其中一個沙啞的嗓子說：「少管閒事，過來弄死你！」

林平大腦有些發懵，也沒看清那兩人手裡有沒有傢伙，就從車簍裡拿出了鋼制的 U 型鎖，掂了掂，有兩三斤

沉，又推著車子往前走了一步。

　　那人使勁拽了一下那女人的包。那女人被拖倒在地上，喊著「搶劫啦。」林平立刻聽出了是小玲，他向前猛跑幾步。

　　黑影裡，兩人抓著挎包的手一松，二人掉頭跑了，邊跑還罵罵咧咧。

　　林平懸著的心總算放了下來，走過去把小玲扶起來。她也是渾身發抖，抓著林平，手指緊緊勒進他的胳膊。二人互相攙扶著，緊走幾步，總算到了燈光下的大路上。路燈昏黃的光照在馬路上，讓人心中有了很多安全感。

　　小玲一直緊跟在他身邊，沒有作聲，這時候「哇」地一聲哭了起來。這時候，她不是舞臺上儀態萬方的藝術家，也不是講壇上侃侃而談的教師，就是一名嚇壞的女人。

　　林平看周圍沒人，趕緊輕輕拍了拍她的肩：「沒事了沒事了。」感覺她的肩膀顫抖得厲害。

　　小玲哭了一會兒，平靜下來，抬頭看著林平，蒼白的臉上還有淚痕，說道：「今天多謝你，不然⋯⋯」

　　林平擺擺手，努力表現出若無其事的樣子：「不客氣，沒事就好，」見她身上有不少土，臉上似乎有傷，便問：「你臉上⋯⋯」

「沒事，摔倒蹭了一下。」小玲掠了掠垂到臉前的頭髮，昂起頭，臉上逐漸有了血色，眼神明亮起來。

林平一路送小玲到家屬院門口。騎出老遠，小玲依然在門口站著。

夢記：

霧海中，燈塔若隱若現，像是秦時的明月，也像亡靈節的燈籠。昨天傍晚，夕陽像血一樣紅，有鐵絲穿透了手肘的凡人，被釘死在牆上，保持著歡呼的姿勢。

網上評論：

絲綢 slik：就業難以提升，不提倡創新創業，你倒是指條明路？

Huangxian：只會尸位素餐，可悲可歎。

11 月 18 日，我校組織全體學生參加主題團課活動。活動主題：「正確認識香港局勢　堅定『一國兩制』信心」。

關鍵字：香港　評論　網監　自由　重傷

第六章　香港問題

　　辦公室暖氣熱烘烘的。窗臺上的玻璃瓶裡，兩株綠蘿在陽光下舒展著葉子，綠得照人的眼。林平喜歡綠色植物，但經常忘記澆水。前幾天，辦公室裡一棵富貴竹黃了，就送去農學院急救。

　　不久，農學院的書記跟林平說，林科長，你那棵富貴竹根都幹死了。林平還半開玩笑似的說：「醫死了我的花，得賠我一棵。」他趕忙答應了。各系年終考核都有宣傳這一項，雖然發不發新聞的差別只有三五分，但誰也不想丟分。

　　早上在車裡，媳婦胡玉一邊化妝一邊說：「聽說沒有，藝術系的何小玲和丈夫分居了，丈夫前些日子打上門來，

因為小玲和別人在家約會，你說這人真是看不透啊。」

林平沒答腔，鼻子「嗯」了一聲算作回應。前幾天小玲還過來專門道謝，要請他吃飯，被他婉言回絕了。面對小玲的時候，看著她眼中波光流轉，偶爾會有些說不清、道不明的蔓草在心裡滋長，林平很警惕自己，面對小玲時，他的禮貌就是盾牌，故意表現出來的客氣就是盔甲。

胡玉沒注意他心不在焉，就繼續八卦道：「聽說他丈夫是企業老闆，挺有錢的，不知道兩個人為什麼鬧掰了……」

一到辦公室，林平打開電腦，捧起一杯茶，看新聞也是例行輿情巡查，看看各大網站頭幾條有沒有信東學院的大名，再打開微博、貼吧和幾個社區看看。手機上其實有個監控軟體，是從前一次出事的時候買的信東日報的，會自動給發短信報警，但林平不大信它。

前幾年，林平發現百度上新聞標題嘆號太多，於是把新聞主頁設成了鳳凰網。這幾年覺得鳳凰網上，也開始有了大量不用看的頭版頭條：領導人的行蹤、領導人的重要文章和「金句」。

看看今天的新聞標題：「＊＊搬起石頭砸自己的腳」；『人權』、『民主』極度虛偽！」「憤怒！香港市民清理路障　被暴徒用重器猛擊頭部」；「震撼！港珠澳大橋口岸舉行反恐

114

演練」。

　　林平歎了口氣，他對這種調調並不滿意。但作為宣傳部門的一分子，他又能如何？前幾天，學院剛在每個教學樓門廳裡立了個牌子：「學術無禁區，課堂有紀律」。其實學術也不是沒有禁區，研究結論如果對西方有利，不能立項結題，也不能發表。東南西北中，要領導一切嘛。

　　晚上，老馮喊大家在北門外的川菜館吃魚，給薛青接風。省裡有個參觀訪問團，薛青跟著領導參團，去了一趟馬來西亞。

　　西蜀川菜館是信東學院教職員工經常去的地方，他家的麻辣水煮魚很鮮，白花花的魚肉一瓣一瓣浮在噴香的紅油裡，上面飄著一小撮綠花椒，色香味俱佳。林平喜歡吃這家的回鍋肉，並不喜歡吃辣，但麻辣魚這個辣度還能接受。

　　薛青不無得意地說：「馬來西亞正是雨季，戶外又濕又熱，好在室內空調溫度都很低，我帶了件長袖還好，東海學院一個老師穿短袖，都冷得受不了。」

　　接過這個話頭，老馮問：「東海學院？就是那個黨委書記出事的學院嗎？」

　　「你沒問問，他們黨委書記的情人長得怎樣？」大江一臉壞笑。

「哈哈，我哪能不問？」薛青把一瓣魚肉蘸了蘸辣油，搖頭晃腦地說：「你猜人家東海的老師怎麼說？說是——我見猶憐。」

大江撇撇嘴：「少窮腔別轉文，究竟咋說的？」

「他說啊——膚白貌美、細腰翹臀，我看著都流口水……」

「哈哈哈。」

薛青咽了口唾沫：「這個書記真是個高人，據說在南洛學院時候就有情人，調到東海之後又發展了一個，辦公室都裝了雙人床。」

大家讚歎一陣子權力的催情作用，又上了一道紅燒魚肚，便開始專心對付晶瑩滑潤的魚肚。

「這次去馬來西亞，」薛青摸摸自己圓圓的小肚子：「過境香港機場，免稅店買了塊天梭表，住了一宿，還吃了頓粵式早茶。」

林平不經意地問他：「香港亂嗎？新聞上說有人在機場鬧事？」

薛青正專心對付碗裡的麻辣魚頭，不在意地揮揮手：「沒看出來，附近都挺安靜的。」

「香港是個法治之地，不會像新聞裡說的那麼亂的。」單大炮點點頭。

老馮舀起來塊雪白的魚肉，澆了點紅油，說：「學校天天開會，讓我們正確認識香港形勢，來回開了三遍，聽到耳朵都起繭子了。」

「奶奶的美國還弄了個涉港法案，真是狗拿耗子多管閒事。學生有些愛國情緒也屬於正常，」大江一說這個就很激動，「想起來前幾年北京學生砸了大使館玻璃就覺得很帶勁。」

「這確實是中國內政，美國不該插手，不過大陸當初答應給普選權，最後又食言，總是有些不妥，」單大炮在酒桌上被大江懟過一次之後，說話小心了很多：「香港老百姓也知道，只有自己選上來的人，才為老百姓辦事。」

大江不滿地瞥了他一眼：「什麼普選權？！我們那麼年都沒普選過，還不是一樣過？我看人家新浪和鳳凰網新聞評論說：林鄭的政府太溫和，不然派上兩個師的解放軍，二十四小時解決香港廢青（廢物青年）。」

那些新聞評論，林平太知道是怎麼回事了。二〇一三年之後，信東市和信東學院年年會有網評員培訓，每年也會根據報送的新聞輿情和評論情況評獎、表彰，有證書有獎金。這些網評員就是用來與錯誤言論作鬥爭的，很多評論自然和主旋律一致。

從前，這些新聞底下是隨便評論的，誰都可以說，說

得對不對也沒大有人管，很過分的就被網站管理員刪掉了。

後來，評論需要實名登錄，要填手機號（手機號都是實名的），而且新聞底下評論區多了一行提醒：「文明上網，不信謠不傳謠」。當時，薛青剛畢業，還瘦得像是根竹竿，對他感慨：「還是前幾年網路自由一些。」林平當時開玩笑地說：「過幾年以後你還會有這種感慨。」

果然讓他不幸說中了，再後來，新聞評論下面的表情由「開心，思考，無所謂，不開心、憤怒」等等，變成了「開心、支持、點贊、愉快、思考」。林平跟薛青調侃說：「現在我們不能「不開心」，也不能「憤怒」，只能『思考』了」。

暑假前後曾有一小學老師在網上貼吧裡發言，罵本地熙縣縣委書記「就那個慫樣子，能幹出什麼好事來。」不巧，縣委書記的兒子是當地的網警中隊隊長，當天晚上查出來 ip 位址和物理位址，銬起來就抓到派出所了，第二天押著在縣城遊街。這名老師二十來歲，比較倔強，發誓要告倒他父子倆。上訪了幾次，單位也把他開除了，但毫不退縮，最後告到熙縣縣委書記被雙規。林平注意到這個縣委書記正好和信東學院前任書記劉鳳鳴是老鄉。那時候，才明白當時領導說的：「有的提拔進京，有的身敗名裂」的

意思。

　　林平聽著大炮和大江他們有一句沒一句的嗆嗆著，想著這些事，並沒有插話。

　　菜館老闆又上了一道酸菜肉絲湯，這道湯非常開胃，薛青就張羅著給大家分到碗裡。林平一碗湯沒喝完，手機就響起來。他背過身接了，趕緊舉杯敬個酒：「兄弟們不好意思，我有急事要回學校一趟。」

　　老馮常和學生打交道，一看他這架勢嚇了一跳，忙問：「和我們系沒關係吧？」

　　林平就笑笑說：「是別的系學生，不過薛青也要去。」

　　果然不大一會兒，薛青也接到電話了，他一張油油的胖臉上，神色很頹喪：「我剛回來，就趕上這熊事。」

　　晚上，信東學院辦公室值班的小孫接到網監大隊和派出所的通知，學生在網上發佈帖子，對香港表示同情和支持，人已經被拘留了，就在學院北門附近的社區派出所。

　　薛青去派出所辦手續領人的時候，甯所長沒接薛青遞來的蘇煙，拿出自己的軟中華叼上說：「我們也得等等網監大隊的通知再放人，明早再來吧。」

　　薛青是學團口，學生打架、玩失蹤，丟失物品報警，常和派出所打交道，和甯所長是熟人。在雲霧繚繞的派出所辦公室裡，他們大致瞭解了情況。

政法系一個小男生，在網上看民主自由看得多了，發了個帖子：「Fight for Freedom. Stand with Hong Kong.支持香港人民擁有普選權」，後面還貼了一首詩：

沒有人是一座孤島，

每個人都是大地的一部分。

如果海浪沖掉了一塊岩石，

歐洲就減少了一塊。

如同一個海岬失掉一角，

如同你的朋友或你自己的領地失掉一塊。

每個人的死亡都是我的哀傷，

因為我是人類的一員。

所以，不要問喪鐘為誰而鳴，

喪鐘就為你而鳴！

發了帖子之後，不到半個小時網監大隊就發現了，鎖定了 IP 地址和手機號碼，接下來的就通知派出所去學校把人帶了回來。信東市委宣傳部接到通知晚了不少，但很快把電話打給了學院宣傳部長週一峰。時間大概和林平他們幾個吃魚的時間重合。

宣傳部長週一峰晚飯也沒吃好，大晚上把林平叫辦公

室去，是希望出個處理意見，報給市委宣傳部。他歎口氣：「學生愛國愛黨教育是個長期的事，不能讓他們被民主自由這種鬼話迷了心竅，我們總得有個辦法才好。」

第二天林平在薛青辦公室見了那小子，瘦瘦高高的小平頭，兩眼佈滿血絲，看來在派出所的這一夜沒睡好。

林平看來，這種情況一般是處分一下就算了，他一早去請示部長週一峰。週一峰眼珠轉了轉，說：「涉及學生的事情，你拿著給學團負責人看看，市委宣傳部要求嚴肅處理。」

學團負責人老鐘打得一手好太極，看了看處理意見就說：「按照管理制度來吧，你和薛青找系裡協調一下，拿個意見。」於是球又回到了他這裡。

按照學院管理制度，涉嫌違紀違法，被派出所拘留的學生要開除學籍。林平就和薛青去找政法系主持工作的副主任楊釗商量。

薛青一邊上樓一邊嘟囔著說：「這政法系辦公室太高了，爬這一趟要消耗我多少脂肪啊。」為了個二逼小子，跑這麼一趟，不如開除算了，他恨恨地說。

楊釗早就聽到了風聲，把他們讓進了辦公室，沏了一壺金駿眉，慢條斯理地說：「開除學生這事，在系裡是大事，要考慮很多後續情況。比如，學生被開除之後，會不

會情緒劇烈波動之下有什麼過激舉動？家長會不會因為去
上訪？會不會反而變本加厲從網上發表違法言論？」

　　林平說：「楊主任說的有道理，我們確實覺得可能會影
響學院地發展穩定，可是市委宣傳部又讓拿個處理意見，
我們擔心只是給個處分什麼的，難以讓上級滿意。」

　　楊釗伸手做了個請的動作，二人品了品茶，薛青讚不
絕口：「入口香甜，回甘醇厚，只有在楊主任這裡能喝到這
種正山種的紅茶。」楊釗很受用，笑著說：「我同意開除學
籍的處理意見，再加個留校察看怎樣？這樣有一年時間觀
察和教育，對上級你們也有個交代，我跟家長也好說
話。」

　　林平和薛青對視了一下，覺得可以起到震懾學生的效
果，也留了活口。長期在學校工作，都會有這種經驗，學
生一旦開除，會更加不受控制，到時候把各種不滿意都抖
摟出來，學院就更被動了。

　　處理意見協調完了，接下來他們還要和學生談一談，
三人又交流了一下溝通策略。

　　政法系會議室裡，牆壁上掛著鮮紅的黨旗和黨徽、領
導人語錄，長長的會議桌兩邊，一邊是林平、薛青和楊
釗，一邊是那個小平頭的學生。林平看了看材料，他叫楊
寶。被關了一夜，估計是略嘗了嘗人民民主專政的鐵拳，

有些萎靡，看著地板不說話。

楊釗撚著手裡的簽字筆，把處分結果說了。學生聽到開除學籍的時候仿佛被電了一下渾身哆嗦，待楊釗說完：留校察看一年，一年時間如果不出現違紀違法，還可以重獲學籍，他便又恢復了低頭看地板的狀態。

林平補充說：「同學你看，言論自由不是隨便說話，你發表違法言論會影響你的學業，而且⋯⋯」

楊寶憤憤不平地抬起頭：「我不就是說了個支持民主支持香港嗎？怎麼就違法了？」

對付學生林平還是有經驗地，他挺了挺身，坐直：「香港在搞分裂，你支持香港就違反《反分裂國家法》，這可是很嚴重地罪行，」他臉色凝重地說。

楊釗右手在桌子上輕叩了兩下，說：「而且我瞭解到，你入學以來累計曠課已經到了二十五節，這可能會影響到你順利畢業，」楊釗慢條斯理地說：「楊寶同學，父母供你上學不易，你一定要珍惜。」

「其他同學也有曠課，有的比我還多，憑什麼拿這事算計我？！」楊寶瞪大了眼睛，乾瘦的兩頰上肌肉虯張。

楊釗笑了笑，依然是慢慢地說：「你有哪名同學曠課很嚴重？把班級和姓名寫給我，簽上你的名字，我去查，查實了也會按照規定處理。」

楊寶低下頭，沒有說話，放在桌子上的雙臂微微有些顫抖。

薛青及時的插話：「只要你遵守校紀校規，不亂髮布違紀違法的信息，學院的獎學金、助學金和評優評模，甚至是招收研究生的名額，都可以優先考慮你。」

「如果沒有意見，就回去寫個保證和悔過書，交給楊主任就可以了。」

走出門來，薛青點上支煙，有意無意地問：「這小子還不太服氣，要是畢業之後胡說八道怎麼辦？」

這方面工作，林平幹了好幾年，比較有經驗，他悠悠地說：「無論國企民企，我從沒見過敢無視意識形態高壓線的。他敢亂說話，給企業行政部門打個電話就能解決，要是在機關事業單位就更不用擔心了，去年信東一中那事就是個例子。」

薛青點點頭：「說的也是，嫖娼、敲詐勒索，總有一款適合。再說，就算啥事沒有，這個擾亂公共秩序、尋釁滋事總是沒錯。抓起來關兩天就老實了。」

去年，信東景觀重點工程鎮國塔落成，因為這塔的頂部分叉像「Y」形，一中一名老教師在網上評論說「遠看像樹杈，近看是鐵塔，要問有嘛用，去找孔令家。」孔令家就是信東市委書記，哪能是他隨便評論的。晚上發的評

論，第二天一早，市委宣傳部聯繫一中要給他處分，這個老教師還說：「我都這個年紀，要退休的人了，處分又能怎麼樣？」結果，他小女兒上大學，取消了入黨資格，兒子考教師編，政審都過不了，估計他現在後悔得腸子都青了。

想著市委宣傳部還要求開展政治教育，林平踱回辦公室，編寫對學院師生的教育學習計畫。

現在愛國愛黨教育就如同一個儀式，無外乎開報告會、做講座，上團課，寫筆記、抄語錄之類辦法，外出參觀先烈紀念館和觀看主旋律電影效果比較好，但成本比較高，而且學生聚集活動也容易引起意外。上次歷史系老師創新教學形式，帶學生去信東博物館學習，學院為省錢沒有租車，老師領著三百來名學生剛到市中心，就被公安截住了，還被市委辦公室一個電話打到學院裡把院長批了一頓。

想來想去，林平還是在學習計畫裡安排了一場師生全體形勢教育報告會，一場愛國主義教育電影，一次團課。沒有寫筆記的內容，學生不是黨員，強制學生寫筆記容易被學生掛在貼吧裡罵娘，還是少幹這種找罵的事。

敲進去地址，把計畫發給了部長週一峰，林平仰在辦公椅上閉目養神。前些天說得熱火朝天的職務調整的事又

沒動靜了，不知道領導又有什麼考慮。自己這幾年的宣傳科工作總體是四平八穩，沒有意外的話，職務調整也該輪到自己了。

時間不長，市里安排了一次宣講會，組織各市直單位的黨委副書記參加，學院黨委副書記周凱年紀大了，就安排宣傳部長週一峰去替他。臨到開會的時候，週一峰又跟林平說：「我還有事，你替我去吧，該簽到就替我簽個到。」林平便去信東市招待所開會。

會議規格很高，市委宣傳部長周明華來給與會者講香港形勢。他從 2014 年占中遊行開始講，一直講到 2016、2017、2018 年香港政治形勢。他說：「全國人大常委會關於香港特區行政長官普選問題和 2016 年立法會產生辦法的英明決定，給外國勢力代言人設置了難以逾越的門檻。他們的代理人上不來，就狗急跳牆。2019 年開始以「反修例」為幌子，肆意進行暴力和破壞活動，踐踏香港法治，破壞社會秩序，威脅公眾安全……」

人大是怎麼回事，老百姓是太清楚了。林平想。最近幾年思政課上，連公民的概念都不讓提了。他今年四十歲，唯二的兩次投票經驗是：在大學裡投過一次，畢業後投過一次。兩次都不認識被選舉人，兩次都被要求要投票給指定的選舉人，另外一個選舉人叫做差額，投了也無

效。

　　從前和薛青在燒烤廣場喝啤酒時候，他笑談：「我們大陸是只允許上網罵街，不允許上街遊行。現在這幾年，連上網罵幾句也不讓了。」

　　前些天他還問林平，要是香港真的獨立你會持什麼立場？林平想了想告訴她：「我們這些普通人，既無法參與制定這類國家政策，又無法選取我們中意的候選人，所以我們的立場根本無足輕重。打江山坐江山，在其位謀其政。我們是地溝油的命，就不操那中南海的心。」

　　當時紮啤杯子碰在一起，叮叮噹當，無可奈何的聲音。

　　宣傳部長講課，老是走神也不好，林平就拿起筆認真記點，回去好跟部長交待。

　　講了半個小時，宣傳部長一直保持著理直氣壯、大義凜然的激情狀態，讓林平很是佩服。

　　中間有人送了個紙條上去，看了紙條，市委宣傳部長周明華顯得有些神思不寧，接下來半個多小時的講座就有些心不在焉。好在台下認真聽講的也不多，也就將就著過去了。部長講完是講師團的一個年輕講師，他的講座內容更有戰鬥性：「這是赤裸裸的顏色革命，是公然挑戰國家主權與尊嚴，事實清楚、證據確鑿、性質惡劣，必然會被繩

之以法，釘在歷史的恥辱柱上。」

過了很久，上級下了個通知，在網上和微信群裡禁止討論、傳播周明華和他兒子的事。林平才曲裡拐彎地聽說細節：那天，周部長的兒子因小事跟別人打架，一刀戳在胸口，導致那人重傷致死。還聽說他兒子之所以非常暴躁，乃是因為周部長剛離婚再娶了一位小他二十來歲的女主持人。林平非常感慨，領導的修養就是不一樣，家裡出這麼大的事，竟然能夠強忍悲痛和震驚，講完課才走。

晚上弟兄們幾個的群裡，大江發了個段子：「信東下了場雨夾雪，這場雪下得講政治、講大局、接地氣，主要體現了三個特色：一是規範有序，北京下過，信東才下，體現了政治規矩；第二適度適量，各地都下雪，信東下得不多不少，不高調不出頭；第三是接地氣，淨化了空氣，促進了生產。全市人民一致認為，這是一場好雪，有覺悟、講團結，團結奮進，擔當作為，繼往開來。」

林平想發一句「黑幫嗎？還規矩？」，想了半天，沒有按下發送，自忖別多事，管住嘴，保平安，還是刪掉了。

最近經歷過這麼多事，他心裡很憋屈。翻開手機的通訊錄，想找個人聊聊。這些事和同事聊肯定不行，那就找朋友吧。

他想起在千島湖邊當法官的陸子。在大學裡，他們就

是一個宿舍，是無話不談的好朋友。電話打過去，盲音。過不多時，陸子一個短信回過來：「老三，我陪領導唱歌，等結束了回你。」

　　姜琳是他同學，在鄰市大學教書，二人偶爾在微信裡交流，會一起吐槽一些社會現象。他很快接了電話，聲音依舊沙啞：「老林，怎麼想起我啦？」林平從香港說起，剛開了個頭，薑琳打斷他說：「老林，這些事都是在維護統一，不統一就不穩定，不穩定，老百姓哪有好日子？」林平只好歎口氣說道：「是啊是啊」。然後他覺得興致索然，便應付幾句，掛了電話。

　　湖南的趙宛如是一起參加培訓時認識的，有些共同語言。上回打電話聊天時她說話很拘謹。大晚上的，給女士打電話也不好。算啦，還是和媳婦聊聊吧。

　　胡玉晚飯後一直在帶孩子學數學，見他進家也只是擺了擺手。他給胡玉倒了杯茶，她涼了也沒來得及喝。

　　好容易孩子去睡了，胡玉把食指豎在嘴唇上，向他打個「噓」的手勢，讓他別說話，匆忙抓起浴巾去洗澡了。林平在床上半躺著看手機，想著等她回來睡覺，可以聊聊。等著等著，林平睡著了。

　　夢裡，他找到了一個山丘，挖了個洞，把自己吐出的話都埋在裡面，白花花一片。填上土，他覺得前所未有的

129

輕鬆。

　　他不會想到，僅僅幾個月之後，國家就通過了國家安全法，把香港的民主和自由管了起來。七月，香港大學校委會以七票對三票通過決議，解聘支持爭取民主權利的包立廷教授。

夢記：
原野交錯著黃沙與灰綠色的荊棘，我變成了一隻飛蟲，是假扮成蒼蠅的馬蜂，繞著絞肉機器嗡嗡地飛，零皮碎肉和凝固的血液，黏黏糊糊。雷聲滾過天空，重複：「沉默——沉默」。

網友評論：
jsxl 及時行樂：跪著的藍蛆！被民主自由洗腦的分裂分子。滾出中國。
木心北：感覺你需要被四個自信的鐵拳教育一下。等我們九零後、零零後成為中堅，作者這樣的人就會被掃進歷史垃圾堆。
大蟬：樓上的，提倡民主自由不對嗎？不是寫進核心價值觀裡了嗎？

飛機上的李白：說實話會禁言，被刪。於是我說，打倒香港。厲害了，威武了，我的國。

匿名使用者：林某道德敗壞，有人親眼見過他借學校名義跟校外單位簽訂協定，損害國家利益。

nod 牛肉麵：盲目追求言論自由是不對的，言論也應該有忌諱。西方的民主，是建立在數千年西方文明的基礎上的。而亞洲的專制，也是建立在亞洲數千年的文明基礎上，各有長短。中國老百姓很容易被煽動，如果要中國因此亂了，要比現在困難得多！不信請看伊拉克和利比亞。

12 月 28 日，我校獲得「省級文明單位」稱號。

12 月 30 日，我院召開會議，學習信東市依法治國會議精神。

關鍵字：停車　後視鏡　城管

第七章　文明法治

一

　　從前，林平一直喜歡騎車上班，現在孩子上學，他和老婆租房子陪讀，離上班的單位遠了，才開始開著紅色的騏達上下班。

　　前些日子，學院搞精神文明建設，領導開會專門提出要求：全體人員停車一律要停在指定車位，而且方向要一致。體現文明秩序，體現學院人文素養水準。

　　這個林平也理解，講文明講秩序，沒什麼好說的。從第二天開始，他就一改往常隨便停車的習慣，按照單位劃出的車位元，車頭朝外，規規矩矩停了起來。

　　有一天，一大早林平就到了學院。在辦公室屁股還沒

坐熱，門就被推開了。門口傳來一個熟悉的聲音：「老林，那幾個是公務車位，你挪挪車，停到旁邊樹下吧。」林平抬頭一看，是大江，正笑眯眯地看著他，後邊還跟著兩個保安。

大江從前的時候，在政法系辦公室當科員，一直很客氣地稱他「林老師」。後來調去了保衛科，當了副科長，就開始改口喊他「老林」。林平和薛青等幾個人也是政法系走出來的，彼此都是弟兄相稱，也不太在乎。

林平沒吱聲，起身出辦公室，大江和兩個保安跟在他身後。他皺著眉頭走到停車場，見自己那輛車停著的地方，確實有黃漆新劃出的車位，旁邊也果然是輛公務車，就點點頭要打火挪車，瞟見旁邊還有一輛私家牌照的「藍鳥」，就扭過臉，強笑著問大江：「這輛車不也……」

大江笑著打斷他：「那是領導的車。」

「領導的車就可以停在這兒，別人的就不行？」林平看了看大江和他身後的兩個保安，把後半句「這是公務車位還是領導車位」又咽了下去，沉著臉挪了車。

樹下常有黃黃白白的鳥屎，一般大家是不停在這裡的，今天這兒也停滿了。林平只好停在草坪上。晚上下班發現後勤上給車前玻璃上貼了個紙條：「保護草坪，人人有責。」漿糊多得都流了下來，林平下班時擦了半天，邊擦

邊罵，當然，只是低聲嘟囔。

林平一天跟薛青說起這事，還替他解釋了兩句：「大江說都是領導安排的，他也沒辦法。誰都不容易啊。」

「領導哪有功夫管這檔子事，還不是大江哥想做出點成績來。」薛青一邊玩著手機，一邊笑嘻嘻地說。

從那以後，林平又開始騎車，用他的話來說就是「惹不起我躲得起。」

這天下午，科里小李跟林平說：「林科長，學院教工群裡有個女老師發言懟保衛科，這事咱們該跟進嗎？」要不要給保衛科發督辦單，讓他們整改？

林平打開 qq 群，看到是電腦系的小辣椒閔容。

「停車位置不對，你們保衛科說說也就罷了，用那麼多漿糊，貼我豐田車上那麼大一張紙條，我趕著接孩子也沒來得撕掉，因為視野不好，路上蹭了別的車。請問這算什麼事？！@保衛科」

林平一看之下覺得很痛快：院領導很關注教職工的思想動向，說不定就被人反映到領導那裡，把保衛科收拾了，自己也出口氣。

他轉念一想：如果有人反映了而宣傳部沒有發現這個動向，會不會影響領導對宣傳部的印象？

他在群裡截了個圖，存了下來，備註了日期和時間，

又想了想，蹭了車，小辣椒算是夠倒楣的了，心裡正窩囊。這事算是小事，能遮掩還是不必向領導彙報的好。

看了一陣子，群裡有四五百教工，下面一個發言評論的也沒有，林平心想，都不吭聲，這也算是識相。

沒想到的是，保衛科不幹了，科長老黃帶著大江，下午就到電腦系去找系主任老鄭理論這事了。

隔壁的薛青比較好事，詳細打聽了一番，拿著茶杯眉飛色舞地說：「這老黃，真不是好惹的，他不是說貼條怎麼樣蹭車怎麼樣，而是說：『學院搞精神文明建設，咱按照領導要求整頓停車秩序，鄭主任您肯定是支持的，可咱們系的閔老師公開叫板學院的文明建設，這您得給個說法。』」

林平也很有興趣，就瞄著他等下文。

薛青呷一口日照雪青，說：「搞得老鄭沒辦法，最後叫來小辣椒，在辦公室裡給他們道了歉才算拉倒，聽說後來閔容回教研室哭得嗚嗚的。」

林平歎口氣：「教師雖然不在乎職務提拔，但職稱評聘捏在系主任手裡，閔容再潑辣能怎麼樣，乖乖低頭是上策。」

這天早上有些陰天，林平騎車到單位，看了一眼低沉的烏雲，把車推到辦公樓樓簷底下，還沒打好車撐，就聽見大江一邊吆喝一邊快步走過來：「老林，這些天領導讓整

治辦公環境，這裡不讓停自行車了。」

林平皺起眉頭：「那我停哪兒？」

「可以停冬青東邊的走廊裡，劃好了地方。」

「你們保衛科定的規矩？那地方是露天的，下雨怎麼辦？」

「下不下雨這個要問老天，怕淋了要建車棚得問後勤，至於是否遵守規矩……」大江打個哈哈：「要問你自己啦。要講文明有秩序，就得一切都有規矩。」

林平冷冷地橫了他一眼，把車推到冬青走廊，打上車撐，重重地往地下一墩。把剛騎過來的薛青嚇了一跳。薛青一看就明白了七八分，他拉拉林平的胳膊：「老林我弄了點日照雪青，一起嘗嘗去。」

到了辦公室，林平把事情講了一遍，薛青抿口茶，撇著嘴說：「這規矩還不是為了讓領導看上去整齊好看。」

林平重重地歎了口氣：「那就不顧大家方便不方便，挨淋不挨淋？」

「大家方便？嗤，」胖胖的薛青笑起來，差點把嘴裡的茶水噴出來：「他的科長又不是大家給的……你怎麼跟個生瓜蛋子似的」

二十日中午時候，薛青發了資訊，說好久沒有在一起聚過，下了班，一起坐坐。飯局，是資訊交換的場所。林

平給推掉了。

　　因為停車的事，林平最近有些煩大江，覺得他巴結領導有些不擇手段，轉念一想，自己要是在那個位子上，不也得這麼幹？誰比誰強多少呢？薛青下班時候又來拉他，他也就答應了。

　　林平騎車，老陳，大江、單大炮、老馮坐薛青的車去了鼎尚鮮酒店。

　　菜式簡單粗暴：三葷三素，兩道湯，外加每人一份紅燒肉骨頭。林平見了笑著說：「我本來就消化不好，把你這大肉骨頭吃下去，晚上還睡得著嗎？」

　　他們這批人，級別、年齡也都差不多，但老陳在組織人事處，接觸領導比較多，便隱隱有些優越感。薛青和林平，一個是學團口一個是宣傳口，領導也比較重視，所以剛開始的時候，他們或主動，或被動地說了說自己掌握的資訊。

　　喝了幾杯之後，大炮和大江話也多起來，不知誰先談起了公知，他們兩個很快又杠上了。

　　大江憤憤地說：「學院裡淨些你這樣的人，政府這做得不對那做得不好，你行你上耶，你又幹不了，」他猛地從面前大骨頭上撕下來塊肉丟進嘴裡，不屑地說：「我就看不上你們這些耍嘴皮子的，耍筆桿子的……」

　　林平正在和薛青碰杯，聞言笑著轉頭說：「大江你這一竿子打翻了一船人哈，在座的弟兄們有不上課的，但沒有不寫材料的。」

　　大炮卻抿了口酒，慢悠悠地說：「誰對誰錯不是該有個獨立思考，然後允許探討嗎？」

　　老陳對大炮說：「大江跟你實實在在拌拌嘴，也是挺好的事，比那些人，有不滿意就給紀委監察委寫信，甚至給公安局寄信強得多。」

　　薛青聞言，和林平對視了一眼，林平便笑哈哈地說：「我不信，還有這事？」

　　老陳沒搭話，仔細品著茼蒿蝦皮，說：「我就喜歡吃茼蒿，油一炒，嚼在嘴裡有特殊的香氣。」

　　回家路上，林平仔細咂摸咂摸他的話，跟薛青說：「禍從口出，以後說話謹慎。」

　　學院一千名教師，二百多行政，科級以上幹部一百多人，每次晉級、提拔都有雪花般的匿名信告狀。除了實名的揭發檢舉才會進行調查。但這信除了發在網上、投給紀委、政府監察委，甚至公安部門的，估計也不少。

　　前些日子，和老杜一起吃飯，同飲者中碰巧有個網監大隊的科長，姓楊。席間聊起來鄰省一個大學的教授，他上課點評當地政府官員家族化，被學生偷拍視頻後，在微

博傳播，被當地政府責成該大學嚴厲處分。楊科長和林平碰杯時就說：「大學裡容易出公知，對黨和政府說三道四，咱們信東學院肯定也有。我們大隊有此類獎勵政策，很豐厚。有情況你及時跟我說，不是網路的，網下的言論，我們也管得著。」

林平當時笑呵呵，轉過身來就很鄙夷地想：「當我是什麼人，讓我幹這種事。」不過事後還是想了想他說的獎勵政策，很豐厚。究竟有多豐厚？

這天，林平上班照例要把自行車停到冬青走廊去，騎到走廊前面，卻看到個標識牌：「為滿足幹部職工需求，學院決定本周建設車棚，帶來不便請諒解。」

大江帶一位保衛幹事指揮車輛停在別處，他笑眯眯地說明：「我和後勤處辦公室的老嚴商量了一下，下雨天、雪天總不能讓大家停在露天地裡，就找領導說了說。領導很贊同，我們這就開始建車棚了。」

林平很高興，回辦公室就說：「大江真是個踏實幹事的好人，一心為咱大家著想。」

新潮現代的車棚建好了，一天林平停車時遇到了領導，正暗自奇怪他今天怎麼沒坐車來，還是後邊過來的薛青給他解了惑：「領導查出了高血壓、高血脂，今後要騎車鍛煉……」

林平恍然。

二

12 月 30 日，我院舉辦「不忘初心、牢記使命」主題教育總結大會。

「我們深入貫徹……堅定不移……要把法治社會建設好……只要我們用心回應群眾關切……就一定能讓人民群眾的生活更加幸福美滿……」會場不讓玩手機，可他腦子裡滿是媳婦講給岳父做壽的事，會上放的似乎是市里開會的視頻，至於視頻上孔書記講得什麼，林平也沒怎麼入腦，只知道最後跟著鼓掌，然後散會回去寫學習體會。

天一冷，市區開汽車的人越來越多，林平每天騎車去學院上班又有點遠，於是想買一輛小摩托車。昨天下午，他專程去幸福路的專賣店裡，挑了一輛明黃色的，代表幸福。

昨晚剛下過一場秋雨，今早一陣陣風吹來，國槐的圓葉便在柏油路又下了一場黃色的細雨。

早晨上班路上，經常堵車，尤其是在信河橋這裡，路窄人稠。大大小小的汽車不斷鳴笛，刺耳的喇叭聲絮腦子，有的司機還故意拉著手剎踩油門，用「嗡嗡」的轟響發洩心中的不滿。非機動車道上一般不堵車，這也是林平

140

買小摩托車的原因。可今天，非機動車道上也有耍小聰明的司機拐進來，特別是電動三輪車，把道路堵得滿滿當當。

　　林平一邊看手機一邊盤算，大概還有多久到學校。忽然感覺周圍的車和人都開始動了，這說明前面道路疏通了。他剛想發動小摩托，突地感覺車身一晃，旁邊一個逆行的三輪車蹭過去，林平只聽「嘣」地一聲，小摩托的後視鏡被撞掉了，只留下一個銀白色的鐵杆。林平費勁地調過頭來，一加油門，擠到那個三輪車旁邊，用拳頭敲敲他的車玻璃，讓他下車。

　　那人是個肥胖的光頭，他叼著根煙，斜眼瞟了一眼林平，不但沒有停車，反而一加電門闖過紅燈，走了。

　　林平看看連綿不斷的車流，再低頭看了一眼自己的手機，還有十分鐘刷卡。他咽了口唾沫：「娘的」，調過頭發動了自己的小摩托。剛才這一轉悠，地上的後視鏡也不知道去哪兒了。小摩托少了個後視鏡，像是少了個耳朵一樣，怎麼著都感覺很彆扭。這一路心裡又氣又窩囊，林平狠狠地咬著後槽牙，想著自己收拾那個光頭，可光顧著生氣，連那個三輪是什麼牌子的也想不起來了。

　　到了學校，林平坐在辦公室裡，越想越氣，跟薛青一說，薛青給他支個招，向路人徵集線索，找到肇事電動三

馬車，索賠。

　　說幹就幹。林平打開份 WORD 文件，寫了份求助信：「十一月十九日在信東路和幸福路路口，一名光頭男子騎一輛黑色三輪車撞掉了我摩托車的後視鏡逃逸，有過路市民認識車主，請告知線索，必有重謝。」然後列印了五十份。

　　下班之後，林平到那個路口，拿著列印的求助信發給周圍的行人和等紅燈的騎車人。有的人擺擺手沒接，有的人看看信，搖搖頭表示不清楚。發了有二三十份，路口來了個穿藍色制服的小子，他徑直走過來向林平伸手要求助信。林平給了他一份，他看了看，又伸過手來，把其他的也拿走了。

　　林平側臉看著他：「怎麼了？」他抬眼看了看林平：「沒收。」

　　「這兒沒說不讓發啊？」林平有點急，但依舊陪著笑。

　　制服不耐煩地皺起眉：「沒說不讓發？那有人說這裡能發嗎？！」

　　林平這才意識到這是遇到城管了，他嘴唇抿得緊緊地，有些發白，他脖子一梗：「你沒收我的材料要給收條。」

城管看著林平，像是看著什麼噁心的東西，他從兜裡掏出個長條本子，寫著點什麼。剛寫了幾個字，旁邊一隻手伸過來，拍了拍他：「寫什麼收條？」

林平回頭，看見又來了一個穿制服的。那人嘴角微微向右撇，眯起眼睛看著林平：「什麼收條？！你要什麼收條？！要收條往局裡拿去，先交上罰款再說！」

林平拳頭捏得緊緊的：「憑什麼罰款？」

「<城市管理執行規定>:在公共場所發宣傳廣告，罰款二百元。」後來的這個城管帶著幾分得意，幾分不屑地瞥著林平。

旁邊一個老人說：「跟當官的爭競個啥？我說小夥子你別吃虧……」

林平無話可說了，他氣不過，拿起手機對準他們拍了張照，後來的那個城管瞟見了，豎起眼睛，伸手過來抓他手機，還呲著牙喊：「你那是幹什麼？！你給我刪了。快點，信不信我沒收你手機？反了你了還！」

綠燈亮了，卻有好多騎車的人沒走，都在等著，看著林平他們三人。後面的人不耐煩，於是喇叭鈴鐺一起亂響。

林平被兩個城管夾在中間，猶豫了一下，掏出手機把拍的照片刪了，遞給他們檢查。

　　兩個城管對視了一眼，其中一個撇著嘴對他笑了笑，接過去仔細翻看了一下，還給他。林平接過來，手有些發抖。

　　周圍的人見沒打起來，覺得不熱鬧，就散開了。林平還恨恨地盯著兩個穿制服的城管。

　　走了沒幾步，其中一個城管接了個電話，聲音很大：「有個三輪往這邊跑了？」他一拍另一個：「走，有個賣蘋果的三輪漏網了，邵隊長讓咱堵住他。」

　　遠遠的一個老頭騎著三輪車過來，還邊騎邊往後瞧。城管隊員的話，路上的人都聽見了，在一邊看熱鬧。

　　兩個制服從路邊撲過去，一把抓住了三輪車車把。那老頭五十來歲，馱著幾筐蘋果，蹬三輪蹬得滿頭冒汗，一見穿制服的，想掉頭再跑，可哪能夠拽得動兩個小夥子？

　　穿制服的這兩個人想來是見過他，就罵罵咧咧地：「跑啊？怎麼不跑了？告訴你別在路上賣，堵著路，今天又逮著了吧？」

　　那老頭穿件大到膝蓋的西裝，腳上蹬了雙旅遊鞋，一身土裡土氣。見跑不了，就哭喪著臉，伸開胳膊攔著他們推車，哆哆嗦嗦地說：「領導，能不能不沒收？」

　　兩個制服見推三輪車有老頭攔著推不走，索性過去搬蘋果。

那老頭又跑過去拉著他們的袖子：「能不能不沒收？我以後改啦……」

兩個穿制服的小子大概覺得他礙手礙腳，就繞到橋邊人行道上走。那老頭又跟到人行道上攔著他，他西裝袖子烏黑油亮，身上也髒兮兮的，其中一個年輕點的制服往旁邊一躲，蘋果筐一歪，對著信河倒了下去，紅紅綠綠的蘋果撲通撲通掉進河裡，他眼睛一瞪：「我讓你攔，讓你攔！」

那老頭愣了一下，「嗷……嗷」地哭嚎起來，看了眼一眼河裡飄著的蘋果，蹲在河邊不住地抹眼淚。

路邊有人舉著手機拍照、錄影，那兩個制服裡，年長一點的拉拉另一個的胳膊，示意他快走，轉頭對路邊照相的人喊：「不許圍觀，快點散開，」見照相的人不理，便掏出自己的手機說：「你錄我，我也錄你，回去找人查查你是個幹嘛的。」照相那人趕緊收起手機走了。

兩個制服也走了，林平只覺得有團火在胸膛裡燃燒，他跨上只有一隻後視鏡的小摩托回家，天並不冷，但一路上捏著車把的手一直在發抖。

到家後林平沒吃晚飯，拿起手機撥打了市長熱線，他憤憤地想：我就不信天底下沒有說理的地方了。

「對，城管人員沒收了我的材料，也沒給我打收

條。」

「要求回復，可以對他們部門公開我的電話。」

打完這個電話之後，想像著接到市政府的問責電話，他們的驚慌失措和後悔，林平很得意，晚上一反常態吃了一平碗米飯。在媳婦胡玉驚異的目光中，他哼著歌去刷碗了。

胡玉平時不太管他的事。今晚知道了發廣告的事，卻推推他的胳膊，勸他：「自古民不與官鬥，少惹管事的部門。」

他不以為然地笑著：「現在和古代不一樣了，到處都在講為人民服務，所謂管事，就是為人民提供管理服務，他們也要跟上時代，哪能老是擺出一副官老爺的臭架勢。」

胡玉見他不聽，就和她妹妹商量去給爸媽做壽的事去了。她妹妹小蘭收入不如媳婦高，但做壽之類的事總是很講究，什麼七十吃肉，八十擺酒之類的，林平還背地裡對胡玉笑話過小蘭事多瞎講究：「唯女子與小人為難養也……」

這天，林平在走廊和組織人事處的孫穎打了個照面，這在平時都是招招手，問候一聲就過去的事。今天孫穎卻轉了轉眼珠，神神祕祕地把他叫住了：「林平，你是不是前幾天打市長熱線了？」

　　林平一愣，他不願意別人知道這事，但也不想說謊，便虛應著，想應付過去：「嗯，」他一轉念，回頭問孫穎：「你怎麼知道？」

　　孫穎得意地瞥著他笑起來：「我老公在政府……」

　　「唔」他不想再提，轉身想走開。

　　孫穎卻不想輕輕走過去，她盯著林平說：「我老公問我來著，說你還挺有意思，打市長熱線，說人家城管收廣告不給收條。」她今天穿了件收腰小西裝，領口開得甚低，兩坨肥肉呼之欲出，白花花的也不懼冬天的寒冷。

　　林平皺著眉頭，覺得一陣噁心。

　　晚上到家，長籲短歎，媳婦問他，他也不說。

　　正心煩的時候，當片警的妹夫金慶來了。前幾個月買房借的兩萬塊錢已經還給林平了，因為是親戚的關係，沒有給利息。金慶帶了些雞蛋來，一口一個姐夫，喊得很親切。

　　金慶是個機靈人，見他愁眉不展，就問了問情況，說：「這種電動三馬子確實是個麻煩，沒牌沒號，沒處找去。」喝了杯水，金慶抬眼看著林平：「姐夫，你也別發愁，十九號上午是不？聽說局裡給到路口都新上了面部識別系統，我去問問管事不。」

　　林平知道他是在寬自己的心，就敷衍了幾句送他走

了。

隔了兩天，一個上午，手機上忽然顯示了個未知號碼，林平接起來，一聽就是城管局冷冰冰的腔調：「是你打的電話，說沒收你發的廣告沒給收條不？」

「是。」

「現對你的問題回復如下，根據規定，在公共場合亂髮廣告，影響城市形象，可以處二百元罰款，你如果要收條，請來局裡交罰款，我們會依法開具收條，我們的地址是⋯⋯」

林平沒等他說完就掛了電話，攥著電話，把嘴唇緊緊抿著才沒罵出來。

他使勁把手機摔在床上，愣了半晌，又撿起來，撥通了省級政務平臺的電話。

等了幾天，仍舊是城管局回復了他「根據上級規定⋯⋯」

這一次，林平忍不住嚷起來：「老是說我去交罰款可以開收條，我查了你們說的管理規定，說造成嚴重後果並經勸阻不聽的才罰款沒收，我哪造成什麼嚴重後果了？！你們這麼做屬於濫用職權！」

電話那頭似乎是沒想到他會反駁，停了一會兒才說：「後果嚴重與否，是由工作人員裁定，你覺得不嚴重，不

代表真的不嚴重。我們是依法行政，認為我們濫用職權您可以按照程式申訴。我們的回答您是否滿意？」

滿意你媽逼，林平沒做聲，掛掉了電話。沒大會兒，手機又響起來，他煩躁地看了一眼手機，又是個不認識地號碼，掛掉了兩次，那人頗為頑強地繼續打。林平沒還好氣的接了電話。

「林老師不？」聲音帶著濃重的夏縣口音。

「我家浩浩在你班裡。」

「劉浩的家長嗎？」林平回過神來了，秋天班裡學生劉浩患闌尾炎住院，自己幫他墊上了費用，家長多次打電話說要來請他吃飯，都被他回絕了。

「是哩是哩。林老師，我給你寄了一個快遞，是幾斤羊肉，你看你也不讓我表表心意……」

「別啊，我不收的。」林平很頭疼，他想，孩子在學院，得了病，班主任給墊點錢住院，本就沒什麼，更何況那錢學生也還給他了。

「老師我寫的學院的地址，留了你的手機號，我掛了哈……」

林平還沒來得及說什麼，家長就把電話掛掉了。

傍晚就收到了羊肉，包的嚴嚴實實的，十斤肉。林平猶豫了半天，帶回去給媳婦凍起來了。第二天查了查羊肉

價格，把劉浩叫過來，從手機上給他轉了三百元錢。又怕他不收，就讓他把手機給自己。劉浩慢慢掏出手機，遞過來。

他看著林平不停地說：「老師我錯了，我不該在宿舍的微信群裡對學院胡說八道，我再也不說了。」

林平手裡掂著手機，正琢磨怎麼解鎖，一愣神，馬上反應過來：「知道錯就好，還說了哪些話？」

「我錯了老師……」

「說。」

「我說學院裡讓學生幹部也做『學習強國』太傻逼，每天到不了四十五分就全系通報更傻逼……」

林平繃著臉，差點忍不住笑出來，他看看劉浩，說：「把手機解鎖了，我轉了個帳給你，跟你爸媽說一聲。」

劉浩懵懵懂懂地解鎖，收錢，還害怕的跟林平說：「老師我改了，我今後不敢了。」

林平揮揮手：「嗯，今後端正學習態度，不要發牢騷，去吧。」

「哎，」林平又叫住他：「收錢的事，跟你爹媽說一聲。」

天眼看著一天天冷起來，樹上的葉子都快要掉光了，光禿禿的，街道上一片蒼蒼的灰色。空氣也灰濛濛的，來

來往往的人們像是要融化在這片灰色裡。

　　林平依然騎著小摩托車上下班，全身包裹得嚴嚴實實，面無表情，只有看到後視鏡那個光禿禿的樁子，他才會沉下臉咽口唾沫。晚上回家以後，他經常在當地貼吧裡發資訊，尋找那個蹭掉自己後視鏡的小子。

　　一天晚上，他微信裡突然蹦出個叫貴龍的人要加好友，林平通過之後，這人什麼也沒說就發了個紅包過來，林平開始還怕上當，後來想了想自己微信裡也沒啥錢，又好奇紅包是不是真的，就打開了。

　　二百塊錢？！

　　隨後這個叫貴龍的人就要求和他語音聊天，接通後一個操著信東本地方言的沙啞喉嚨說：「哥，我當時家裡有急事，不小心蹭了也沒注意，這二百是維修費，對不起對不起，請求恁原諒……」

　　林平拿著手機愣住了，後來這人再說了啥也沒聽到，直到那人在電話裡「喂……喂」了兩聲，他才反應過來：「修個鏡子也用不了二百………好……好的。」

　　掛了電話，他想了想，打開電腦看看當地貼吧，昨天自己發的尋人的帖子早就不知道沉到哪兒去了。半天，他才打電話給妹夫金慶，金慶給掛掉了沒接。

　　他捧起一杯茶，悶悶地坐著思前想後。媳婦問他咋回

事，他剛一五一十說完。忽聽樓道裡一陣腳步和嬉笑，「篤、篤」的敲門聲響起來。

媳婦打開門，是妹妹和妹夫來了。一進門，小蘭就咋咋呼呼地說：「我來找姐姐商量做壽的事，姐夫，這幾天有啥驚喜不？」

「噓……小蘭你別瞎嚷嚷。姐夫，是這樣，我前幾天找到局裡的朋友，調了一下監控，查到了那個人，又用系統識別了一下……」

媳婦在一邊問：「不是說這種系統不讓隨便用嘛？」她平時看的報導比較多，知道識別系統只能申請用於公務查詢。

「別人不讓用，俺姐夫的事還不能用？」小蘭滿眼得意地看著金慶。

「一家人何必客氣，」金慶很有風度地擺擺手：「我就昨天跟那孫子打了個電話，他開始還硬氣，我一說，交通肇事逃逸是入刑的，要是起訴的話最低也要拘留。那小子就慫了，一口一個哥的喊著問我怎麼辦，我對他說要是取得受害者原諒就沒事了，就把你的電話給他了，」說到這兒，金慶看了看小蘭，挺了挺胸：「昨天他沒聯繫你的話，估計今明兩天就給你打電話，這種人渣，我見得多了。」

「多虧咱金慶，不然不知道你哥要鬱悶多久來，」媳

婦胡玉輕輕推了推林平，趕緊讓金慶他們兩口坐下，忙著倒茶、削蘋果很是熱情。

林平知道金慶是好心幫自己，也知道這時候他該表現得高興起來，於是也陪著笑坐下，卻不知怎麼高興不起來。

金慶、小蘭和胡玉說什麼似乎聲音都很遙遠，林平的腦海裡又回蕩起一些激昂有力的講話，他望著窗外，一片廣袤的灰雲。

不久，精神文明評估如期而至，省市的專家將在週三上午入校，學院採取人盯人的戰略，找了七個年輕幹部，住在同一家賓館。一有活動，全程陪同。

檢查材料，實地調研，看校容校貌，最後是和師生訪談。學院下了死命令：「給學院臉上抹黑的，學生出問題開除，教師出問題處分。」最終，學院以優異的成績通過了評估。

要是前些年，專家就帶著皮衣和家紡之類的禮品心滿意足地走了。這幾年風聲太緊，專家只能在這裡品嘗了一下當地的特色菜，就匆匆離開了。

夢記：

飛鳥嗓音嘶啞。篝火照亮山壁，安納托利亞高原的曠野上有轟隆隆的聲音掠過。群居動物抬起頭，粘稠的鮮血順著下頜低落，砸在塵土裡，濺起一陣煙霧。

網上評論：

Vanggu：最看不慣這種滿身負能量。凡是自己占不到便宜就算是虧了，就要唧唧歪歪。

鄭在彼岸飛：端起碗吃肉，放下筷子罵娘。

1月9日，學院領導幹部換屆。

關鍵字：換屆　祕書　飯局　馮思明　公車

第八章　領導換屆

「劉書記今天上午跟周部長揚手打了個招呼。」這個消息，就像一陣吹過龍澤湖的風，很快就在學院裡掀起了層層波瀾。

往常，無論是學校裡各處的處長還是各系的主任，見了黨委書記都要遠遠地行注目禮，問好，而黨委書記偶爾會微微點頭，表示聽到了，從沒有領導主動跟他人打招呼的先例。今天這個反常的現象引發了各部門教職工的注意，議論像是秋天銀杏樹的葉子在微風裡沙沙地響。

果然，到了下午，一個消息自黨委辦公室傳了出來：要換屆了。昨天市里組織部門已經來談過話了，事先連書記本人也不知道。林平聽說，心中一陣忐忑，職務調整的風都吹了半年了，眼下剛談過話，過兩天就要公示了。領

導這一換屆，不知道會有什麼變化。

　　黨委書記劉鳳鳴五十三歲自本市某區區長任上擢升到本校任職，已經有五年了。剛來的時候，他躊躇滿志地表示：「要把信東學院建設為全省拔尖，全國知名高校。」

　　在黨管高校的大背景下，學院黨委書記是學校的一把手，管黨委和幹部。兼任副書記的院長只是二把手，但院長管財務，各項活動沒有了錢就不免束手縛腳。黨委書記劉鳳鳴和院長幾次交鋒之後，原院長調到本市其他高校任職，坊間傳聞是劉書記活動的結果。新院長任命一直沒有下來，書記劉鳳鳴就是內外一把手了。沒了束縛，他大刀闊斧的推進了幾項改革，但在信東學院裡，為人所津津樂道的是這樣幾件小事。

　　一次開會的時候，副院長王明站起身，往外走。劉鳳鳴停下講話，抬眼盯著他問：「你幹什麼去？」王明愕然，低聲囁嚅著：「我上廁所。」劉鳳鳴點點頭，繼續他的口若懸河。

　　會後第二天正好是週六，酷愛運動的副院長王明約了朋友，清早一起騎車去了鄰市看書畫展。中午十一點多剛進展館，就接到了政務辦電話，要他回去開會。王明給劉鳳鳴請假時說「週六放假沒想到要開會」。據他的騎友說，劉鳳鳴在電話裡問他：「放假期間免你的職了沒有？停你的

工資了沒有？回來開會。」王明只好打車帶上自行車回校。

事後，王明憤憤地說：「好歹我也是班子成員，地廳級幹部職務調整是市委省委的事，他黨委書記劉鳳鳴也做不了主，怎對我這麼不客氣！」話隨時這麼說，但黨委書記在班子成員任用上有建議權，他也是知道的。

在開展精細化管理改革的時候，學校徵求各部門意見。大部分處室系部都表示推進順利，個別部門雖然表示推進有困難，但依然拍著胸脯表達了開展改革的決心，只有政法系負責人關錦華梗著脖子表示，教學科研壓力大，精細化管理各種表格太繁瑣，阻力很大，推進不下去。

隔了不到兩周，學院就掛出了公告：「關錦華調任校史館館長，政法系工作由副主任楊釗負責。」表面上看，老關是平調，實際上，從一千多學生，四五十名教師的政法系到只有一個臨時工看門的校史館，老關是飛流直下了。

從此學院就流傳著黨委書記劉鳳鳴的用人原則：「不換作風就換人，中層不聽話就調離崗位，班子成員不聽話就調整分工。」

林平三年前就是宣傳科的副科長了，宣傳科只有三個科員沒有正科長，也算是主持工作。朋友一起吃飯時候，有人曾開玩笑地說：「當上『主持』了，『方丈』也就不遠

了。」

　　雖然是玩笑話，但也說到林平的心裡了。那年秋天，他看著銀杏林金黃的落葉，在校園裡鋪成了厚厚的錦緞，就像是一張富麗堂皇的地毯。

　　到了現在，好容易熬到了勝利在望的時候，談話也談過了，該走的組織程式也走了，也公示了過了，只差一步的當兒，劉鳳鳴換屆要退了。林平這心提到了嗓子眼。

　　遇到有好事之徒來表示擔憂和不平，林平表面上還是氣定神閑地說：「名利身外之物，得之我幸，失之我命，如此而已。」不過，得知領導「換屆」消息的那天晚上，平日裡能吃半個饅頭一碗菜的林平只喝了一碗湯。夜裡，他又做了個夢，夢見自己的眼睛瞎了，在黑暗中驚慌失措。

　　焦灼了幾天，林平借彙報工作之際，去找了一趟書記辦公室。劉鳳鳴正指揮行政辦幾個年輕人搬自己的書和花，回頭看見他，笑眯眯地說：「小林啊，談話那天起我就不再管具體工作了，也不必跟我彙報了，去找分管領導吧，」

　　仿佛看出了他的心思，劉鳳鳴笑著說：「我問過組織部門，咱們這批幹部調整是提前半年醞釀，兩個月之前班子成員討論通過，不算是離任前突擊提拔。這幾天你們公示程式也走得差不多了，就差發文了，不必擔心。」

　　林平笑容滿面感謝領導的提攜，客氣地告辭出來。得了領導的這句保證，雖是寒冬，仍覺得心裡像是吹進了一陣春風，很是舒暢。他見辦公樓外的臘梅開了，一簇簇粉紅擠在一起，燦若雲霞。

　　劉鳳鳴作風強硬，在位期間有不少爭議，網路上也有些議論，有幾次都是跳過宣傳部長，直接讓林平處理的。對這個踏實聽話的宣傳幹部還是比較滿意的。他用人沒有別的考慮，只要能幹事，不一定要非常有才華，只要聽話，不一定有太多想法。

　　隔了十幾天，樓前的臘梅依然嬌媚明豔，但林平的心情卻非如此。一名市里某司局的一把手來到信東學院當了書記，姓顧，院長則是由副院長升任。林平職務照舊，所有這一批提拔的幹部都沒有人再提起，就像是什麼都沒發生一樣。

　　新領導就任時，辦公室主任李忠想找個年輕人任領導祕書。自己部門少個人幹活，就多些負擔，其他部門並不積極。李忠和林平是大學同學，就找林平瞭解情況。

　　林平推薦了宣傳科的科員小李。經部長週一峰同意，李忠和小李談了談，又讓他寫了個材料，李忠看了看，還算過關。小李便順利成為了新任書記的祕書。

　　小李叫李敬，是剛畢業的研究生，從前主要在宣傳部

辦院報。工作很勤勉，人也很機靈。深知口頭的感謝不如切切實實的行動，便買了個精緻的小檯燈給林平。說：「給孩子的，斌哥別嫌棄。」林平覺得他很懂事。

世上從無無緣無故的愛恨。禮物，有的是求辦事，有的是表示感謝，有的是覺得今後可能有借重之處。

林平知道，這檯燈是小李表示感謝的意思，自己若是收下不回禮，就顯得這個人情過去就算了，於是又回贈他一包咖啡，說：「當了大祕，弟兄們多交流，和咱有關係的事就給通個氣。」

一場北風吹過，育新路兩旁的法桐罩上了一層白霜。

一天，林平上課時講到「人的自我實現」和「社會價值」，突然停住，怔怔地出了會兒神。

當天晚上就約上了人事部門的老陳、MBA 教育中心的馮思明一起吃飯。老陳叫陳勝，和他是老鄉，和馮思明進入學校的時候都在政法學院當輔導員，三人從前也不時地聚聚。現在老陳是三人中最顯赫的一個，任人事處的副處長。

吃飯就免不了喝酒，林平找了個私家菜館，四菜一湯，兩瓶劍南春。老陳和馮思明問他有啥事，林平也不回答，只是一杯杯地慢慢喝酒。

老陳看他的臉慢慢漲紅、發紫，趕緊按住他的手勸他

打住。

　　林平睜大佈滿紅絲的眼睛說：「老陳，你說，公示了快一年了，該不該有個說法？」

　　「什麼公示？」

　　老陳忽然恍然大悟：「你是說那事啊？早沒了。」

　　「憑什麼？」

　　「虧你還是學哲學的，你想啊，上一任提拔起了一大批幹部，如果全都落實了，這一屆領導手裡還有什麼東西能夠激勵他們？」

　　「那就都否決了？」

　　「否決？沒有的事，我可沒說哈。」

　　老陳神祕地說，公示後要發文就要請領導簽字，人事處把材料送了兩次，每次到顧書記手中，領導總是點點頭放在桌上，既不說行，也不說不行，但總是放在桌上不簽字。「他不簽字，任職檔就不能發佈。」

　　「那……那你們不去問問？」

　　「老林啊，你怎麼那麼幼稚啊。送去了兩次，領導都不表態，這也是一種表態。要是這還看不明白，我組織人事工作這些年都白乾了。」

　　「按照制度，既然公示了就該任命、發文……」

　　「不按制度的事多了，再說了，國家憲法都能改，制

度算個球。」老陳想了想，點撥了林平一句：「你多爭取跟
領導彙報的機會，現任宣傳部長週一峰是上任領導提拔
的，他對新來的這個顧書記跟得不緊。」

能說到這個程度，算是好朋友和好兄弟了。林平趕緊
點頭，在心裡默默地想自己的事。

一直沒有開腔，慢慢品酒的馮思明忽然說：「林平你這
只是沒有提，我這上去了又被弄下來的怎麼說？」他的聲
音很平靜，像是秋天的湖水，但眼神裡有不甘心的火苗跳
動著。

老陳和林平才想起來，馮思明從前是 MBA 教育中心
主持工作的副主任，其實是一把手。換屆以後，新領導給
教育中心又派了一位牛科長當副主任，排名在老馮之前。
馮思明就由主持工作的負責人成了名副其實的副主任。雖
然沒有降職，也相當於降職了，他心裡應該也不舒坦。

「你說領導擔心幹部都提拔了，自己沒抓手，那我
呢？我主持工作三年來，不說中心工作蒸蒸日上，也算是
井井有條，憑什麼派來個既不懂教學也不懂科研的小子
來，把我給弄下去？」

林平和老陳楞了一下，老陳搓搓自己下巴上的鬍子
茬，說：「思明確實幹得挺好，領導應該是有其他的考
慮。」

「考慮個屁，」馮思明「篤」的一聲把酒杯墩在桌上，眼裡像是燃起了冰冷的火：「我聽說，那個姓牛的，前幾年博士畢業進入咱們學校，面試時候表現就很差，不知道走了誰的關係，給招聘進來了⋯⋯」

老陳嚇了一跳：「思明你別瞎說啊，當時那些面試專家我都找的是外地的，招聘絕對公平公正。」

馮思明斜睨了他一眼：「人家要是走了上面的關係，又不會跟你說。」他顛來倒去又說了幾句，無非是牛主任既沒有論文也沒有課題，教學水準又很低。

人的不幸和幸福都是對比出來的，身邊他人的不幸，有助於提高自己的幸福指數。林平聽他們說了幾句，心裡的火慢慢熄了。想勸勸馮思明，就湊著服務員上菜的機會，打岔說：「前些天老杜請你們吃飯來著？」

沒想到馮思明一聽這個火更大了，端著杯子的手都有些發抖：「哼！他們請老領導吃飯，是炫耀一下自己的成功，邀上我是為了展示我這敗軍之將的失敗，我才不稀罕去當這墊腳石。」

聽了馮思明的牢騷，林平也不再說自己的事了。人總是在比較中感受到自己的不幸和幸運的，於是他們岔開了話題說到財務處處長付松臣身上。

矮矮胖胖的付松臣深受從前黨委書記劉鳳鳴的信任，

兼之手握財權，誰要報銷費用都要找他，一向在學校很威風，有人說，他有一次進電梯，就有兩個系主任搶著去給他按樓層。不過一朝天子一朝臣，新領導一來，他就被安排到工會去了。他陡然失去權柄，感覺周圍人對他態度的變化，心中自然不好受。

有一次參加一個酒場，他借著酒勁說：「你們一個個的，不是當初找我簽字的時候了……我請客都請不來人，我有毒嗎？」最後還暗諷新任領導沒有識人之名，是個糊塗官。這話很快就被別人當做投名狀，傳到新任領導顧大春耳朵裡，當時領導一笑置之。

不久，付松臣開著學院公車去辦事，晚上停在自家社區外車位上，夜裡車丟了。資產中心和保衛科請示領導如何處置，顧大春不露聲色，只指示說：「按規定辦。」此事可大可小，真按按規定辦，上報市政府，這是要挨處分降職的。有知情人趕緊跟付松臣說，讓他早做打算。

付松臣知道別人一旦下手，不會容情。他思量半晌，竟然輾轉數日找了道上的人，花了十五萬把丟了的車又買了回來，算是花錢買了個平安。學校上下知情者無不嘖嘖稱奇。

林平二人東拉西扯，說了些學校內外的事務，又你一言我一語安慰了馮思明一陣子，順帶勸他謹言慎行，守時

待機。

　　天下沒有不散的筵席，酒足飯飽，林平送走了老陳和馮思明，就著昏黃的路燈慢慢往家蹓。道路兩邊堆積了不少落葉，走在上邊沙沙響，那是葉子破碎的聲音。

　　回到家，被媳婦胡玉埋怨了幾句，林平洗了把臉，歪在沙發上看手機，一條微信蹦了出來：「最近顧書記在關注扶貧支農有關的資訊。」這是祕書科小李發給他的。他推薦小李時，就叮囑他，多注意新任領導關心的資訊，及時跟自己打個招呼。這樣才能多出成績，出了成績，職務提拔才有希望。

　　他想了想，往宣傳科幾個人的群裡發了一條資訊：「今年申報扶貧、支農、惠農有關課題的，科里報銷車費，接待費用可以向部裡申請。」

　　既然走職務晉升，暫時走不通，就改走職稱，看看自己能否評個副教授啥的。

　　窗外夜空中，一輪寒月分外孤獨。

夢記：

佈滿了灰色石塊的荒原，有陡峭的懸崖，懸崖邊上長著兩棵樹，常年無止息地吹刮著的風，給了它們新的形狀。像

是墜落深谷，或者展翅飛翔。

網上評論：

明 mingle：一朝天子一朝臣，一任領導一茬兵，沒什麼可抱怨的。

小火鍋：請問上文暴露出的是什麼問題？是思想路線？還是資產階級自由化？還是妄議中央大政方針？

1月4日，學院召開校長辦公會，研究並審議了《學院職稱聘任實施方案》。

1月28日，我院職稱聘任結果及公示。

關鍵字：職稱　房產證　標準　名額　揭發

第九章　職稱聘任

一

　　冬天的太陽，曬在身上暖融融的。山地車的輪子碾在柏油路上發出吃吃的碎音，聽到耳朵裡讓人很舒坦。林平很少騎車，但媳婦說冬天騎車鍛煉身體，他就騎起來了。學院裡喜歡騎車的人不少，李達義就是一個。聽說他最近遇到了些麻煩，學院裡藏不住祕密，他的事林平捂著耳朵都能灌進來。

　　李達義是信東學院的副院長，副廳級幹部。他業餘時間最愛幹的事就是騎自行車。旁人覺得騎自行車累，說，開車多好。家裡有兩輛車的李達義不屑於跟他們解釋：騎

167

車是鍛煉，更是修行，卻跟林平說過這話。

前些天，一早老李的手機上就有幾十個未接來電，顯示幕上紅色的嘆號像是一個個炸彈，把老李週末的好心情炸得一片狼藉。

手機靜音，騎上自行車，拐到一條寂靜的公路上，蹬開來，時速大約三十公里。轉眼就到了濱河大道，腿略有些酸脹，他額上也沁出了汗珠，但心裡痛快，沒有心事沒有雜念。這個速度，老李只能緊緊地盯著前方，一不留神，那可就是車毀人傷。後樓上的鄰居出事剛一個禮拜，他就是騎車走神了，撞到馬路牙子上去了，胳膊縫了四五針，白亮的門牙被磕斷了三根，嘴唇也磕穿了，現在還在醫院裡養著。

可禁不住，老李還是想起了手上的事：家屬院的房子老是辦不下來房產證，買房的老師們能不急嗎？換成是自己，也著急。

他老李不是沒有想辦法。七年來他先後多少次去房管局，求爺爺告奶奶，自己也數不清了。他從局長到科員找了個遍，茶葉、牛奶、茶具，甚至是五糧液都送過，到現在，房產手續也沒辦下來。

當年，建這樓房的時候，李達義在後勤處，那時候四十來歲，卻滿頭黑髮，還像小夥子一樣精壯。現在他鬢角

雪白，點綴著僅有的幾絲黑色。不知道和這有沒有關係？

住建局批准的家屬樓是四層，老李負責工程建設，自己選的一單元的四樓，然後和建築公司一商量，四層上面又加了一層閣樓，無償歸四層的戶主所有。那個房管局的一把手姓于，他老婆在信東學院，老李當時心想，雖然不太合規，但總得給個面子。

那年秋天，房管局來驗收的時候，他在信東最好的格蘭雲天大飯店，訂了二十六樓三千元的「雲天花月」宴。結果呢，這幫孫子連去都沒敢去。領頭的李科長當時原話是這麼說的：「李處，您這閣樓淨高兩米八，相當於加了一層，這手續我們辦不了。這飯，我們去了也吃不下去。這事您得找局長。」

于局長卻是一點面子也不給，他請客人家不去，送禮不收，好容易送進去了，又給送回來了，人家還每次都很客氣，弄得老李怨氣也不好使出來。

「唉……」老李歎了口氣。一捏車閘，停在了路口。

「李院長，騎得真快。」

李達義聽得耳熟，回頭看，是教務處處長的張洋。他五十幾歲年紀，卻顯得像個專業騎手，一身黑色的騎行服，戴著個水滴形的藍頭盔。

李達義擺擺手：「嗜，散散心。」

「咋啦？啥事能難住你？」張洋看看他，一笑，眼角的皺紋都現出來：「還是房子辦證的事？我倒是可以給你指條明路，你先說請不請客吧？」他們年歲差不多，又是十幾年的鄰居，所以說話就沒有太多顧忌。

老李沒有當回事，懶洋洋地側著臉問：「你說說看。」

張洋壓低聲音說：「去年調入政法系的李東菊，就是房管局老于的媳婦⋯⋯」

老李說：「我知道，人家不給面子，那有什麼用？」

「她今年評副教授，競爭壓力不小，你也是學術委員會的委員嘛，要是⋯⋯」

老李兩眼一亮，看著路邊迎春花金黃明麗的花朵，臉上露出一絲笑意：「老夥計，要是事成了，請你客哈。」

接下來這個月，老李完全圍繞這件事開始了忙碌。

他藉口搞群眾調研，去政法系找到李東菊，三言兩語就問到她評職稱有沒有困難。

李東菊有幾篇論文，但能參評的都有幾把刷子，她的條件並不怎麼出彩。

李達義一行一行看過了李東菊的材料，掂量她符合晉級副高的基本條件，然後頗為仔細地幫她歸納出了幾處亮點。

政法系的競爭壓力不小，系裡負責人楊釗向李達義彙

報說，參評副高的有四五個人，晉級名額只有兩個，有了他的支持，李東菊初選通過是沒問題的。到學院這個層面還會由學術委員會進行「綜合考慮」——這是檔的原話。

楊釗是政法系的副主任主持工作，今後扶正可能還得借重李達義這個黨委委員，所以說話比較客氣。

一月二十日，系裡初評平平淡淡地結束了，李東菊作為系裡的第二名進入學院學術委員會評議範圍。到目前為止，這一切都在李達義的預料之中。每一級有每一級的能量，他是副院長，他能夠從容掌控的事情，一般教職員工可沒這個能力，比如政法系初評沒過的一些人就沒那麼從容，聽說鬧出了不少麼蛾子。

過了初評，就是學院的學術委員會評議。

信東學院學術委員會的這幫人，李達義太熟了：這些人大部分都是各系部的一把手，正處級幹部，而且頭上頂著個教授頭銜，身上帶著個省裡的基金專案，在學院都是橫著走的，用從前老曲的一句粗話就是說得他們：「襠裡像裝了個板凳，走路都撇拉。」

副院長都是分管部分業務工作，對各系主任沒有像黨委書記一樣的震懾力，所以在這些人那裡，李達義的話好使不好使還很難說。

想想還是得先去找組織人事處。

　　李達義是副院長，雖說組織人事處長關明在黨委班子裡排名在他之後，但組織人事工作是一把手黨委書記的禁臠，別人是不能夠過問的。李達義要弄到個准信，必須得經過關明。

　　客客氣氣給關明打了個電話，曉之以情動之以理，希望他給個定心丸。他說了半天，老關還是一邊牙疼似的嗦嗦地吸涼氣，一邊說不好保證，要看情況。

　　在辦公室琢磨了一下午，他只好又逐個去和學術委員會的委員們去談。無論是研究生物科技的趙老太，還是講政治哲學的劉教授，教英語修辭學的孔院長或是新引進的一名「東江學者」，他都親自打了電話，還熱情地邀請他們，有空到辦公室裡來試試新茶。他先是有意無意的拿李東菊當例子，感歎一下中青年教師的進取之心，再說說她評職稱的準備和幾處亮點。最後總是以這樣一個問題收尾：「咱們系今年主推哪位老師？評定時候我也可以留意一下。」

　　最終，委員們聞弦歌而知雅意，十三個裡有九個點了頭，加上李達義自己，十個整。

　　到了評定劃票的那天，李達義比參評的教師還緊張。學術委員會是只劃票不唱票的，但他硬是從委員會主任那裡知道了結果。

副高名額有十六個，李東菊在學院排十七名，李達義看過她的申報材料，就得這十七名，也有幾分自己的人情。

想想住宅樓的證，老李百抓撓心，忙向老關那裡去探消息。關明跟他交了個底：名額已開會公佈，如果要增加名額，老關揚了揚濃眉，用食指向上指了指：「要一把手點頭。」

兜裡裝幾顆糖，如果有人鬧就拿出來哄一哄，這個道理老李懂，但讓他去找顧書記說事，讓他很犯難。從前的經驗告訴自己，黨委書記顧大春對此事並不感興趣。

他在書記辦公室前的小廳裡轉了好幾圈。教師住宅樓辦不下來證，這幾年沒少有教職工告狀，李達義也跟前後兩任一把手彙報了幾次，要求學院出面，跟房管局協調。

新任書記顧大春心知肚明，心想著「你早好幾年住了帶閣樓的大平層，讓我這後來者給你收拾爛攤子，哪有那麼便宜的事？」但口中說的很親切：「這是關係到咱們學院教職工的事，一定要召開黨委會集中討論解決。」討論來討論去就拖下來了。

思忖再三，他硬著頭皮敲開了黨委書記辦公室的門，如此這般彙報了情況，並一再強調，事關教職工穩定，請領導支持。也許是這次解決問題的角度很獨特，也許是考

慮到下一步要討論的二期建設專案需要黨委成員支援，顧
大春出乎意料的豪爽，對他一揮手：「應該解決，一方面教
職工居有所安，另一方方面聽說房管局和國土局要合併，
搞好關係，也有利於學校的二期建設嘛。我給關明說，讓
他做做工作。」耳聽這話，李達義覺得顧大春臉上的痲子
都順眼了許多。

　　事就這麼成了。老李喜不自勝，學校還沒貼出公示，
他就興沖沖地去找于局長報喜。

　　聽說媳婦的職稱得到了解決，于局長很熱情，握著他
的手不放，兩人一起坐在局長辦公室的長沙發上，還給他
沖上了一杯濃香的小葉綠茶。

　　老李表達完了祝賀，又繞了個圈，把話題轉到了住宅
樓辦證的事上。于局長沉吟了一下，習慣性地拿指尖敲了
敲桌面，說：「住宅樓這個事雖然不完全合規，但初心也是
為了給職工謀福利，這沒有什麼錯，這麼多年拖著沒解
決，確實影響民生福祉，」他抬眼看看老李：「您放心，學
院的事就是我的事，我這周就在會上提出來，督促他們解
決。」

　　老李千恩萬謝地出來，好說歹說于局長也沒有留下那
兩瓶十年陳的茅臺，讓老李感慨：「真是我見過的最有原則
性的人。」

　　面對那些不時來催促的老師，李達義早就放出風去，說事情已板上釘釘，沒幾日就能夠辦出證來了。教職工翹首等待了一天又一天，一直沒有動靜。

　　老李看了半天手機裡于局長的號碼，忍不住撥了過去。

　　于局長的聲音依舊熱情：「老李啊，你的事我一直記著呢，沒忘啊……沒忘，」他頓了頓又說：「你走後，隔天我就跟房管科他們說了，議程也安排了。可是啊老李，緊接著我就接到通知，兩三天后組織部找我談話，我調整到開發區管委會了，這事我真……」

　　李達義只覺得腦子「嗡」的一聲，趕忙按住沙發扶手，眼前一陣發黑……

　　林平聽說，接著李院長就因為高血壓住了院，半個多月才好。

二

　　職稱評聘按說每年一評，可信東學院一連三年都沒評過，這次不知是哪兒放出了將要評聘職稱的風聲，學院免不得小道消息亂飛，時常見教師三三兩兩聚在一起議論。

　　和其他教師一樣，林平關心的就是兩件事，一是名額有多少，二是評分標準怎麼定。

　　往前數三年，那時候是全院文史政、理工農醫、電腦、藝術九個系，每年正高名額五個，副高十六個，講師四十個。今年據說要推行改革，名額具體有多少一直雲遮霧罩說不清楚。

　　學院三個月前就把教務處、人事處等各部門的精兵強將封閉在鄰市的度假村裡，讓他們在一起做評分標準。薛青也在其中，林平試著跟他聯繫幾次，每次都是無人接聽。

　　學院從前發佈過評聘標準，大致是要有核心期刊發表的論文，要滿足日常教學工作量，也就是上課，還要當著班主任，關鍵是這些要同時滿足「近三年」的條件。學院一連三年沒評聘職稱，這些老師就要保持一年不拉地湊夠這些條件。畢竟，誰知道哪年評定呢？

　　單大炮當時就說這個標準是「是把人當驢使喚」，林平好意提醒他別瞎講，他還說：「當驢使還不許叫喚」。

　　當驢就當驢吧，當驢能評上職稱也行啊，林平心裡想。有些領導們不發論文、不上課也不當班主任，可照樣被聘為教授。

　　每每想到這裡，林平就不由得感慨，權力真是無上的法寶，無怪那麼多人搶破頭也要當領導，也無怪有人跟副院長李達義抱怨：「領導平時都有學院的配車和司機，卻車

補拿得比一般幹部教師都多，」李達義嘴角帶笑，回給他句：「那誰讓你不當官來著，當領導貢獻大，拿得多不是應該的嘛？」事情過去了好久，林平還記得當時李達義那帶著些輕蔑、又有些得意的笑容。

　　林平今年評副教授，也就是副高級，手裡抓著幾篇核心期刊發表的論文，當著班主任，還帶著兩門課，因此也有些底氣。只是累死累活這幾年，好容易盼到了評聘職稱，萬一評不上，再等幾年，還是要湊這幾個條件，這可是雞飛蛋打。這就像是個臺階，邁上去就是副教授，邁不上去就繼續當不知道多少年的講師。

　　這天，他聽說人事處的老陳、團委學工處的薛青他們封閉結束了，就打電話邀請他們晚上去吃個烤肉，順便打聽消息。

　　老陳接電話後打個哈哈，說要輔導孩子作業，出不來。林平心裡清楚，恐怕是他在人事處，位置比較敏感，要探聽消息的人比較多，不敢出來了，就算了。不過老陳最後透了一句底：「老林我不說虛的了，你的條件，我估摸著沒啥問題。」這就說明老陳還是夠意思的。

　　薛青雖然看上去圓滾滾的很憨厚，心裡卻很透亮，一接電話就聽出了林平的意思，就說：「我晚上有場了，山寨魚頭王，和老馮、文賓他們，不過都是弟兄們，一起來

吧。」

「那好，我帶酒。」因為和老馮也很熟，林平沒有推辭，帶了兩瓶古井貢去了。

魚肉片脆爽白亮，辣醬醇厚開胃，酒也是好酒，桌上老馮和文賓也都是熟人，喝得七葷八素，大家旁敲側擊地打聽消息，因為過不多久就要公佈正式檔，薛青就把大面上的消息給大家透了透。最後薛青和老馮都喝多了，林平和文賓把他們送走又各自回了家。

按照薛青的說法，評職稱的程式是系裡初評，學院學術委員會評議，然後院長審批。

副教授參評的基本條件和往年差不多：一周八節課，三篇核心期刊發表的論文，近三年當過班主任。滿足了評分標準之後，就是按照每人取得的分數來排名次，自然是名次越靠前，晉級的可能性越大。

評分標準中，教學業績和科研業績各占百分之三十，學生管理業績占百分之二十五，還有百分之十五是以身示範方面，也就是獲得的榮譽方面。

晚上回到家，林平把這個標準寫到一張紙上，心裡盤算了一下，基本條件沒問題，評分標準裡各項的分數大約自己也能夠得個八九不離十，核心期刊發過幾篇論文，課程評價也得到過 A 級評價，在學校裡也曾經過得過一些

「優秀教師」、「先進個人」之類的榮譽，心裡就很輕鬆。

　　媳婦胡玉正在屋裡輔導女兒寫作業，出來見他一臉喜色，就問他究竟。他把事情經過說了一遍，兩眼閃出些光亮：「這次評上副教授就能歇上幾年了。」

　　胡玉也在學院工作，今年也要評職稱，她聽了也把自己得條件對了對，覺得也差不多，兩人就一起高興起來。胡玉說：「明天早點回來，咱們炒幾個小菜慶祝一下。」

　　第二天學院上上下下基本上都知道了評定職稱的標準，大家就開始打聽今年各級別的名額有多少。

　　胡玉回家炒菜的時候，告訴他，據說她所在的電腦系名額比較多，有三個副高名額，而系裡要晉級的也就是三四個人，壓力不大。

　　林平屬於雙肩挑人員，在行政處室只能晉升級別，評職稱要歸屬到系裡去評。他趕緊給政法系的主任楊釗打了個電話，楊釗在電話裡很是公事公辦地說：「林科長，這事我不清楚，還沒有收到學院的通知。」

　　林平心裡就有些窩火，掛了電話，無聲無息地迸出句「混充大尾巴狼」。

　　想了想，他又拿起了電話，撥出了人事處老陳的號碼。

　　老陳把電話掛掉了沒接聽，回了個短信說「正在開會

請稍候。」

正氣惱著，辦公室施施然飄進一個人。小玲今天穿了身杏黃色的風衣，站在窗口的陽光下，明豔照人。林平心裡的火氣不知不覺少了大半。

小玲從衣兜裡拿出幾個橘子放在桌上，笑著說：「剛才去樓上交材料，見他們正在吃橘子，順手牽了幾個來。」

林平坐在椅子上伸個懶腰，開玩笑地說：「感謝關懷，有啥指示沒？」

「上次的事，還沒謝你。」小玲還有些不好意思：「我今年在藝術系評講師，聽說競爭挺厲害，你和他們熟不熟？能幫我打個招呼嗎？」

自從上次的會議解圍之後，林平就挺感激她的，而且加上兼任支部書記週一峰有活兒也沒少安排給小玲，算是給林平分擔了不少。南山小鎮附近遇險那次，又給了他們共同的經歷。後來的一個週末，林平帶女兒去逛新華書店。遇到小玲，小玲還給了孩子一套《貝貝熊》的漫畫書。二人的來往漸漸頻繁起來。

林平知道，別人的要求，如果自己答應得太痛快了，別人會認為你的幫助沒有什麼價值。但他還是很直爽地說：「我去問問，應該問題不大吧。」

小玲的表情有些黯然，說：「我標準倒是都能夠上，但

我們藝術系聽說有六個人要晉級講師，而名額只有四
個。」

　　林平覺得藝術專業的老師能寫論文的少，她晉講師沒
啥難度，但話又不能說滿，便含含糊糊地應著：「我下午跟
你聯繫吧……」

　　電話響了，楊釗打回來了。小玲便招招手，飄走了。

　　「剛才辦公室人多不方便說話，都是來問這事的，」
隔著電話，楊釗聲音裡的疲憊感就透出來了：「前幾天開了
個會，我們系裡只有零點七個正高名額，副高兩個，講師
四個。」

　　「零點七個怎麼說？」林平知道楊釗今年要評正高
了。

　　「政法系和經濟系、歷史系三個系共用兩個正高名
額，唉……到時候還要綜合。」

　　林平其實對正高的事並不關心，政法系副高名額只有
兩個這確實太要命，系裡藏龍臥虎，往年評職稱就有科研
和教學各項都很強，但一排名就被刷下來的，攢到今年，
符合條件的人估計不止是三四個，五六個都有可能。除此
以外，他長期在行政工作，系裡的教授接觸得少，初選能
否通過都是個未知數。

　　「後期有沒有可能增加？」

「應該不會變了，會上組織人事處關明宣佈的。」

「系裡初選的事，老兄你多費心。」

楊釗平時也沒少跟宣傳部打交道，便說：「我有數，會留意的。」

職稱評定的評分標準不久就公佈了。接下來幾天，林平都在整理自己的佐證材料，榮譽證書和發表論文的期刊擺了一桌子。女兒一蹦一跳地過來說：「爸爸你得了那麼多獎狀啊。」小小地滿足了一下林平的虛榮心，他笑著摸摸女兒的小腦瓜，心裡覺得這次晉級前途未蔔，又重重地歎了口氣。

各類材料交上之後，系裡就開始了初評。楊釗是政法系負責人，也是系學術委員會主任，忙得一個頭兩個大。正好政法系辦公室的張昊擔任學術委員會祕書，平日裡他的新聞稿沒少拜託林平修改，這次林平就囑咐他及時通風報信。

手機就在桌上放著，一上午響了三次，一次是銀行推銷理財，一次是保險推銷，還有一次是收費代發代寫論文，也不知道這些資訊是誰給賣出去的。林平心煩意亂地拿手指搓弄著額頭，一個新聞稿沒改完，就把眉心都搓紅了。

十一點多，手機螢幕又亮了，張昊的資訊。政法系副

高級別初選第一名李燕，第二名李東菊，林平第三，許文賓第四，取前兩名。

　　林平收到這個資訊的時候，感覺胃縮成一團，滿嘴都是酸水。交材料之前，他從知網上搜索過這些同事的論文。只看核心期刊發表情況，李燕五篇論文，李東菊和自己各有三篇，許文賓兩篇，這個排名也算公道。

　　正看著，手機螢幕又亮了，這次是楊釗：「我給你劃分較高，但總體評分不太理想。」敏感節點，能說到這個分上，楊釗也算夠意思。

　　自己的三篇論文比李燕分量略小，和李東菊不相上下，但李東菊有幾項榮譽，自己沒有。李燕的論文林平也看過，五篇論文五個方向，很像是找代理代寫代發的，但能力不夠，錢來湊，似乎也沒什麼不妥。李燕的丈夫是本地信東集團房地產分公司的二把手，屬於信東買得起別墅的第一批人。

　　中午到家之後，媳婦胡玉做了兩個小菜，他只喝了一碗米湯。胡玉問他怎麼了，他敷衍了幾句就上了床。發短信給週一峰請了個假，下午沒去上班，躺到四點才起床。

　　晚飯時候，胡玉興沖沖告訴他，電腦系裡只有兩個申報副高的，她的初選過了。

　　他強笑了笑，對媳婦表示了祝賀，然後毫無胃口地用

勺子撥拉著西蘭花炒肉，跟胡玉說了自己初選未通過的消息。胡玉愣了一會兒，望著他愁苦的臉說：「過不了就算了，現在這樣不也挺好的，再說明年還有機會哩。」

「我給你沏杯茶，前幾天學生帶來的普洱。」

媳婦的賢慧給了林平一絲安慰。

唉，混了十幾年，還不如媳婦，這是怎麼說的。他長長地歎了口氣，抿了口茶。還別說，這茶入口略澀，在舌頭上稍停一下，回甘四溢。

「我就安心吃個軟飯算啦，」他自嘲地說。

胡玉趁著孩子在別的屋子裡寫作業，湊過來親了他一口，算作是對他的安慰了。

這一夜格外漫長難熬。

第二天上午，組織人事處孫穎就發給他初選通過的公告，讓他掛到網上公告欄。他刻意回避的事偏偏堆在眼前，讓他心裡又一陣子堵得慌。

掛上去的檔照例是一個字也不能改的，連標點符號也不能動，這是規矩。掛上去的檔他一般不看，這也是個習慣。知道沒有自己，還是瞟了一眼。

竟然！竟然！有自己，不僅有自己，還有第四名的許文賓。政法系三個名額！

興奮之餘林平爆了句粗口：「這他娘的怎麼回事？！」

他點擊滑鼠的手指都有些顫抖，又猛地站了起來，椅子險些翻倒。

他深吸一口氣，告誡自己要沉得住氣。

林平儘量以平靜的口氣問了問孫穎，她表示內容自己一概不清楚，是領導給的。薛青從前說她胸大無腦是有道理的。

中午回家時的油門有些猛，差點撞到橫穿馬路的行人。孩子在學校午飯午休，平時林平和胡玉的午飯都是順路買點捎回來解決。

還是正在家裡做湯的媳婦胡玉給他解了謎：「嘻，恭喜啊老公。有政法系的女老師跟我說，李燕被人告下來了，你就順位晉級了，我做了個蝦仁冬瓜湯慶祝一下。」

「誰告的？」

「這哪知道，有人眼紅唄……不好，老公，怕是顯得你不太好。」

林平也同時想到這一點，心裡一沉。李燕排第一，自己第三，開始公佈的是政法系兩個名額。她被告下來最大的受益者是自己，也就是說，自己有最大的揭發嫌疑。都是同事，這可是一輩子的梁子。

「老公你最好跟她說說，不是你。」

「這種事，潑墨畫煤越抹越黑。」

185

「那怎麼辦？」

「先看情況，找個自然一些的機會去說吧，主動提反而顯得心虛，不好，」林平心裡也是亂成一團，忽地想起：「許文賓是怎麼回事，怎麼成了三個名額了？」

胡玉把一口蝦仁舀在碗裡，搖搖頭。

林平長出口氣，笑起來：「真是有意思。」

午休時間比較短，平時兩口子都是晚上等孩子睡了再親熱，今天兩人情緒都很好，就趁著中午時間速戰速決了一場。戰罷，夫妻臉色紅潤，雙雙去上班。

小玲是那天下午第一個跟他道賀的，還順帶向他表示了感謝，林平很豪氣地揮揮手，不值一提。藝術系周重和他比較熟悉，小玲參與講師這一檔又沒什麼難度，他一提小玲的事情，周重就很樂意許了個順水人情。他當時就跟小玲發了個短信「別擔心，七八成把握。」

薛青照例是捧著個大茶杯來找他閒聊，這些天請客的太多，他的臉又圓了不少，眼睛更小了。

「嗨，你們政法系的熱鬧不少哈，李燕被人告下來了，你知道不？」

「知道了。」林平點點頭，一邊劈里啪啦地打字，編輯著手頭的新聞，他不在意的表情深深傷害了薛青。

薛青湊過來小聲說：「你知道許文賓為什麼能上嗎？為

啥政法系多了個名額？」

林平停下了，抬眼看向他。

薛青抿了口茶，「徐文賓是顧書記的娘家侄，一個村的。」

「你怎麼知道？誰說的？」

薛青得到了滿足之後，就開始神神祕祕起來，他得意得搖搖頭沒有回答，抖抖小胖腿，邁步就想走。

林平叫住他，掩上門：「李燕是誰告的？知道嗎？」

薛青對這事也很感興趣：「嘁呵，看來不是你，」躲過他橫掃過來的一拳，捧著茶杯搖搖頭：「我都沒好意思問你。只知道是有人告到人事處，說她論文涉嫌抄襲，才被拿掉的，楊釗說他不知情。我估計也不是文賓，他有書記的門路，犯不著費這麼多手腳。」

此事過了很久之後，林平才從小玲口中知道事情的始末。

李燕是思政專業正牌的碩士研究生，但丈夫很忙，她平時要看孩子輔導作業，還得照顧老人，閒下來還喜歡逛逛街，確實沒時間寫論文。自己寫了兩篇之後，就找了論文代理，一年就發了三篇。代寫代發一篇要一萬左右，她發完還在教研室炫耀「發一篇核心一個月工資就沒了。」她哪知道代寫代發的代理，找了是鄰市在校研究生寫的論

文。研究生代筆是為了賺錢，自然是怎麼快怎麼來，抄抄改改就一篇。

她身材窈窕，面貌姣好，兼之讀書和工作、組建家庭一路順風順水，性格就有些張揚，有時候口無遮攔，不免會得罪人。

告發李燕的並不是參評的競爭者，而是她從前得罪過的人。和她同一個教研室裡的周娟娟結婚請客，在學校食堂辦喜宴，李燕去隨了二百元禮就走了，還跟別人嘟囔：「這寒磣地方，吃飯我都怕拉肚子。」這話被好事者傳給了周。周娟娟後來就有意無意地跟別人說，自己學習孫老師的論文，發現不少地方都和本領域的一個大牛的論文很像。至於具體誰發動的最後一擊，去人事處告發，可能不會有人知道了。

初評過了就是學院學術委員會的評議，就看委員評議和劃分之後的最後排名。

政法、經濟、中文這幾個系裡能夠通過初選的，都是有較強實力的，論文和課題都能夠碾壓藝術系、體育系和外語系。後三個系年年叫著「評價體系太僵化，不夠公平，」但學術委員會裡也沒幾個他們系的教授，用薛青的話說就是「寡婦睡覺，上面沒人，叫也白叫」。

副高的十六個晉升名額裡能不能有自己一席之地？林

平看了看過了初評的名字，覺得自己還是有希望的。

　　為防止再出現初評時候意外落選的情況，林平想了想，拿了兩盒好茶，晚上去老杜家坐了坐。老杜現在是督導，不太參與日常工作，但他和幾個副院長都是學院的元老，影響力是有的。因為是老領導，寒暄之後，林平也就開門見山的說了自己的顧慮：「杜處長，您看，這次的評議我不會出什麼岔子吧？」

　　老杜對林平這個部下印象還不錯，踏實肯幹，人也老實聽話，只是不喝酒比較無趣。

　　「不好說，聽說有些人東跑西顛，折騰得動靜挺大。」

　　「學術委員會的專家挺多，需要我找找他們嗎？」

　　「他們不頂事，也不會搭你的茬，」老杜搓搓下巴的鬍子茬：「要想有個保險，你今晚去找找關明，他喜歡喝咖啡。我先給你打個電話鋪墊一下。」

　　雖然組織部和宣傳部都是黨口的部門，但關明是黨委常委、組織人事處長，林平只是宣傳科的副科長，差著級別，平時工作交集很少，彼此並不熟悉。想到去找他，林平心裡就有些打鼓，而且作為知識分子，心裡還是有一絲清高的想法，請客送禮之類的事，他向來有些不屑。

　　在車裡猶豫了半個小時，林平咬了咬牙，職稱晉級就

在眼前，必須得搏一回，這一步邁不出去，不知道會被哪個山的神仙給擠下來。

就這樣，林平又去禮品店買了一套高檔咖啡機和一袋哥倫比亞產的咖啡豆，拎著去了關明家。

和老杜不一樣，關明住在學院家屬樓裡，三樓。林平在樓外車裡一直等了半個多小時，好容易等到他那個單元樓樓道裡沒有人了，林平拎著東西進了樓。

關家的燈明明是開著的，然而林平敲了幾下，沒有人開門。他又敲幾下，還是沒動靜，樓下倒是傳來了上樓的腳步聲，幸好那人沒走到三樓來。林平出了一頭汗，給老杜打了個電話，老杜在那邊正打牌：「不開門？這老小子。我打電話他也沒接，那你回家去吧，我再給他發個短信吧。特殊時期，咱也得理解。」

林平把咖啡機和咖啡豆扔在車後排座上，頹然回家，一看手機已經十點了。

學術委員會評分很快就公佈了，林平是第十六名，正好在副高的名額以內，媳婦胡玉比他名次還靠前。

各系初選通過，推薦參加學院評議的人有二十五個，也就是說，林平前面是十五個晉級副教授的老師，身後落選的還有八九個人。

大致看了看，林平發現，和自己一起評議通過的十六

個人裡，有五六個行政口的雙肩挑教師，包括黨委辦公室和組織人事處的行政兼職教師，落選的八九個人倒多是系裡的專業教師。

面對落選教師的質疑，學術委員會解釋說，除了論文和課題，還有教學品質及所獲榮譽，當選的這批教師教學評價都比較高，符合學院教學、科研並重的指導方針。有人就說了怪話「天天教學的專業教師教學評價倒不如兼職教學的行政人員，我院教學品質堪憂哇。」

還有人揭出老底，說第一次發佈評議標準檔的時候，基本條件裡有一條是：必須從事過十年教學工作。第二次標準這一條就改成了：必須從事過五年教學工作，最後一次發佈檔的時候，則是近三年從事過教學工作。

就憑這一條的改動，行政處室裡不少科長、處長才得以通過評議，因為他們哪有長期從事教學的時間和精力？他們的教學水準不知如何，但教學評價這事，林平是知道的：拿保證及格哄好學生，再跟系主任搞好關係，評價等級自然就上去了。

落選的人鬧得厲害，學院就有傳聞評分只是排名，不作數，最後的結果還要看職稱晉升和聘任的公示。林平本來平靜下來的心又懸了起來，少不得四處打聽消息，活像熱鍋上的螞蟻，媳婦胡玉見他嘴角起了泡，也替他著急。

　　單大炮替系裡來宣傳部拿宣傳冊，見林平心急火燎的樣子，就笑他「胸口長草——慌了心」，還說：「他們沒啥真事，就你拿顆芝麻看成天大的事，像我不評職稱不晉級，多自在？」

　　林平當時還不服氣，沒搭理他。沒想到，沒過三天，學院公示了職稱晉級和聘任的名單，通過初選推薦上來的二十五個人一個不少。也就是說，沒有淘汰掉任何人。

　　林平驚喜之餘才得知，因為副教授這一級別的爭議頗多、壓力太大，學院黨委決定，前十六名報人事廳、教育廳備案後聘任，後九名教師學院備案後聘任，全部通過。人事廳聘任的教師，人事廳出聘任費用，學院聘任的教師，由學院財政出錢。

　　回家路上買了一斤炸裡脊，一斤醬牛肉，回家和胡玉慶祝了一下，林平感慨地說：「這次評職稱，是自己愣是把本來的風景紀錄片看成了驚悚片。」

　　「今後不僅要看風景片，我們也要到各處去走一走，」胡玉也興奮地說：「這次我們都評過了，要好好地享受享受人生。」

　　「叮噹」玻璃杯碰在一起，杯中橙汁蕩漾著明黃的光暈，像是生活的顏色。

　　學院職稱評聘的事傳得沸沸揚揚，連論文仲介公司也

來湊熱鬧。一天到晚打電話問：「老師有沒有發表核心期刊論文的需要啊？可以代寫代發了啊。」林平湊巧有篇寫好論文還沒有投出去，就好奇地打聽價格。

「核心期刊《思政月刊》，每篇代寫代發一萬七，一口價，不打折。」

這個雜誌恰好林平投過稿，改了兩次也順利刊發了。版面費三千多，他心想仲介這利潤至少也要百分之二百。自己的職稱評過了，反正已經不用了，便問「我有一篇論文，可以達到核心期刊水準，賣給你的話，價格怎麼說？」

「不好意思，老師，我們暫時不收論文。」對方慌亂起來。林平也知道，這類仲介都是找學生寫，所以就是隨口玩笑似的問一句，並不認真，就打個哈哈掛掉了。

職稱評聘結束，林平和胡玉就沒有太大壓力了，一邊輔導孩子，一邊發展自己的業餘愛好，該上課上課，兩年三年發一篇核心就可以應付了。胡玉的業餘愛好是養花種草，買了一盆杜鵑、一盆倒掛金鐘。林平的業餘愛好是寫詩，評聘完才幾個星期時間，已經看著網上詩歌節之類的消息，投出去了七八首詩歌，可惜都沒什麼動靜。胡玉本對此很不以為然，但見他樂在其中，又沒有什麼妨害，便由他了。

夢記：

塵沙滾滾，是什麼在前方奔跑？一團黑煙裏著石頭、鐵鍊，在追逐。從一棵樹到另一棵樹，從一片草到另一片草。直到疾風掠過，灰飛煙滅。

網上評論：

論壇訪客：這個小子一看就是職稱也沒評上，職務也沒提拔，心裡憋屈，跑到這造謠來了。

鼻子廓大象：為什麼公知都在高校裡？為什麼高校的教授滿肚子草包，卻整天人五人六，這就是答案。

寶塔鎮河妖：這種敗類，就該從高校裡剔出去。不然會教出什麼學生。

Uiui2021：樓上說的是誰？

2月2日，信東學院黨委與西河縣黨委開展黨支部共建系列活動。

關鍵字：安全宣傳　榆木村　禁止燒煤　婚外情

第十章　支部共建

　　這些天，天寒地凍，北風一陣緊似一陣，學院總算及時供上了暖氣。沒事的時候所有人都儘量呆在辦公室裡，到走廊轉一圈都覺得渾身冷颼颼，像是沒穿衣服一樣。

　　接到學院通知，讓各支部下鄉聯繫共建支部，去村裡搞取暖季安全宣傳，要求每個支部派兩人，要有計劃、有實施方案、有過程照片、有總結。林平這個支部分到的是東河縣的榆木村。週一峰拿著名單翻來覆去看了半天，最後還是說：「你和何小玲去吧。」

　　林平非常不情願，但無法拒絕。畢竟，今後的提拔還指望週一峰給說好話——至少不說壞話。學院裡早就流傳著這樣的說法：認可手下某個幹部，當然就在領導考察的時候多加褒揚，不認可呢？不必說別的，只要略提一句

195

「此人的工作態度欠佳」就夠了。

週一峰也有他的難處。支部裡雖有二十幾個人，但除去老弱病殘之外，就是各部門的領導，這些人有哪個是週一峰能派得動的？宣傳科倒是有幾個年輕人，可他們都是不黨員，一次兩次可以，次數多了難免有些名不正言不順。

林平打算趁著沒過年，先去了再說，實施方案啥的回來再補吧。

榆木村離信東市區有八十多公里，離林平的老家西河縣周莊隔了一條河，是個有名的窮村。據說土改批鬥都找不到地主，只好從鄰村借了個地主來游了遊街了事。林平的奶奶說，六零年，周莊有人吃觀音土脹死，榆木村就有人扒出來剛埋了的死人，煮煮吃掉的事，還被判了刑。只是事情太過荒誕，林平也沒見到過任何記載，根本不信。

前幾次共建，有時候是拿著上級的文件去讀一讀，有時候是送點洗衣粉，講講衛生知識，還有時候是搞個調研。上回調研還出了個小插曲。宣傳科小王和村裡老人還吵起來了。

當時榆木村村支部書記李鴻運沒在家，他們去了自己在村子裡找老人填問卷。老人不填，還問：「你們是幹嘛的？」小王跟他說是調研，瞭解村民滿意度。

　　老人問：「真調研還是假調研？」小王自然說是真調研，

　　老人就說：「真調研，我就提一句，我當年種地，交公糧、出公差啥都不少，憑啥城裡人都有退休金，我沒有？我也算是給社會做過貢獻吧？」

　　小王語塞，悶了好久才說：「我們也是被強迫著來調研的，你有沒有退休金關我們什麼事？」三言兩語就吵起來了。

　　回來以後，跟他一起去的薛青把這事給林平說了。

　　「後來問了他們村支書，才知道，這個老頭有個哥哥，在鄰村。因為沒補貼，兒子也不養他，喝了藥了。當時沒死，他兒把他放在門板上，擱了一夜，也沒上醫院，直到第二天他死才算。老頭是他弟弟，也是心裡難受。」

　　林平聽了，也愣了半天。

　　這回林平跟小玲說了一聲，然後聯繫李鴻運。從前跟著週一峰下鄉進行支部對口共同建設，和這個李支書見過面。

　　李是個五十多歲的瘦子，笑眯眯的臉上滿是皺紋和鬍子茬。

　　上回週一峰講了講上級支部建設的要求，又禮節性地問了問村裡有什麼需要。李鴻運卻打蛇隨棍上，趕忙說：

「托黨和政府的福，村裡基本都不缺啥啦，」他看了看週一峰的臉色，接著說：「只是村裡的小公路修得有點窄，能不能讓學院裡支持一下，展寬些？」

他見週一峰沉吟著沒答話，又自顧自的說：「要是修路花錢多，夏天澆地淨和旁邊村裡爭競，幫著打個機井也行啊。」

週一峰濃眉微皺，點頭表示：「村裡的困難，我們一定認真考慮，並向上級及時反映，想辦法推進解決。」李鴻運一聽就沒有啥戲，軟綿綿地地握了握手，就送他們上車走。臨了，連留吃飯的客套話也懶得說了。

辦不了事，自然村裡不熱情。這次林平打了三四個電話，李鴻運才接聽，一聽是來村裡宣傳，他忙說：「宣傳這個取暖安全可重要哩，鄰縣就有取暖著火燒著人的事，但是現在村裡都出去打工了，怕找不著人咧……」

林平一聽就知道他不想讓去，就很誠懇地說：「李書記，有幾個算幾個吧，我還給大家帶了點小禮物。」具體帶什麼禮物？他想了想，還是自己拿了五十塊錢，路邊找了個超市，買了幾幅春聯幾個福字，也算是沒空手走一遭。

米麵糧油等物品，沒有上級撥款，讓黨員捐款買了下鄉是萬萬不能的。上次週一峰組織捐款探望共建村支部的

貧困戶，老曲就說怪話：「我比他們過得還窮，憑什麼讓我捐錢。」

　　寫了份申請，讓部長簽了字，從車隊借了輛小車。林平和小玲就上路了。今天小玲身上不知道是噴了什麼香水，有些像是薔薇花的味道。

　　他們事先計算過時間，下午兩點半出門，三點半到村子裡。講幾句，拍個照留個影。四點半往回趕，五點半多能到家。

　　然而人算不如天算，路上本來好走得很，車隊的司機小蔣哼著歌一路時速七八十公里，離榆木村還有不到十裡地的地方修路了，繞了個 U 形的圈才進村子。好在他路上刷學習強國，也沒算浪費多少時間。

　　打通電話之後，他們在村支部門口等了會兒，凍得牙「咯咯」打架，趕緊又上了車。四點還見不到村支書李鴻運的影子。小蔣看看表，還提了個建議：「要不你們在村支部大門口合個影，我們回去算了。」

　　林平毫不猶豫拒絕了他的提議。這一趟要拍出兩趟的照片來，只是在門口合影太不像話。小玲不顧天冷，一直在車外打電話，不知是什麼事。上來的時候手和臉都凍得紅撲撲的。

　　李鴻運四點半才帶著人遠遠走過來，一過來就歡氣

說：「都出去打工了，只找到兩個黨員。你們要是不嫌少，就跟他們講講吧。」林平和小玲對望了一眼，均感無奈。把福字和春聯給了他們，李鴻運還說了幾句客氣話。

在村支部會議室裡，林平講了幾句意義，又說了說檔上的要求。李鴻運帶著兩個五十來歲的黨員，心不在焉地聽，不時地擺弄手機。臺上台下都感到無趣，便草草結束了。

按照要求，還要到村裡去入戶宣傳，林平問了一下李鴻運的意見。李撓撓頭說：「平時村裡人就不多，孩子都去城裡上學，家長也都跟著去了。現在這天寒地凍的，大部分人都去城裡過冬了，城裡房子有暖氣，村裡沒幾個人了。」林平也很為難，最後還是決定走兩家看看。

第一家是個低保戶，男人去世早，女人腿瘸，只能在家務農。屋子裡冷得像是冰窖，缸裡都結了冰，那女人穿一件男式的羽絨服，頭髮亂蓬蓬的。孩子裹著被子，趴在凳子上寫作業，小手上滿是凍裂的口子，口子裡流出了黃水，有的地方結了硬痂。

李鴻運解釋說：「要減少污染，鎮上發通知禁止燒煤，就木別的辦法，挨過去冬天就好了，」他頓了頓又說：「這樣也好，就省得擔心取暖有危險了。」

林平把嘴唇抿得緊緊地，直著眼沒說話。愣了一陣，

問：「做飯怎麼辦？」

女人指了指黑暗的屋角：「有個煤氣爐子。」

小玲嘴裡哈著白氣說：「爐子點起來就不冷了。」

那女人側過臉去說：「氣貴。」

林平和小玲帶的錢也不多，就都掏出來塞給了那家人，有二三百吧。然後站在他家門口握著手，讓司機小蔣給照了張相。

第二家是孤寡老人，冬天沒地方去，正在屋門口曬太陽。據說村裡剛交了錢，正動員他去療養院。小玲湊過去塞到他手裡一個宣傳頁，喊了聲「大爺」，那老人臉色焦黑，抬眼看了看他們，點了點頭也沒作聲。小玲過去握住了他的手，那手滿是斑點，皮膚皺巴巴的，冰冷，又堅硬。

林平趕緊湊過去，給他們照了張相。

他們上了車，李鴻運說：「以後再來就好了，附近要建個萬人村，把幾個村都集中起來，這樣一是好管，二十也能集中供暖，不用使散煤燒土暖氣了。」

小蔣開車出了村子，說：「也沒讓讓，留下吃個飯，聽說這裡的燜肉好吃。」

林平沒搭理他，往後看了眼小玲，她眼睛紅紅的，想說點什麼，最後還是沒開口。

　　這些天來，小玲的事沸沸揚揚，在學院裡都成了公眾話題，但林平從不摻和這些談論。因為職稱的事上，他幫小玲說過話。小玲對他挺感激的，還要請他吃飯，被他婉言謝絕了。

　　上週六傍晚，在信東賓館參加完一次會議之後，一場雨夾雪突如其來。林平暗自慶倖自己今天開了車。經過公交月臺時候，他總是帶上一腳剎車，避免把積水濺到旁人身上。那天他借著落日的餘暉，看到月臺一人好像是小玲。

　　停下，喊她上車，坐到後排。才看到小玲淚汪汪的，像是一朵帶雨的梨花。坐下後，林平聞到車裡有些酒味，似乎她喝了酒。

　　一路上他不知道該說點什麼，便一路沉默著，快到學院時，小玲問道：「林科長，一會兒停下，我能跟你說會兒話嗎？」

　　林平就把車停在了離北門不遠的停車場，這種天氣，停車場的車極少，多停一些時間也不會有人注意。他側過頭，專心聽小玲的訴說。路燈的光照進車裡，勾勒出小玲側臉的輪廓線，她的眼神裡有霧氣氤氳，神情既絕望，又堅毅。

　　她說，今天中午和同學聚會，下午一個人去「木芙

蓉」酒吧唱歌，還喝了啤酒。

她說，研究生畢業之後就留校任教，男朋友是同系的作曲專業學生，申請到留學基金去了美國三藩市音樂學院，兩人就分手了。

她說，丈夫曾狄比她小三歲，是信東學院的學生，也是華北塑膠集團老總的兒子，曾沖進課堂向她表白。當時她二十四五歲，又正是感情的空窗期，在曾狄每天九十九朵玫瑰的攻勢下，很快就確定了戀愛關係。

這個曾狄，林平見過。小夥子很白淨，頭髮齊整油亮，髮際線很高。臉上常帶著笑，他的眼睛卻總給別人一種受到審視的感覺。

小玲明顯有些醉意，自顧自地說：「舉辦婚禮在格蘭雲天大酒店，蜜月去了地中海，西班牙、法國、摩納哥、義大利……還買了東湖邊的別墅。」

她眼中閃著淚光，輕輕地歎息：「那時候覺得他很好，像是在天堂一樣美好，真是什麼也不懂。」

林平也不知道該說什麼好，就默默地點頭應著。

「不怕你笑話，後來我們分手，是因為婚外情。他一直喜歡和商業場上的朋友去各種交際場所。結婚收斂了一陣子，很快就又去了」她咬了咬嘴唇：「他被我在酒店堵住過兩次，他還打我。我們就分居了，我回到學院家屬院來

住。他一直不肯離婚，我還以為是顧及臉面，現在才知道是要找我的過錯，怕我要求分割財產，怕影響他的股權。難怪，難怪那天晚上拿著手機不停拍照片。」說到這裡，她呼吸急促起來，胸部就有些波瀾起伏，林平掃了一眼就趕緊把目光挪開。

「我們分居了兩年多，他拖著不辦手續，我和別人交往他又……」

想起薛青說的家屬院風波，林平也歎了口氣。他遞過一包紙巾，小玲抽出一張擦了擦眼睛，說：「今天我收到了資訊，他讓我週一去辦理離婚手續，」她強笑道：「這次算是了結了我一椿夙願。」

「這些事從沒跟別人說過，別人都是在一邊看笑話，在背後指指點點。哪有人知道我有多難受。」

學院裡不少人會在酒桌上，把小玲的事當成談資，林平是知道的。

小玲用手捂住了眼睛，眼淚仍是順著手指簌簌流下來：「可不說出來我心裡難受哇。」

她無聲地流淚變成了小聲啜泣，又變成了抽泣。林平回頭看看，幸而關著車窗。

車外，雨夾雪漸漸大起來，混合著冰粒沙沙地打在車窗玻璃上。街上沒有行人，連車輛也很稀少。

　　林平想問問她今後有什麼打算，又覺得不妥，車裡便又陷入了沉默。

　　又坐了好一會兒，等情緒平靜了一些，小玲輕輕說了句：「謝謝你林平，」就下車走了。

　　林平想說句「把你送到家吧？」可最後還是沒有說出來。又在車裡愣了半晌，才走。回去路上他開著車老是走神，不住歎氣，還錯過了回家的路口，又繞信河公園走了半圈才到家。

　　今天到村裡來宣傳，因為有司機小蔣在前面，二人並沒有太多交流。回到學院天已經黑了，雨裡裹著零星的雪粒又飄飄灑灑下起來。

　　小玲下了車，對林平說：「我申請了自費學習專案，準備去新西蘭的奧克蘭大學學習一年，看能不能聯繫那裡的導師，今後好考那裡的博士。」

　　這個消息有些突然，林平愣了一會說：「那你讀完博還回來嗎？」

　　「我也說不清楚，走一步看一步吧，」小玲搖搖頭：「想換個新環境，從新開始。」

　　林平點點頭，問：「今晚有空嗎？給你餞行。」小玲一揚臉，笑起來：「我晚上一般都不吃飯的，我們去喝茶吧。」

　　竹之味茶吧，離學院不遠。說是喝茶，桌上也有茶點，芝麻餅、蛋黃酥和豆沙餡的小麵包，有些中西結合的感覺。茶是碧螺春，色澤鮮豔，香味濃郁，入口甘甜。林平並不懂茶道，看小玲倒茶，講茶葉的品級和產地，覺得很有意思。

　　小玲閉上眼睛，吸了口茶的香氣，又呼出來，說：「學院那麼大，找個人說說話，真難。」

　　林平也學著樣聞了聞茶香，說：「熟人和朋友很多，但確實沒法說話。說什麼呢？說什麼都不合適。」舉起杯，「以茶代酒，祝你此去，面朝大海，春暖花開。」

　　小玲也笑著舉起杯子碰了碰，眼裡有晶瑩的淚花。

　　和小玲告別，回到辦公室已經是晚上九點。林平把照片整理了一下，把去榆木村宣傳的情況寫了寫，發給了部長週一峰。及時彙報是做所有工作的要領，小事幹完彙報，大事事前彙報思路，事中彙報進度，事後彙報結果。

　　寫完準備回家的時候，電話忽然叮鈴鈴響起來。一接起來，任白的那平翹舌不分的聲音就灌滿耳朵：「出來擼串，認不認弟兄們？」不等他回答，接著就報了地名：「南門對面小街燒烤，不來不是兄弟。」

　　這小子明顯喝多了。林平無奈地撓撓頭，這累了一天要回家歇歇。可和任白除了朋友關係之外，還有工作的聯

繫。任白是信東商報的記者，學校雖不在商報發廣告，可
商報常常搞個爆料和市民訪談啥的。按照部長週一峰的說
法，買賣不成情誼在，不打廣告但年年要請商報的頭腦吃
飯。基層這裡，任白的這層關係還是要維護的，更何況是
人家主動邀請自己，不去就顯得太拿架子了。

　　林平揉揉臉，步行到了小街燒烤。夏天燒烤攤上屋裡
屋外熱熱鬧鬧，這冬天就大有不同，燒烤架也搬到了屋
裡，羊腦、腰花、肉串在烤架上滋滋冒油，散發著香味。

　　擼串的人比夏天少多了。屋裡煙氣蒸騰，人坐的分
散，三三兩兩的。林平找了半天也沒看見人。正想打電
話，聽見任白大聲嚷嚷：「老林，這裡。」

　　隔著七八個四方桌，林平走到他桌前。這兒是個角
落，油煙較小，也很寂靜，只有任白一個人，這很出乎林
平的意料。任白性格爽朗，好交朋友，晚上跑出來單獨擼
串，莫不是有什麼心事？

　　果然，他一坐下，任白就嚷開了。他說自己是剛和同
事吃完飯出來。他弄到一個關於交通出行的好線索，搞了
一個多月的採訪，又寫了半個多月，完稿發給編輯主任，
總編還給了個 A 級。林平知道報社稿件分 ABCD 四個等
級，工作考核是除了一般的 C 類稿子，一個月至少要有三
個 B 級稿，或者一個 A 級稿。得到 A 的評級很難。這些記

者幾個月有上一篇 A 稿，就可以拿著炫耀一下。任白拿著
這個 A 級，想好好歇幾天。結果臨到出版時，忽然主任跟
他說，這個稿子不能上了。

「我就問，憑什麼不能啊？」任白眼裡像是有火苗呼
呼竄上來。

「為啥？」

「他說是上級有要求，不能影響本市發展建設大
局。」任白一口喝乾杯中啤酒，惡狠狠地說：「他娘的，標
準不明確說，不知道寫啥就會碰到上頭的忌諱。我上個月
剛被斃了一篇稿子，交通這個稿子不能發，這月考核又完
不成了。」

林平松了口氣，原來是這事。「你問你們主任的具體要
求了嗎？說不定改改還能上。」

「上個屁，現在我們主任連誰通知他的，什麼內容不
合適都不敢跟我說，只說，上級不讓記錄，也不讓公
開。」

「你們主任還挺聽話的，要是不聽那套，把你這稿子
發了會怎麼樣？」

「從前咱信東還有個晨報，你記得不？」任白端起杯
子，盯著杯子裡白色的泡沫，「我們主任就是晨報過來的，
晨報當年倒閉，就是因為沒聽話。發了個農民失地上訪的

報導，說熙縣強制征地，三千塊錢一畝地，建好房子再返售給農民，五千一平米。熙縣找到市委宣傳部，要壓稿子。晨報老總覺得自己是私人報紙，又和副市長有些關係。沒把宣傳部當回事。結果發了稿子之後，連著三四個星期，晨報被地方上各部門查了消防、營業執照、記者資格證、採訪證等，每個部門來了之後都開了罰單，要求關門整改。老總請這些部門的頭腦吃飯，有個局長說漏了嘴，告訴他，上頭有人讓你關門，說你不聽話。消防、工商、記者資格你都弄合格了，也會有別的毛病……後來老總找副市長，也沒能保住報社。他就老老實實遣散了員工，賣了報社的樓，投資房地產去了……」

　　正說著，任白的手機響起來，他抽出張餐巾紙，抹抹手上的油，接起來電話：「王主任您好……可以發了嗎？」他眼睛一亮，隨即黯淡下來：「噢，好好好，那謝謝。感謝您的關懷和幫助。」

　　他掛了電話，嘴角往上拽了拽，苦笑一下：「我們主任告訴我，文章不能發，但給我算一篇 A 稿，讓我不要跟其他同事提這事。」

　　「那挺好啊，月底考核的事解決了。」林平酒杯一舉，表示祝賀。

　　「要是發了稿，那是我應得的。現在是人家主任照顧

209

咱……」

「不管怎樣，解決就好。」林平安慰他。

「唉……啥也不說了。就這，不知道忌諱具體是什麼，具體哪兒不讓寫，打個電話一句話就斃了稿子。我下回說不定還會撞上。被『天雷』斃了這兩回，以後寫什麼，我都膽戰心驚的。朗朗乾坤，是他媽什麼世道！」

林平瞄一眼左右，幸好這個地方還算僻靜：「喝酒喝酒。」

杯子叮叮噹噹碰在一起，兩人搖頭笑笑，一聲歎息。

夢記：

那雙手一直在我臉前晃悠，那雙手上滿是凍瘡和裂口，有的地方冒著黃水。風像是冰一樣的固體，從縫隙裡插進來，衣服又濕又冷，怎麼拉也蓋不上身體。

網上評論：

溏心蛋：明明是自己不好好執行上級要求，大搞形式主義，還視角陰暗，專門盯著農村不好的方面。

Lichen：出國的都是洋奴，西狗。

海欣&：已刪除。

2月28日，信東學院教職工參加東川省對口支援武漢物資調配和醫療隊

關鍵字：海南　肺炎　體溫　援鄂　楊帆

第十一章　支援武漢

一

　　從放暑假開始，林平夫妻跟女兒說好了帶他出去旅遊。一家人把目的地都商量好了，黃山。結果學院裡三天兩頭有事，硬生生把他的旅行計畫給拖黃了。

　　開學，十一⋯⋯一直到快放寒假了，他又和媳婦胡玉念叨著帶女兒去海南過冬。寒假時學院一般不會安排工作，加上聽說到了地方現定賓館會收全價，因而他也就大著膽子預定了賓館：海景房十五天，六千多塊錢，雖然是五折，已經是他一個月的工資了。

　　早好些天，就聽說武漢有人吃蝙蝠感染了肺炎，但山重水遠，信東市的老百姓依舊是不緊不慢過著日子。還沒

211

到小年，超市里的年貨倒是越來越多了。

這天，科里的年輕人都下班走了，林平敲下年終總結最後一個字，發郵件給部長去審核。出來辦公樓，他打個響指，終於放假了，空氣似乎都清新了不少。

到家仰在沙發上，他一邊刷著手機新聞，一邊跟胡玉說：「看，亂吃野味，倒楣了吧。」

胡玉把蔥油餅放桌上，扭頭問他：「這肺炎傳染得厲害嗎？我們去海南沒事吧？」

林平湊過去，趁熱夾了一塊塞進嘴裡，嘶嘶哈哈地說：「沒大事，專家說不會人傳人的。」

胡玉一撇嘴：「專家？專家還說過外地人素質低，要清理北京低端人口來著……」林平笑了，知道她是為去年的事耿耿於懷。當時胡玉去北京學習，時間不長就與人合租一個公寓，結果當時北京朝陽區有個社區著火，某專家建言要清理整個城市的低端人口，她和舍友被迫半夜搬家住進賓館，不久就打申請回信東了。

他看過新聞，武漢有個百步亭社區，這幾天還辦了個萬家宴，四萬多戶聚在一起，擺上一萬三千多道菜，吃了個團圓飯。當地有人說防止傳染不能聚餐，有個姓王的醫療專家就出來說，肺炎可防可控，沒發現人傳人。就連武漢市長市委書記還參加了過年的聯歡。要是肺炎傳染得厲

害，這些領導不得做好預防措施嘛。

　　林平和胡玉看了看飛機票，一千三，一家三口來回就要八千塊錢了，回頭又看看火車票，硬臥大約八百多，猶豫了一下選了硬臥。

　　沒想到才兩星期，武漢發生肺炎感染的報導就多起來了，專家也改口說有人傳人的情況了。臨到年前十幾天，還建起了疫情即時播報制度，從三百人到五千人，眼瞅著各地的確診人數蹭蹭地上漲。

　　晚上媳婦胡玉擔心地問他：「還能不能去啊？不行就把賓館退了吧？」

　　「想什麼呢，咱訂房的時候就提醒過，賓館訂金不退。而且這還隔著好遠呢。離信東遠，離海南也遠，放心吧。」

　　這些天，信東學院已經放假了，但也開始發微信、發短信宣導教職工注意生活衛生，勤洗手勤通風，出門戴口罩。聽說，藥店的口罩和酒精消毒液都已經賣空了，連附近日本、韓國、菲律賓的口罩也開始緊張起來。

　　幸虧發小楊帆給他寄了幾個口罩過來。他是林平從小一起爬樹下河的兄弟，小學初中高中他們都在一起，直到考上大學才分開。這幾天肺炎流行，他告訴林平，口罩出門可以戴一下，避免相互感染。不過他還嘿嘿一笑：「戴口

罩這事也就是圖個心安。」

這天中午正掂著鍋鏟炒菜，「叮鈴」一聲短信響，林平摸出手機一看，學校讓給武漢捐款，副教授和處級幹部三百，講師和科級二百，助教和科員一百。媳婦湊過來瞄了一眼，問他：「你是副教授，又是科級，跟著捐二百還是三百？」

他翻了兩下捲心菜，關了火：「我就高不就低吧，少了讓人笑話。據說這個名單還公示呢。」

晚上女兒放了學，一到家就嚷著讓林平輔導作文，說老師讓寫抗擊疫情的作文，自己不會寫。林平把手機扔給他，讓他先查查新聞看看。心裡嘀咕，這學院都放假了，小學怎麼還不放假？一群孩子聚在一起，可別有個染病的。再回頭想想前幾天的武漢辦的百步亭萬家宴，真是作死。

吃過晚飯，和媳婦一起收拾了一下出去玩要帶著的行李。媳婦收拾地細緻，涼拖被單風油精防曬霜一應俱全。收拾妥了，一起去西邊運河散步。

河邊市場有商戶正掌著燈卸貨，鮮氧氣咕嘟嘟冒泡，攤位上有魚有蝦。林平挽著媳婦，下巴一揚：「再有傳染病，年還是要過，年貨還是要買。」媳婦也點頭說：「年夜飯不在家吃了，但正月十五的團圓飯也要先訂一下了，不

然過幾天都訂滿了，地方都不好找，原來咱們都去過的天然居，他們家的信東本地菜味道還行。」

　　像是忽然想起什麼，媳婦扭頭問他：「你說，我們去的海南安全嗎？不會有病毒吧？」林平還是想的團圓飯的事，漫不經心地說：「天然居應該沒事，我們在包間，吃完就走。」媳婦白了他一眼，他才反應過來：「海南啊，我們去海邊，少去人多的地方就結了。」

　　回到家，女兒的作文寫完了，林平掃了一眼，見作文裡滿是「奮鬥」、「抗疫」、「奉獻」、「齊心協力」、「勝利」之類的詞，摸摸他的腦袋：「寫得不錯，一定能拿高分。」

　　第二天是臘月二十七，一家人帶著三個行李箱一個雙肩包，出門打車去火車站。站在街上，覺得行人稀稀拉拉，但每個都戴著口罩。計程車也格外少，往常走馬燈似的在眼前轉悠，現在林平他們等了快半小時才來了一輛。司機是個小鬍子，瞥著他的行李伸出三根手指：「不打表，五十。」林平和媳婦對視一眼，帶女兒上了車。

　　到了車站，見好多人打候車室出來，都嘟嘟囔囔的。一打聽才知道為避免病毒擴散，不少車次都停運了。林平跟媳婦趕忙拖著包過去查自己的車次，也停了。

　　這可怎麼辦？

　　列車停運是肯定會給退票款的，可是想起來酒店六千

塊錢的訂金，一會兒林平腦門子就沁出了汗，出了站讓北風一迎，立馬打了個寒戰。

　　一家人打車回了家，媳婦擔心安全：「實在不行，我們就不去了吧？」林平看著女兒黯淡的眼神，堅持說：「只有寒假有個機會，怎麼著不能帶孩子出去一趟。」他心一橫：「咱們買機票，坐飛機去海南。」女兒一蹦三尺高，大喊爸爸萬歲。當天晚上兩口子就查飛機訂票，折騰到半夜，睡覺時林平覺得嗓子有些疼。

　　第二天一早起來身上有些打冷戰，但林平不想掃興，就沒吱聲。開車去機場，路上兩個小時，有兩個檢查站。路過第二個的時候，穿著防護服帶著口罩的醫療人員那個體溫測定儀總是顯示三十七度，那口罩後面的表情雖然看不出，但目光裡閃爍著的懷疑是明白無誤的。林平趕忙開玩笑地說：「車裡暖風開得太足，把人都烤熱了。」下車到一邊，在高速口地北風裡晾了半小時，晾到三十六點八度才算准許通過。他上車時感覺自己的手腳冰冷。

　　停下車進入機場，體溫一切正常。值機、出票、托運行李，一切都很順當，除了林平，在候機室裡，別人都覺得空調暖風開得太足，他卻把羽絨服裹得緊緊地，還是覺得冷。他心裡又煩悶，臉上地表情像是吃了個苦瓜。媳婦開始只顧帶女兒沒注意，回頭掃了他一眼，立馬跟過來：

「臉色蠟黃，發燒了嗎？」

　　林平心裡清楚，自己沒和武漢來的人接觸過，但一天天接觸這麼些人，誰知道他們有沒有接觸過病毒攜帶者？他歎口氣：「我覺得就前幾天被冷風吹了一下，算是普通感冒，誰知道能登機嗎？」嗓子癢癢，但他知道這回肺炎的典型症狀是咳嗽，就咽唾沫強忍著，實在忍不住就去洗手間裡關起門咳幾下。

　　負責登機前體溫檢查的，是一個穿白大褂的年輕大夫。前面剛剛拒絕了一位老人登機，林平看在眼裡，臉色焦黃，嘴唇也哆嗦起來。他嗓子有些癢，像是有一根羽毛的尖尖在那兒輕輕搔來搔去。他不敢咳嗽，只好咬著牙拼命地仰頭，希望能夠減輕對嗓子地刺激。也不知道是林平臉色不好，還是因為克制不住輕輕咳了兩聲，檢查林平的時候，那大夫特別仔細。

　　他拿著測溫儀連續測了林平三遍，都是三十七度以上，林平湊過去想說句話請他行個方便，那穿白大褂的大夫往後退了一步：「請保持在原地，」他往巡邏的警官方向看了一眼，轉過頭對林平說：「您有疑似症狀，不能登機。」

　　不能登機就只能回去，但林平不想走，他依舊站在那裡陪著笑臉，想再爭取一下。後排開始有人低聲議論。白

　　大褂看他沒有走的意思，就又追了一句：「請改簽機票，居家觀察，體溫正常後再登機……先生？」

　　林平挪開幾步，又停下了，胸口起伏了幾下，想想孩子眼巴巴的假期旅遊，又想起賓館的訂金、機票，覺得利刀割肉一樣疼，眼前一黑，差點倒在地下。

　　媳婦胡玉這時候卻很有主見，她昂著頭，一手拉著女兒，一手扶著林平：「咱回家，不去了。」林平低頭看看，女兒委屈地癟著嘴，眼淚在眼眶裡打轉轉，覺得挺對不起孩子，但也實在打不起精神說話。

　　從機場到家的路上，林平燒到了三十八點五度，手哆嗦得厲害，幾乎握不住方向盤，只好換成媳婦開車，自己在後座上渾身抖成一團。

　　女兒嚇壞了，也不想去海邊玩的事情了。拉著他的手，不停地問：「爸爸你沒事吧？」胡玉在前面開著車，也急得一疊聲地說：「不去就不去，幸虧沒去成，還是在家休息，訂金賠給人家就算了。病得這樣厲害，咱不能冒那個險。」

　　到家喝了兩包感冒沖劑，昏昏沉沉睡了一夜，出了場透汗。

　　第二天林平竟然奇跡般的好了，略有些咳嗽，但精神抖擻。他自嘲說：「這是犯了懶病了嗎？」

　　媳婦和孩子見他好了都是歡天喜地，也不提出門的事了，林平卻有些過意不去，給孩子許願，過了年，五一帶他去野生動物園。

二

　　天色陰沉，不只有呼呼的北風，還下起了雪。

　　眼看還有一天過年，各路專家都去了武漢，新聞上說，這次疫情與別的不同，凡是密切接觸確診病例的，都要隔離。武漢宣佈當夜十二點封城。

　　大過年的，該串門的親戚還是要去走動的。林平不信口罩能防住病毒，只不過出門時候，媳婦硬是給他套了一個在嘴上，他嘟囔著：「潮濕悶氣，」還是戴上了。

　　在大姨家和她閒聊的時候，忽然看到電視上播報國家召開中央應對新冠肺炎疫情工作領導小組會議，會上說：「全國人民在黨的領導下，堅持依靠群眾，發動群眾，科學抗疫，勝利一定屬於中國，屬於中國人民。」林平忽地想起來媳婦說要定下的團圓飯，吸了口涼氣，也無心聽大姨念叨表弟一家去外地打工大過年也不回家之類，匆匆告辭。

　　回到家問起來，媳婦告訴他，團圓飯已經退了：「那天然居的老闆哭喪著臉，跟什麼似的，」她歎口氣：「他說年

前備了有二十多萬的貨，就指望這一個月能發發財。現在都排隊退訂金，做生意也不容易。」

「按規矩是不能退訂金的。他也算仗義，以後再去捧個場吧。」

正說著收到了楊帆拜年的短信。醫學院畢業以後，他在鄰市找了工作，娶上媳婦安了家。前幾年他結婚時候林平和他見了一面，當時還笑他「臉越長越圓，頭髮慢慢轉移到下巴上了」，被他笑罵著當胸錘了一拳。

想想前些年買房，湊不起來首付，林平在電話裡剛提到買房，還沒等到說缺錢的事，楊帆立馬說：「沒多有少，你先拿著。」當天就往他卡上打了五萬塊錢。後來還給他的時候林平才知道當時他也買房，手頭很緊張，錢是他讓媳婦汪蕾給老丈人借的。當時林平還給打過去了利息，結果楊帆把利息給退了回來，說：「兄弟們之間借錢你弄利息這事，不是打我臉嗎！？你過來一趟，我管菜你管酒，咱一起喝一場就行。」林平出差路過鄰市幾次，都有同事同行，也沒專程去找他聊聊，心裡總裝著點事似的。今年打著回拜一下，又出不去了。

他剛編了個短信回復一下，「叮」的一聲，又收到了學院行政辦的群發通知。通知號召初一手機拜年，人與人之間減少接觸，紀委則倡議大家傳播正能量，減少負面資訊

傳播，不造謠傳謠。還發了幾個案例，湖北和廣東有些人在微信群裡造謠，網警查出了他們的地址，抓了起來，又是寫悔過書，又是拘留，處理得很嚴肅。

林平看了通知，帶媳婦和女兒去爸媽家吃年夜飯。吃完飯又陪著老人坐了會兒，開車回家才發現社區的門已經鎖了。門衛指了指門外，咧嘴笑著：「現在社區讓封閉管理，不讓隨便進出，」掏出鑰匙打開了大門。林平側臉看看大白紙上的黑字：「今年串門，明年上墳。」他皺皺眉頭，猛踩了一腳油門進了社區。

年前都買了些年貨，所以這些天，無論是誰都窩在家裡看電視刷手機，同學群裡、微信群裡常常有人曬照片。照片上大都是一家三口、四口在家吃飯，老爺們一個人喝酒。這時候大家就起哄：「弟兄們聚在一起來兩盅。」林平知道，他們說歸說，誰也不敢。網上這幾天有新聞：一家三口在家打牌被舉報，被志願者掀了牌桌。事後當地的負責部門說：「工作方法簡單，行為適當，表示道歉。」雖說有道歉，誰也不想惹這個麻煩。

這麼窩在家裡三兩天沒問題，時間一長，滿是一個人喝酒的照片。開始桌上還有紅燜豬蹄、燒雞等酒肴，後來大多就剩下花生米和炒白菜了。

年初四，林平一覺睡到九點，側臥著刷手機看抖音。

看到疫情出現之後，友好鄰邦朝鮮和俄羅斯先發出公告，封鎖了海關，要禁止中國人入境，林平無聲地罵了一句。刷著刷著蹦出個消息：學院通知，號召所有員工上午到校，參加抗擊疫情獻血。林平趕緊起床。

媳婦問他啥事，他一邊穿衣服一邊把事說了。媳婦湊過來告訴他：「聽說獻血要吃飯再去，不然會暈倒。」

「我路上買個油條荷包吃了就行。」

媳婦湊過來小聲說：「還有啊，獻血前多喝水，沖淡血液，獻血身體損失小……」

林平揮揮手出門了。路上連賣雞蛋荷包炸油條的地方都關門了。到了學校，他給自己倒了杯水。想了想，還是沒有喝，徑直去了辦公樓前的獻血車。

獻血車一共有兩輛，看來是臨時調過來的。他本以為會排好長的隊，結果除了車門口有幾個人，樓前還空蕩蕩的。

「他們都獻完走了？」他問一邊的大東。

「領導安排好了，都是分時段來獻血的，每個時段人不多，」大東子的臉被美國進口的 3M 口罩捂得嚴嚴實實，他壓低聲音說：「好多人都請假沒來。」

林平撇撇嘴，哼了一聲。聞著消毒水的味道有些刺鼻。血從管子裡抽進血袋裡，顏色有些發暗，不像別人的

鮮紅。大夫說，這是因為他血液含氧量少，缺少運動。

　　各自封閉在家的日子，既是無聊的，也是快樂的。不用串門走親戚各種尷聊，不用喝酒吐得昏天黑地，在家看看書看看電影，也很自在。只不過到了年初十，信東的氣氛就驟然緊張起來，連散步也不讓出社區了，每家每戶辦了通行證，每兩天出去一人次購買食品和生活用品。

　　除了口罩，媳婦還給他準備了手套和帽子，出門買菜時候近乎全副武裝。出門一看，門口的公告也換了：「出門打斷腿，還嘴打掉牙。」

　　好在物價還算穩定，前些天有個買了六十元一棵白菜的兄弟，把超市給舉報了，超市被處罰款並勒令改正，現在省發改委一天發一個短信通報物價，超市里的肉蛋菜價格大致比春節前略高，還算平穩。

　　微信群、QQ 群裡都在曬照片，海帶燉大骨頭、慕斯蛋糕、象棋圍棋鬥地主、絕地求生和王者榮耀。日子一天天過去，蹲在家裡的估計都會廚藝、棋藝和遊戲水準大進。

　　林平在家閑著無聊天天刷全國和本地的疫情消息，看到社區管理的微信群裡有人上傳了個統計表，統計的是武漢讀書的大學生寒假返回信東市的情況。下載了掃了一眼，見全市有 15 個社區都有疫區回來的學生，也有隔壁社

區的，趕忙叫媳婦來看看。媳婦看了看群裡的表格，撇嘴說：「這些人也太過分了吧，把人家學生的姓名、身分證號和家庭住址都發網上了，這不侵犯人家隱私啊？」

「這門口的志願者不讓我出門，還犯了非法拘禁罪呢⋯⋯」林平懶洋洋地：「總有些有點權就濫用的混帳東西。」

接到學校的第二個電話是晚上八點左右，通知第二天到報告廳開會，黨員要佩戴黨徽，會議內容沒有提前通知。林平新發的黨徽不知道被丟在哪兒了，找了個去年發的黨徽戴上，去年的黨徽只有鐮刀斧頭，今年說是被禁用了。

第二天進學校的時候，門口的志願者照例拿體溫槍對他額頭來了一下，三十六點五度，放行。

進了學校，林平有些怪異的感覺。細想了想，是往年這個時候已經開學了，現在雖然立春了一個多星期，學校卻延遲開學，校園裡空蕩蕩的，和往常學生熙來攘往的感覺不太一樣。

報告廳平日裡能容下四百多人，現在學院安排一百多黨員幹部保持一米多的距離均勻坐下，顯得稀稀拉拉的。大家都戴著口罩，連主席臺上的黨委書記、校長、副書記也不例外。

　　這次的會沒有會標，領導的講話也很簡潔。「為貫徹中央指示，支援武漢，請有關黨員幹部和醫護專業教師、學院附屬醫院醫護人員等參加省裡對口支援武漢物資調配和醫療隊，」領導在臺上掃視了一下會場：「這是政治任務，不是志願活動，一會兒會公佈名單，名單上列出來的，今年要回去把家裡的事情安排好。」

　　會場上像是起了一陣微風，林平和左右兩邊的同事彼此對望了一下，目光裡都有些慌張。

　　「胡雪、劉莉偉、周長生……」

　　看來武漢援助缺口不小，名單很長。林平無聊地擺弄起手機。「叮咚」一聲，跳出個信息，是同事小樊發來的：「我擦，定於一尊，這一尊親自指揮親自坐鎮的，一次也不去，憑什麼讓咱們去武漢？」他編了一條回給他：「你小子說話注意點，我還是輿情監察員哩……」想了想，又一個字一個字刪除了，愣了一會兒把小樊發來的也刪了……

　　「林平……」

　　林平愣了一下，腦子裡嗡的一聲，想起來孩子和媳婦，也想起來老人。他覺得身體有些發抖。

　　都戴著口罩，被念到名字的也看不到表情，只看到一些人把手叉在一起，像是搓洗衣服一樣，使勁扭來扭去，桌子下面也傳來一陣陣雙腳挪動的動靜。

臺上領導的聲音依舊威嚴：「參加醫療隊的，晉級和提拔優先考慮。」這次，台下有了動靜，隔著口罩，還是聽到有不少人從鼻孔裡輕輕哼了一聲。

「剛才念到名字的，明天上午八點辦公樓前集合。」

話音未落，有人站了起來：「我懷孕了，我要請假。」林平側臉看去，戴著口罩，劉海下一雙大眼睛，穿著墨綠色的大衣，像是李賢。

臺上黨委書記顧大春緩緩地說：「關鍵時刻見黨性和忠誠，請各位同志發揚勇於奉獻精神，敢於衝鋒陷陣，不要臨陣脫逃，」沉默了片刻，又說：「特殊情況需要請假的，要寫出書面材料，報黨政辦批准。」

林平路上打電話跟媳婦說了，媳婦只說：「你去武漢，那家裡怎麼辦？」呆了半晌又問：「那還能申請換人嗎？」

「先別跟老人說，回家再商量。」

抬腿餃子落腳面，一進家門，林平見媳婦正忙著調餡子包水餃。媳婦抬頭看見他：「我剛看了手機，去武漢援助的幹部還有醫護人員被感染的不少，你能跟領導說說，換人去嗎？」

林平洗洗手，拿起面劑子包了起來：「換誰？吃了飯晚上跟我去看看老人，就說我年後去大連學習，別說漏了。」

到了老人家裡，林平經意不經意地說了自己出去的事，他父親就嚷起來。

「你們學校，工資福利不多發，事兒倒是不少。剛過了年，還有疫情，就讓出門。」林平的父親話沒說完，就是一陣咳嗽。

林平趕忙拍拍他後背：「外出學習就是福利。怎麼又咳嗽了？」

「下午出去買菜，可能有點著涼，沒事。」

林平心裡咯噔一下，從抽屜裡翻出體溫計：「測一測體溫，不發燒吧？」

老人嘴角帶笑，挺滿意兒子的關心，卻故意有些不耐煩地說：「放一百個心，這點小病擱在從前哪是事兒啊……」

三十七度。林平搓了搓額頭。媳婦看看他，猶豫著說：「要不你就跟領導彙報一下，換個人，萬一……」

晚上，林平坐在書房裡編短信：「書記您好，因我父親低燒，病因不明，我申請……」想了想又刪掉了：三十七度算不算發燒？發燒是不是就是肺炎？他手指扣在桌面上，「噠噠」作響，像是四蹄翻飛的奔馬。

他歎了口氣，撥通了楊帆的電話：「老楊，三十七點二度以下算不算疑似病例？怎麼處理……」

　　打完電話，他刷著手機新聞，看武漢醫護人員的狀況和各路援助人員的情況，一夜未睡，到天濛濛亮也沒有下定決心，迷迷糊糊睡著了。

　　八點，辦公樓前的榆葉梅上還有霜，兩輛嶄新的大巴已掛好了橫幅：「信東學院參加省援鄂物資調配和醫療救助隊」。車外站了一些人，有的是要出發的黨員幹部、教師，有些是送行的家屬。

　　一眼看去，林平就知道這個人數比當初名單上要少。學校黨委書記顧大春在打電話，掛了電話以後他臉色陰沉地像要下雨。

　　他身邊的辦公室副主任魏福也一言不發。

　　林平發了個信息給他：「老大不開心，咋？」

　　魏福沒有回信，卻慢慢踱過來，輕聲說：「醫護的老師還沒請假，黨員幹部倒有請假的，真慫。」

　　林平卻是心裡一動：「自己不是醫護人員，分配抗疫物資誰都可以，何必非要撇下老爺子去那裡？可誰家沒點事，都不去的話，還有人幹事嗎？」

　　他在有些冷冽的空氣中晃了晃頭，想把亂七八糟的想法都晃出去，結果濃眉越皺越緊擰成一團疙瘩。魏福瞟了他一眼，湊過來問：「你不舒服？」林平忙說：「沒事，可能是昨晚沒睡好。」

　　他剛往書記的方向挪了兩步，忽然聽到後面有人喊著：「各位站好隊，重溫入黨誓詞。」扭頭一看，有人扛著黨旗過來了。

　　林平歎口氣，他對這些形式主義的東西很不感冒，但也只能跟著隊伍走了過去。

　　「……執行黨的決定，嚴守黨的紀律……永不叛黨。」人在這種集體合奏裡會產生一種莊嚴感和儀式感，林平和別人一起，高舉右拳，背著誓詞，心裡也覺得有些激蕩。一放下拳頭，他腦子裡的私心雜念又泛上來，像是羊雜湯開了鍋。嚴守紀律，執行決定，可家裡怎麼辦？家裡要是沒事，誰不想當個英雄，但不去的話，領導同事怎麼看我？

　　他見司機師傅提起來自己的箱子往大巴的行李艙裡放，定了定神，心一橫，想著：家裡要緊，武漢不缺我這一個，天打雷劈也要請假。

　　他走過去跟黨委書記請假，感覺這幾步路很長，嗓子很幹。書記剛打完一個電話，轉過身來。林平的手機忽然響起來：汪蕾。

　　汪蕾是楊帆的媳婦。她和楊帆是一個醫院的，聽說是經人介紹認識的，兩個人一個心內科，一個神經科。除了楊帆婚禮上，他沒和這個兄弟媳婦說過話，不過既然來電

話，一定是有要緊的事。

林平一接起電話就聽見個抽抽搭搭的聲音：「平哥，楊帆失聯了，你……」林平摸不著頭腦，趕忙問：「弟媳婦你別急，怎麼回事？」

楊帆和兩幾名大夫參加救援隊去了武漢，前幾天說是感染了冠狀病毒肺炎，進了隔離病房，一直有微信和電話聯繫，今天發消息打電話忽然就沒有任何回復了。汪蕾一個人在家看孩子，看到網上有不少醫護人員感染肺炎殉職的消息，現在緊張到精神崩潰了。正好從網上看到信東學院的微博播報，林平要參加救援隊出征武漢，趕緊打電話來。

「平哥，你去了一定要找到楊帆。要是他萬一不好了……我們孩子還不到一歲，我可怎麼過啊……」汪蕾哭得說不下去了。

「弟媳婦你放心，他興許是恢復了又上崗了，也可能是睡著了沒聽見，」林平前幾天看過湖北作家方方的武漢日記，裡面說醫院病床少，病人得不到救治，殯儀館滿地手機無人收，心裡知道楊帆現在凶多吉少，也有些慌了神：「我們下午到了武漢，我馬上找到他聯繫你，你別急。」

掛了電話，林平心亂如麻，一抬頭對上黨委書記顧大

春探詢的眼光，他歉意的笑笑：「沒事，有朋友托我去武漢找個人。」顧大春點點頭，卻若有所思地看著他。

　　林平跟著其他人一起上了車，心裡暗自埋怨，楊帆你小子一個心內科的去武漢湊什麼熱鬧啊。但這趟看來是非去不可了，去了找到楊帆，無論怎樣給弟媳婦一個交代。真不知道這小子咋樣了。小時候，這小子身體挺壯的，掉冰窟窿裡上來都沒感冒……唉。

　　車裡空氣有些悶。老爺子不會是感染冠狀病毒的肺炎了吧？也可能是普通肺炎。林平安慰自己：萬一家裡老爺子繼續發燒，就再坐飛機回來，三個小時的事，也很快……可眼下武漢封城了，還能回來嗎？

　　坐在車上，林平心裡紛紛亂亂，百念叢生。習慣性地摸出手機，瞄了一眼，看到微信群裡都在評論李醫生的事。李醫生是武漢的大夫，前些天他在網上說有類似 SARS 的病毒，後來他被公安機關訓誡了，再後來，他也感染了肺炎，今天早上去世了。很多人悼念他，也抱怨政府的言論管制太嚴。

　　林平向來不在群裡發言，因為他在宣傳部，除了寫新聞還管輿情。他知道就算當時有啥事說出來，嘴上痛快了，一旦有人舉報政治傾向不對，會影響職業生涯的發展，甚至會進入檔案。那個李醫生就是被同學群裡的人截

圖傳出去被舉報的。

翻看了點評論，他覺得有些累，正想放下手機時，一句話帶著大大的嘆號跳了出來：「凡是把悼念李醫生的碼頭指向政府和體制的文章，我們都要加以警惕！！不應當被外媒蠱惑，變成境外反華勢力否定體制、顏色革命的棋子！！」這句話發出之後，果然沒有人敢再說什麼了。林平想起來這個月被叫去「喝茶」的許章潤，歎了口氣，給媳婦發了個資訊，囑咐她和女兒除了買菜買面，千萬不要出門，有什麼消息也千萬不要隨便轉發。

放下手機，對著車玻璃，想了想李醫生，又接著想楊帆和自己家老爺子的事，覺得腦子亂哄哄的，伸出手指揉揉太陽穴，覺得鬢角緊繃繃的，像是要鼓出來。

大巴車抖了兩抖，剛啟動，又停下了。帶隊的副書記過來跟他說：「你拿行李，下車，領導找你。」

林平剛打定了主意要去湖北，乍聽到這個消息以為自己聽錯了。副書記又重複了一遍，還說：「快下去，顧書記在車外邊等你。」

林平跳下車，見顧大春正跟一個年輕的小夥子說著什麼，見到他微笑著招招手。林平接過司機師傅遞過來的行李，猶猶豫豫地走了過去。

「昨天下午醫學系主任就跟我說，小梁他們幾個雖然

是新入職教師，也希望能夠參加救援，我覺得武漢需要你這個筆桿子，去了之後好寫寫我們救援的有關報導，就沒同意。昨晚他們又跑到辦公室找我。我仔細考慮了一下，宣傳報導的事可以交給你們部長，他也去武漢。小梁是臨床醫學專業的，去了武漢更有用武之地。你又不是醫護專業的，就參加我們當地的志願者隊伍吧，寫寫本地志願服務的報導就行了。」

「可是……」

書記笑著一揮手，截住了他的話「就這麼定了，你也不用謝我，謝小梁吧。你下午去吉祥社區志願隊報到，那可是我們學院在本市的重點志願服務隊，有關報導勤寫著點。」

小梁沖他們揮揮手，上了車。

車開走了。送行的家屬也各自開車回去了。

林平楞在樓前半天，提著行李箱回了辦公室。

去不了了，他不知道怎麼跟弟媳婦汪蕾說，拿起手機，一則新聞蹦了出來「湖北電影製片廠導演常凱和父母、妻子一家四口感染肺炎，得不到收治，半個月時間相繼去世。」想起楊帆鬍子拉碴的胖臉，他心裡更亂了。

學院的救援隊已經出發了，肯定是趕不上了。思來想去，他撥通了信東衛健委老曾的電話。

　　老曾很實在，一聽明白他的意思，就馬上說：「老林，湖北缺少救災抗疫的人力物力，我們第二批和第三批的醫療救援隊都正在籌備，去武漢的機會是有的，不過你想清楚，跟家裡也商量好，別衝動，」

　　「好，我跟家裡說說，晚上再打給你。」林平掛了電話，卻看到個陌生號碼正在呼入，他略一思索接了起來，竟是楊帆！

　　「老林，不好意思讓你虛驚了一場哈，我沒事，咳咳，手機沒電了。你小子還欠我一場酒哈。家裡汪蕾和老人我都聯繫過了，你甭管了。來了之後也沒做幾個手術就染上肺炎了，這次傳染性很強。你儘量不要出門。」

　　看樣子楊帆還沒恢復。林平問他是否還在隔離病房。楊帆大大剌剌地說：「還在隔離，吃著盒飯看電視，咳咳，你放心，這次肺炎重症和死亡病例都是年齡偏大的人，好多是併發症。我這邊要量體溫了，沒事我掛電話了哈。」

　　林平長出一口氣，掛掉電話又琢磨起怎麼跟老曾回電話。

　　他上午心急火燎要求參加救援，傍晚又打電話給老曾，自己也覺得有些不好意思，便推說是家裡有人要照顧無法參加。老曾對他這種臨時變卦表示理解：「都有家有業的，不容易，先照顧好自己吧。」

　　他不用出門了，媳婦和老人自然是喜出望外。林平的父親在家靜養了兩天，燒也退了。林平就每天全副武裝去志願服務現場和別人一起給進出社區的人測體溫，搞調查，平時就寫寫志願服務新聞，發發報道。

　　轉眼兩周過去了，武漢的確診人數由每天一兩千變成了每天幾百，信東當地也沒有新增感染者了，交通管制也逐漸放鬆了，大家慢慢松了口氣。超市開始有了來來往往的人，電影院也開始預約開放了，看電影的人要間隔一兩個座位，要求實名制購票便於資訊採集。

　　知道楊帆因肺炎去世的消息，是三月初的事了。當時全國正在歡天喜地地慶祝抗疫的勝利，鑼鼓喧天，彩旗招展，一派繁華的盛世景象。後來，歐美諸國疫情嚴重，國內媒體更是冷嘲熱諷。巴不得同行再嚴重一些，好襯托出自己的偉大正確。

　　一天下班後，林平想起楊帆，就打電話給他。

　　汪蕾接起來電話，語氣平靜卻帶著點哭腔，跟他說了楊帆去世的消息。汪蕾一哽一哽地說，根據當時武漢的管理要求，楊帆的遺體就地火化，骨灰由他的同事帶給了她。說到這裡，她哇的一聲哭了出來，很快她抽泣了起來，話也哽在喉嚨裡說不出來。

　　林平拿著電話，不知道說什麼好。想安慰她幾句，卻

聽見汪蕾把電話掛了。

夢記：

怒火燎原，黑煙滾滾。鳥兒振翅欲飛，卻飛不過這萬丈光焰，紛紛墜落，在火中一閃，化成焦黑的一團。

網上評論：

自費魚：向犧牲者致敬。

Linkes:歐美當初嘲諷我們，現在我們幸災樂禍、隔岸觀火、開心吃瓜，看到別人家水深火熱，由衷地表示高興。

沈峰：樓上的評論說明，我們的教育很成功。祝賀你們，成為了這樣的接班人。

3月20日，我院開展教育教學改革，開發網路課程。

關鍵字：教學改革　思想的鹽　網課　要脅　龜紋石

第十二章　教學改革

　　三月中下旬，疫情還在持續，但已經不嚴重了。東川省各地高速公路都開始正常通行。信東市醫院只有三十多個確診病例了，市內的社區也開始逐步解除了封鎖。學院還沒有開學，學生在家上網課，但全體職工照常上班。

　　今早，林平在學院南門口吃早餐，金黃的雞蛋荷包配豆漿，吃飽了想散散步，就步行去辦公樓，把車停在了南門廣場，

　　學校南門廣場，大約有三千多平米，傘狀的休息亭分列兩旁，廣場的四周是一些羅漢松和銀杏樹。銀杏舊葉已落，新葉未長。羅漢松年前還是鬱鬱蔥蔥，現在幹得厲害，略有些發黃。

　　南門對面是第二人民醫院，也是精神病院。這兩年醫

院裡新蓋了座二十層的大樓，據說電梯樓層號只有十七層和十九層、二十層、二十一層，沒有十八層，嫌不吉利。去年它剛落成的時候，林平好奇，下班後拉著薛青去看了一趟，果然如此。當時從大樓裡出來的時候，正遇上百十號人站在兩邊劈里啪啦鼓掌，二人嚇了一跳。一問旁邊小護士，才知道是醫院組織病人排練，準備迎接衛生局領導視察。

仔細看看，果然這些人雖衣裳潔淨，站得筆直，但目光呆滯，有鼓掌時嘴角還流著哈喇子。

薛青當時就跟他耳語：「醫院的領導真他娘是人才，這都訓得好。」

上午，教研室主任老姜電話傳達了系裡的通知，學院下午三點要召開教育教學工作推進會，沒上網課的老師都要去參會，不去的話要跟系主任楊釗請假。

林平在學院宣傳科這個位置，為政法系發新聞、處理輿情沒少出過力，他找楊釗請假是不難的，可他也知道這類人情都是要還的，恰好下午也沒事，就去唄。這類的大會，他向來是比較喜歡的，反正科級幹部也不會坐到前排，在後邊可以看看手機上的股票，再無聊就看看電子書什麼的。

他向來是提前到會，可以看看門口的座次表。這次看

到門口不再有往日的人頭攢動，大家很自覺地相互保持了距離。

門口貼了一個提示，會場內嚴禁近距離交談。嚴禁使用手機、打瞌睡、交頭接耳，違者紀委和人事處會進行嚴肅查處。

進了會場，林平見每個人座位相互之間都隔了一排。會場外圈走廊裡放上了一個個白色手提箱樣子的機器，還有天線，便發資訊問薛青。

「你不知道？前幾天開會，顧書記講話下面有人看手機，氣得當場拍了桌子，要求紀委、院辦和人事處整頓會議紀律，」薛青沖他揚揚手，又發過來一條：「從教務處拿來的信號遮罩儀都用上啦。」

薛青還在微信裡抱怨：本來這次是個教學方面的會，和團委學工處關係不大，但有個教育二字，領導就大筆一揮將他們處圈了進來。

三點十五分，工會主席劉斌和組織人事處、宣傳部、團委學生工作處等部門負責人戴著口罩，魚貫而入。

三點二十分，學院黨委書記顧大春入場就座。這都是辦公室精心安排好的，因為有前車之鑒。

上次三點開會，領導早早來了，眼巴巴等到到三點十分，人還沒有到齊，領導大怒，一拍桌子：「不開了，辦公

室起草個整治工作作風的通知。」

會上，顧大春和院長齊澤照例是講了講工作意義，提了一些要求。

教務處長張洋身著一套藏青色的西裝，顯得格外精神。他宣讀了《東原省 2020 年思想政治教育教學工作要點》，讀完之後，張洋講解了《學院 2020 年教育教學工作要點》。

臺上講得實在枯燥，坐的稀稀拉拉，看手機容易被發現。林平就坐在那兒發呆。薛青給他發個短信過來：「你往前看。」他瞟了兩眼前方疏疏落落的人頭，一無所見。薛青見他抬頭，使了個眼色，努了努嘴，他才發現左前排是孫穎，她白皙小巧的耳朵裡塞了一顆極隱蔽的藍牙耳機，嘿，真是有辦法。自己怎麼沒想到。

張洋提出今年要構建「大思政」工作格局，課程思政全面進入各門專業課，推進全員全過程全方位育人。他提了個很形象的說法：「把思政的鹽，溶進專業教育的湯」。張洋頓了頓，又說，各門課程結合思政課的情況，要納入考核，最後要體現在年終評教裡。

台下的教師相互隔得遠，也都戴著口罩，可還是竊竊私語起來，專業課教師的議論聲尤其響亮。

「會上不許討論，會後……立即執行，我們是人民的

學校，教育工作者要有黨性，」顧大春拿過話筒：「凡是不好好貫徹這次會議精神的，一律取消評 A 級的資格。課程與思政教育結合的好壞，不僅要納入考核和評教，還要體現在年終的績效獎金上。」

顧大春對思想教育的熱情由來已久。上周他主持召開了學院意識形態教育會議，各處室系部都參加了會議。週一峰和林平也去了。

散會之後，顧大春又給宣傳部多說幾句。佈置完工作之後，顧書記談興未減，就對週一峰和林平說：「思想教育要入腦入心，你們覺得有難度嗎？」

週一峰附和說：「有了顧書記的親自策劃和指引，我們的意識形態工作和思政教育肯定能夠取得良好成效。」林平也小雞啄米般點頭。

「那可不一定，要對工作的艱巨性有充分的認識，要對思想教育的形式和內容認真加以研究，」顧大春端起茶杯放在嘴邊，卻又放下來，他笑著說：「當年我在夏縣當縣委宣傳部長時，接過任務，編過一本幹部思想教育的小冊子，印發給了全縣的科級以上幹部。」

他喝了口茶，用調侃語氣說：「結果呢，有一次跟我們縣農機局局長去洗腳，洗完腳之後地上淨是水，腳上也有水，一時不方便穿皮鞋，局長就從提包裡拿出兩本小冊子

墊在地上，從上面踏了過去。你們知道我當時的感覺
嗎？」

林平咬著後槽牙忍住笑，在後面看不到週一峰的表
情，但聽他乾笑了兩聲。

顧大春繼續說：「思想教育，難，但越難越要幹，我們
要把年輕人的思想抓起來，捏成形，」說到這兒，他伸出
右手在空中虛抓了一把，握成拳。百年樹人，任重道
遠。」

晚上回到家，胡玉一邊做飯一邊嘟囔：「你們思政課講
政治就行唄，我們電腦課可怎麼辦？」她回頭問林平：「我
講的網路工程和作業系統這兩門，可怎麼改啊？」

林平笑起來：「這你得問你們系主任胡焯去，別問
我。」

隔天胡玉就學了真經回來。吃過晚飯，她在電腦前一
坐就是兩三個小時。

林平做好飯去喊她。趁孩子不在眼前，把手滑進她衣
領裡。

胡玉一邊打字一邊扭動身子：「別搗亂，我們要教學改
革，做課程思政呐，我們主任說，開會時候說的思政元素
融入專業課的事，年終考核要真的加入進去，我也快要評
職稱了，可不能掉鏈子。」

「哈哈，你那兩門課都是專業核心課，怎麼思政啊？」

「你別管，我們主任說他的一門課是高等數學，都能融入思政課內容。」

「胡焞胡吹吧？」林平並不相信，手掌感受著絲綢一般的光滑溫潤。

「別鬧了，我明兒還得進行說課展示，過些天還要錄網路課。」

林平這才依依不捨地把手抽出來。

半夜醒來，見書房燈光還亮著，林平擔心胡玉身體，就過去說：「快一點了，明天再說吧。」

胡玉搖搖頭：「你先睡吧，我再做一會兒。」

第二天中午回來的時候，林平肚子餓得咕咕叫，見胡玉還粘在電腦前，飯也沒做，就有些情緒。無精打采地煮了點面，下了些白菜，過來問媳婦上午說課情況。

「主任說我的課裡思政元素太少，讓我再加一些。」

「加得多了，我們思政老師幹嘛去？」林平氣笑了：「以後你們電腦系講思政課算了。」

「你愛咋咋地，反正我得顧著年底評教，」胡玉第一次做這個專業課里加思政元素的事，並不順利，心裡正著急，說話就有些沖：「你先吃飯去吧，甭管我了。」

　　林平碰了個釘子，覺得沒趣，回到廚房把鍋鏟弄得叮噹響。

　　生了一陣子悶氣，心想，還是要安撫一下媳婦。

　　他便湊到媳婦電腦前看了看，說：「做課程也不急一時，我給你發點思政的材料。」

　　胡玉這才伸手攬住他脖子，在臉頰上吻了一下。

　　她揉了揉酸脹的眼睛，下載了林平發來的材料，把「日本釣魚島、韓國薩德反導系統、美國制裁中興、華為，銀河號事件、二〇〇一年南海撞機事件」等加進去。又想到，這幾天，新聞上天天敲鑼打鼓，辦喜事一樣報導國外的疫情。於是她又把國內外對疫情的措施對比，國內外的確診人數都加了進去，畢竟，其他國家疫情越嚴重，反襯出我們制度越有優越性，領導越英明。

　　做完後，胡玉仔細看看內容又多了，怕說課展示的時候說不完，想刪掉一些，可一轉念又想起上午胡主任說自己的課上思政元素太少，又拿不定主意，對著電腦皺起了眉頭。

　　林平端過一碗熱氣騰騰的麵條放在胡玉手邊，上面有幾片白菜葉、兩塊火腿和一點油燴辣椒，白、綠、紅三色格外好看。自己也端了一碗呼嚕呼嚕喝著。屋子裡暖氣很熱，麵又有些辣味，一會兒他鼻子上就冒出了汗珠。

　　見胡玉猶豫難定，林平給她出主意：「內容太多，你就把專業課的知識點刪掉幾個不就行了嘛。」

　　胡玉剛端起碗，疑惑地看著他：「刪掉專業知識點可不行，學生要靠著這個今後吃飯的。」

　　「別那麼死心眼，你說課的時候去掉，講課的時候加上不就行了？」

　　這天晚上回來，胡玉就臉帶喜色，看來是說課展示很成功。林平也很高興，給女兒做了個滑炒肉片。

　　吃飯的時候，胡玉喜滋滋說：「今天胡主任說我的課思政元素比從前多了，但『鹽溶于水』的『溶』還做得不好。最近疫情比較嚴重，要做成網路精品課程，學生線上學習，我還要再加加班。」

　　林平心想，差不多就行了，但看胡玉興致正高，他也沒開口。

　　女兒學校現在也不開學，天天在家上網課。新聞上說，有個地方的女孩因為沒有智慧手機，多日來無法上課，也沒有完成作業，最後跳崖自殺了。

　　胡玉看完新聞唏噓不已，拿起手機，通過網路紅十字會，向山區捐獻了三百塊錢。捐完之後對林平說：「你說他們不會把捐給這些孩子的錢給吞了吧？」

　　林平知道紅十字會都有運行經費，於是懶懶地說：「無

論怎麼說，捐比不捐強。但行好事，莫問前程。」

接下來三五天，胡玉就忙著錄影、錄屏、剪輯視頻，家裡的一日三餐的孩子的作業輔導任務都歸了林平。

做完的視頻林平看過，胡玉一身剪裁得體的寶藍色套裙，普通話說得有板有眼，只是內容總讓他想笑出來：講不了幾句話就扯到思想立場和國際形勢，專業技術方面的內容如同蜻蜓點水。

週末，林平打算和胡玉帶女兒去東湖邊放風箏。胡玉一大早沉著臉，又鑽到書房搗鼓網路課去了。林平只好自己帶孩子去了。城市剛解除封閉，湖邊人很少。本有一家離得不遠，他裝模做樣地咳嗽了兩聲，那家人趕緊拽著孩子走了。林平心裡大樂。

天上有些薄雲，雖然已是早春，空氣還是有些寒意。東湖邊草坪和灌木還微微有些發黃。湖水碧綠，遠處有幾艘船，遊人卻不多。迎風跑了幾步，見風箏飛了起來，林平便將線軸交在了女兒手裡，自己坐在一邊，看她蹦蹦跳跳地玩耍。

週末上傳了視頻之後，系主任和教學督導作為專家還為教師的網路課程打了分數，胡玉的課程評為「良好」。評級為四檔，「優秀、優良、良好和合格」，沒有不合格，但「優秀」、「優良」檔之下的兩檔都要進行繼續整改。

系主任胡焯還跟他們幾個談話：「專業課只講專業知識，行嗎？沒有好思想，知識越多越危險。專業知識就像是一把刀，既可以用來切菜，也可以用來殺人。」胡焯給他們每人發了一本市委孔書記的金句集，說：「好好學習，放下腦子裡的錯誤觀念，任何困難都能克服。」

胡玉在心裡嘟囔：「從小學到大學的思政課課時都幹啥去了，要到大學的專業課上折騰這閒事。」

胡玉講的作業系統這門課的專家評語說是：「沒有從作業系統課程中，論證出社會主義制度的優越」，網路工程課的評語是「網路工程技術的授課缺乏愛國激情」。

胡玉垂頭喪氣捯飭課程，準備明天被督導聽課。萬般無奈之下，打電話向教研室主任白葉討主意。白葉四十多歲，為人潑辣，三十來歲就跟系主任拍過桌子，人稱白辣子，這次評教得到了「優秀」。

姜是老的辣，白葉呵呵一笑，告訴她：「說課和錄課時都要按照領導的要求，讓加思政元素就加，專業課內容有沒有無所謂。實際講課……該咋講咋講……」

「那萬一系主任和督導來聽課怎麼辦？」

「嘻，你管那幹嘛？他們不會來聽課的，我們的專業課不比政法、歷史、中文那些水課，督導他們懂個屁。來了也聽不懂。」

　　胡玉得了主意，心中大為安定。林平回來，胡玉就如此這般的跟他說了。林平也說：「學院一千多名老師，督導只有四名老朽，上個二樓都喘得像是隨時要西去的樣子，哪顧得上你這小魚小蝦？再說，督導來聽課的時候，你就臨時加幾句孔書記的金句，喊幾句口號，就過去了。」

　　學院正式開學了。

　　日子依然是平靜的過去，備課、上課加上家庭就是胡玉的全部。

　　快到學期末的時候，胡玉早早把學生試卷改出來，在成績單上謄抄了分數，準備交給教研主任。辦公室忽然響起「篤篤」的敲門聲，進來的是她任課班級的學習委員周麗娜。

　　「老師，這些天天氣很幹，您注意身體。」周麗娜放在桌上兩個大柚子，眼睛撲閃撲閃的。

　　胡玉挺高興，這孩子多懂事，不過還是推辭：「你拿回去自己吃吧。」

　　「老師，我這次網路工程課的成績怎麼樣啊？」

　　胡玉查了查，「挺好的，你九十。」

　　「老師，最高分多少？」

　　「九十七」

　　周麗娜就湊近了胡玉說：「老師，我這次考完對了一遍

答案，就錯了一道題呀？」

「嗯，你們幾個錯得都很少，只是我們有百分之十的作業分，你有一次課堂作業沒交，扣了幾分。」大部分來找胡玉查分的都是擔心自己不及格，很少有像周麗娜這樣的學霸。胡玉覺得挺奇怪。

「老師，我上回確實是有事沒交上，我再補一份作業，能給我把作業分數加上嗎？」

「不補了吧？成績都謄完了，你這也沒差多少。再說，學期末考完試再交兩個月前的作業，也不合適呀。」

周麗娜兩手交叉，垂在身前，絞成麻花：「老師，我這學期大部分科目成績在班裡都是第一，咱這門課要是我也能得最高分，拿獎學金就更穩一些。」

胡玉知道，他們班還有幾個女孩，成績也都不錯，就歎了口氣：「麗娜，這就更不好了，要是給你加了分，不是老師幫你作弊嗎？」她緩和了一下口氣：「這樣吧，下學期我帶你們的課，你作業及時交就可以了嘛。」

周麗娜眼神黯淡了下去，點點頭就要走。

「麗娜，柚子你拿走吧，我胃不好不能吃涼。」

隔了幾天，胡玉正在家烙蔥油餅。剛把醃好的蔥花倒在面餅上，還沒擀，手機就響了。

見她手上又是油，又是面，林平趕緊把手機拿過來，

貼在胡玉的耳朵上。

「老師，我是周麗娜，今天上午給我們各班學習委員了一個通知，說是明天教務處來開教學品質訪談會，還給我們發了調查問卷。」

胡玉心思還沒從蔥油餅上收回來，就問：「嗯，這是讓你通知任課老師參會嗎？」

「不是的，老師。我見問卷上有一項『專業課是否結合思政教育的內容』，別的班學習委員跟我說，他們老師沒講過。我想您一定是講過的，」她猶豫了一下，說：「您看，下午我把上回漏交的作業交給您行嗎？」

胡玉愣了好一會兒，明白了她的意思，忽然不顧手上的麵粉，抓起電話掛掉了。

林平見她神情不對，忙問其緣由。

胡玉臉漲得通紅，氣哼哼地把事情原原本本講了一遍，還學周麗娜的口氣說了兩句。

林平笑得前仰後合：「你這學生思想政治學得真不錯，能抓住要害，有策略有辦法，說話也很藝術。」

胡玉表情就有些兇狠，作勢要拿麵抹在林平臉上。

林平趕緊躲開。他拖長了腔調說：「你看你看，思政教育還是必要的吧？顧書記說的沒錯。」

「拉倒吧你，你們只讓學生背那些上級發明的真理，

不許質疑也不許討論，不然學生哪會這麼虛偽？」胡玉翻了翻白眼：「我還真給她把分數添上嗎？那也顯得太沒真事了。」

她擀了會兒餅，忽地又想起來：「我得跟白葉說聲，她說過上課沒人聽課就按照原來的樣子講，可別讓這群學生給賣了。」

林平還惦記著金黃的蔥油餅，就打著哈哈接過電話，說：「分數該不該加你看著辦，這個學生我得認識認識，人才呀……」

他一邊開玩笑，一邊把周麗娜的手機號記在自己手機上，又轉發給宣傳科的小王，附了句話：「查查這個學生的社交媒體帳號，看看有什麼內容，截圖發給我。」

他相信有手機號有名字也有班級，資訊很容易就檢索出來。果然下午到辦公室沒大會兒，小王就發給他了一些截圖。林平饒有興致地翻了翻，對著螢幕笑了一陣子。

下午下班時候，林平踱到南門，見廣場上停了輛卡車，正在卸什麼東西，便問一旁指揮的後勤處老嚴。老嚴一臉神祕地笑容：「石屏風。」

林平仔細端詳了一會，看出這包裹得嚴嚴實實的石頭大約六七米寬，三米高，便笑問：「從哪兒弄的？多少錢？」

老嚴沒搭茬他第二問：「安徽龜紋石，辟邪的。」

「辟邪？什麼邪？」

老嚴沒說話，抬眼瞟了一眼對面的醫院大樓。林平也順著他的目光看了一眼那樓。心想，風聞前些日子有個建築協會的專家，來學校交流，午餐時跟黨委書記顧大春說，南門正對著大樓，犯沖，對貴人不利。領導一笑置之：「我們從來不講究那套。」顧書記的氣度和風範贏得了席間眾人的敬佩。

回家後，林平給胡玉看手機上的截圖：「你這高足，愛好很廣泛哈，從網路社區裡留郵箱位址索要蕾絲小說、成人電影，在百度貼吧上吐槽學院餐廳，還約小哥哥參加舞會……」

「挺厲害呀，一下午功夫把她查了個底朝天，」胡玉有些不好意思地說：「算了吧，我把她作業收了，準備給她加上分數呢。」

「算個屁……得讓她知道，鍋是鐵打的，老師不是她隨隨便便威脅的。」

林平撥通電話之後沒說話，等周麗娜「喂」了一聲之後，他才緩緩地說：「二〇一九級資訊化專業周麗娜同學是嗎？你的網名是 aifox 是吧？我是學院負責精神文明建設的老師，你在網上發言涉嫌違規，還公開給人留言索要蕾絲

小說和成人電影，違反了校紀校規，也影響了學院的形象。今天寫個材料，明天一早交宣傳部辦公室。」

電話那頭明顯嚇懵了，半晌，猶猶豫豫地問：「什麼材料？」

林平加重語氣：「檢討一下你自己，近一個月以來的所思所想所為，反思一下哪些地方做得不對，要深刻詳盡，八千字吧，」他在「詳盡」二字上加重了語氣，然後放慢語速說：「你父母都是海東山區的農民，供你上學不容易，你在學校的這些事情，我們暫時就不跟你家裡說了，但你要認真自省，好好反思。」

他沒有提加分的事，根據經驗，一旦被人掌握的清清楚楚，學生會六神無主，籠統地說讓她自我反思更能讓其加強自我審查，林平心裡不禁有些春風化雨、教書育人的得意。

胡玉反倒有些擔心：「還是個孩子，你別嚇著她。」

林平卻斜了她一眼：「她拿著教務處的通知，要脅老師改分的時候，就不是孩子了。這人啊，就跟樹一樣，小時候不好好挃一挃，就會長彎。這次我用這辦法，保證她把平時亂丟垃圾、騎自行車闖紅燈，弄不好和男朋友開房的事都能檢討出來。」話一出口，胡玉立馬伸手撐了他一下：「留點口德吧你。萬一她還是不聽話呢？」

他頓了一下，說：「不聽話的孩子，我能把她查得底兒掉，連三歲和泥巴的時候犯下的錯，都能揪出來。她敢不聽話嗎？」

過了幾周，胡玉的年終教學評定出了結果，得了 A 級綜合評價。那女生果然沒敢做什麼小動作。

信東學院南門的龜紋石屏風立上之後，沒過幾天，醫院開始建影牆，就在正對著的大門的位置。

再後來，聽說學院準備在石屏風後面的廣場上挖個水池，建一座噴泉。據說，水池前圓後方，外淺內深，能藏風聚氣。

夢記：
我一絲不掛，走在狹窄的巷子裡，灰綠色的雨水從天而落。巷子兩邊是高大而狹窄的樓，通體都是冰冷的窗。每扇窗後面都有一雙窺探的眼睛。

網上評論：
訪客 1980：我們學院的有個這種人，四十幾歲了，連老婆都沒娶上，一天到晚罵政府，是個神經病。
宋缺：臥槽這個春風化雨，我服了。

李雨 liyu：知識越多越危險，一點也不假。這些不講思政的專業教師，培養出的都是些什麼人？怪不得這幾年大學生越來越沒腦子。都被西方媒體洗腦了。

3月27日，學院召開會議，調整領導班子分工。

3月30日，學院舉辦藝術高考專業考試。

關鍵字：藝考　老齊　關明　打架　班主任

第十三章　招生與學生工作

一

　　上午父親打來電話，讓林平請假帶他回老家。路上才知道，是老家的周奶奶去世了。父親說，她叫春華，年輕時是好勞力，他男人生病，她拉車、挖河。五六十年代，冬天河裡結冰，她搗爛冰碴子挖泥，能頂個漢子。聽說是早些年她老是覺得頭暈，後來去了趟醫院。大夫說是高血壓，高壓一百八十，說很危險，要住院治療。周奶奶說：「住院一天七八十塊錢，不值當的，」就讓大夫給開了一些藥，回家來了。吃了一個來月，藥吃完了，也沒去拿藥，頭再暈就在床上躺著。躺了半年，後來腦溢血，就不行了。辦完葬禮，一切收拾停當，父親和林平才告辭。周

奶奶的兒子一直沒說話。她兒媳淚汪汪的，眼睛都哭腫了。村裡人安慰她，她說：「娘這一走，一個月兩百塊錢的補助沒咧。」

林平聽了，覺得很不是滋味。回家跟父親說起，父親歎了口氣說：「這就算不錯了，周家她兒能帶著去看病，能給買藥。那村東頭的老李頭，六零年自然災害都沒餓死，前些年癱了不能動彈，活活餓死在家裡了，他兒就在隔壁住，也不管他。這二百塊錢的補助，要是早給李老頭幾年，說不定他兒和兒媳婦能給他點吃的。唉，他那當年挖河、修路，莊稼把式，也都是好手。」

當晚，楊釗請客，在學校北邊的鼎尚鮮酒店，四個人，訂了一千八的套餐。主角不是他林平，是請的學院招生處的老齊。

招生處有三個人，一個老齊，一個小榮，周樂冰是處長。周和楊釗是同一批來學院的。本來他們那一批關係很好，結婚前經常一起吃飯，可後來突然都不和楊釗來往了。聽說是楊釗的媳婦醋勁大，給接觸比較多的女同事發了警告短信「業餘時間不要和我家楊釗頻繁聯繫，請自重。」還曾跑到藝術系辦公室扇了申娜一個耳光，申娜告到當時的黨委書記劉鳳鳴那裡，劉親自下令，讓楊釗跟人家道歉。

　　楊釗也無可奈何，他媳婦安全感差，好妒忌，一天能好幾茬電話查崗，天天翻手機。更重要的是，他岳父是學院的前一任院長。他只好事事聽媳婦的，避著周樂冰。

　　晚上桌上一共四個人，除了楊釗、林平、老齊，就是政法系辦公室的張昊。

　　楊釗是主陪，老齊主賓坐在他右手邊。林平是副主賓，坐在左邊。

　　張昊坐楊釗對面，是副主陪。他是個挺利索的小夥子，跟著系主任楊釗來作陪，話不多，酒量很好。

　　老齊是招生處的老科長，五十出頭，禿頂。他酒量一般，三十八度的東山特釀，二兩的杯子才喝了兩杯，話就開始稠了。

　　「我在這招生處陪了幾任處長了？你說。」

　　「鬢角都白啦，一茬一茬的年輕人，都踩著咱的肩膀上去了。」

　　「負重前行啊，負重前行，有什麼辦法嗎？」

　　他紅著眼睛，拍著林平的肩膀。

　　林平不方便說什麼，便呵呵傻笑。他是因為前些天給政法系發了一篇專題通訊，楊釗湊這個機會表示一下感謝，給叫過來的，事先並不知道主角是老齊。所以來了之後，見沒自己多少事情，就安心坐在一邊吃肉喝飲料。

　　老齊這句「負重前行」看來也不是說過一遍了，周樂冰有一次在一個小範圍評價老齊：「還有臉把負重前行掛在嘴邊，每次在辦公室裡呆不到十五分鐘就要出去逛逛，屁股上像有釘子一樣，真不知道他十幾年的辦公室工作怎麼熬下來的。」

　　林平想，老齊此人城府太淺，坐功也不夠，難怪提不上去。

　　老齊雖然酒後話多，眼睛也紅通通的，心裡是有根弦的。楊釗敬酒時，老齊趁機問：「楊主任，今年的招生又快到了，有什麼指示嗎？」

　　楊釗打個哈哈，說：「今天咱們只敘弟兄們情誼，不談工作的事，」笑了笑又說：「當然了，政法系的招生還需要你多支援哈。」

　　林平也試探著問：「齊科長，咱院這藝術高考，考試程式和人員安排之類的事，年年都得是你操心吧？」

　　林平遠方的哥家有個侄女，成績不好，高二的時候班主任讓她學音樂，說考上的概率大。要是按照文理科考大學，會影響升學率，就要她退學。她學了一年多，要來信東學院參加專業考試。林平借這個機會想給老齊先打個招呼，看看到時候能幫上什麼忙。無非是提前知道評分老師是誰，到時候好打個招呼。藝術這個東西，好聽不好聽，

又沒有什麼一定之規，還不是評分老師說了算。

林平也聽說藝術系的老師自己在校外辦培訓班，培訓三個月，培訓費一萬二，能保專業考試通過。林平的哥是個賣鋼材的老闆，左右是不缺錢。林平本想讓侄女去上個培訓班，花錢買個安心。去年聽說，別的學校有藝術系老師借著輔導之便，睡了參加藝考的女學生，保證人家考過，結果最後沒把事辦成，被女生把床照給發到網上了。一時間網友紛紛點評這老師肚皮的贅肉有幾層，也讓林平和他哥熄了送孩子上培訓班的念頭。

老齊斜著醉眼看了一下林平，指頭虛點著他說：「考試程式和人員安排都是處長定的。高考，高考是什麼概念？作弊那是要入刑的，「他側著頭對著楊釗：「誰敢？咱們誰敢？」

楊釗和張昊也笑，都說，是是是。

林平笑得比較勉強。這事他也找過周樂冰，周樂冰很客氣地跟他說：「林科長，藝術考試有制度，評分老師是臨時抽籤，我也幫不上忙。不好意思，」她看了看林平，又說：「提前查分之類的事，儘管可以找我，這點方便咱還是有的。」

吃飽喝足，楊釗就安排張昊去送林平，他自己親自送老齊回家。林平知道，一定是在車上單獨跟老齊點題。便

笑著坐上張昊的車回家了。

三月，柳樹的芽兒還小，草地還不到綠的時候，但風已經給人了春的希望，清洌，不再似冬天的乾冷。

藝考前一周，林平又去老齊那裡探聽消息。

不問還好，一問起來，老齊看看左右，把他拉到配樓邊上的大葉女貞底下，那真是一場好罵。罵處長周樂冰不給面子，罵藝術系的不幹人事兒，讓自己在楊釗那裡落不出來。

林平唯恐別人聽見他的罵聲，顯得自己不好，不過也想知道大致的情形，於是站住聽了一會兒。

楊釗給了老齊一個考號，讓他幫忙查查誰在那一場評分。周樂冰沒有給別人看考試評分員安排，老齊去問她要，她說還沒確定。老齊明明瞄見她電腦上正在弄，見到自己過去就切到後臺去不讓看了。藝術系「那群狗男女」——這是老齊的原話，他給好幾個人發了短信，詢問有沒有接到通知，要參加藝考評分，那些人也不回。

林平想起，前一天去書記辦公室彙報。顧大春正打電話：「有個孩子想報考咱們學院指揮專業，我讓小孫把考號發給你。」他敲門進去就聽了這麼一句，又退出去了。

這個接受考號的「你」，不用說是周樂冰。既然領導打招呼，就說明這路其實是通的。不過，林平的侄女是走不

通了，楊釗的熟人也不莫能例外。副院長李達義說得好：
「誰讓你不當官來著。」一級有一級的能量，顧大春能辦
成的，楊釗和林平就辦不成，這是天經地義的。

好久之後，林平才從薛青那裡知道了具體過程。

評分員名單是臨時定的，哪個評分老師監考哪一場也
是抽籤的，但訣竅就是：抽籤的時候留下幾個有熟人要照
顧的考場號，給最後幾個事先安排好的，又熟悉，又聽話
的評分老師。

至於薛青從哪兒知道的，他總是一眯眼：「這可是花了
大價錢的，嘿嘿。」

次日，林平去找組織人事處的關明彙報輿情工作。

關明是前一任黨委書記劉鳳鳴手裡提拔起來的。他是
黨委委員，又在這個關鍵崗位，在學院裡說話的分量比一
般的處長要重得多。評職稱前夕，林平找過關明，關明雖
然沒讓他進門，但後來職務提拔，關明是為他說過話的，
至少是沒給他下不好的評價，俗話說：「給你起不了好作
用，還起不了壞作用？」關明沒提出不好的評價，這就很
值得感謝。

從前，關明曾招林平去他辦公室，跟他交待過：「要是
注意到學院裡有關於我的什麼議論，你及時跟我說，」他
拿食指扣了扣桌子，重複了一句：「只跟我說就可以。」

　　關明正在打電話，見他進來指了指對面的椅子。林平點了點頭，卻沒有坐下。

　　見他掛了電話，林平便遞上去一個截圖，微笑著說：「我例行網路監控，發現這個內容，向您彙報一下。」

　　他偷眼看著關明臉色，見他由微笑變得嚴肅，一言不發。心下忐忑，輿情監控這個事，其實主要是監控負面輿情，而對任何一個領導，報喜都沒有危險，報憂則難免讓人感覺，來報告壞資訊的人是個黑色的烏鴉。

　　這次從網上發現的這條資訊是在一個當地論壇裡，論壇人氣並不旺盛，卻是招聘資訊彙聚的地方。

　　有人在論壇裡問信東學院待遇怎會樣，這條回復說：「待遇一般，但學院的關明不是東西，收了好處不辦事。」

　　關明把截圖放下，右手攢成拳在桌上搗了一下，聲音不大，但心裡顯然是憤怒至極。

　　「刪了沒有？」

　　「已聯繫論壇的管理員，估計很快就能刪掉。」

　　關明微胖，平日臉部線條都很柔和，今天他面沉似水，嘴唇緊緊得閉著，成一字型。

　　「還需要查查是誰發的嗎？」

　　關明抬眼看了一下林平：「不必了。我從沒收過誰的好

處，」他哼了一聲，又說：「上次開除了後勤上一個臨時工，是從前中文系老師的孩子，吊兒郎當不正幹，屁股上像是有釘子。開除以後又給我送奶送蜜送油，我都給他扔回去了。」

林平心裡很佩服關明，又想到今後有可能要借重他的力量，便主動表決心：「您放心，我絕不會讓這些人胡說八道，影響咱們學院風清氣正的生態。一定及時發現，及時處理。」

換屆不久，學院調整了一次領導分工，關明的黨委委員沒變，組織人事處長卻換了人。他成了工會主席。

一次喜宴之後，林平送關明回家，路上一邊開車，一邊試探著說：「關主席，現在我們有些為您覺得不平。」

關明也喝了點酒，有些動情，不過說話還是很有分寸：「不平什麼？從前是處長，現在是主席，不是更好嗎？」工會主席是學院名義上的四把手，位次上比組織人事處長要靠前，但就是管管逢年過節發毛巾肥皂而已。

林平小聲說：「現在還一朝天子一朝臣，嘻……」

關明默然良久，快到下車時候才歎了口氣：「咱歷朝歷代如此，是文化傳統。」

回家路上，聽著車裡音樂。林平偏愛羅大佑和李宗盛的音樂，反復播放《沙丘》。聽那沙啞而滄桑的聲音，從容

不迫，把人生娓娓道來。

二

　　十點，攆著孩子上床睡覺，林平又倚在床上坐了會兒「學習強國」，這是上級新開發的軟體，裡面都是中央領導人的行蹤報導和談話內容。信東學院黨委要求每名黨員每天要刷夠至少五十分。閱讀領導開會的新聞十分，學習講話內容二十分，看領導講話視頻或者做題三十分。

　　剛開始做的時候，大家並沒有當回事。後來學校下了個通知，要求每週開展排名，凡是總分低的支部，要在年終考核的黨建一項裡扣分，總分低的個人還要進行通報。林平和薛青就天天刷分看新聞。這款手機軟體還有個特點，上班時間刷分分數低，下班後業餘時間刷分，分數高。不少人晚上九點十點才想起來，趕忙趁著第二天還沒到來刷會兒分。

　　薛青這傢伙就曾偷偷抱怨說：「學習強腎，意淫強國」，單大炮則公開嚷嚷：「公然搞個人崇拜的事情我不幹。」

　　十一點多，城市漸漸安靜下來，林平也沉沉睡去，手機卻突然「叮鈴鈴」響起來。他抓起手機一看，是班裡一個女生宿舍的舍長，就趕忙披上衣服接電話。

「怎麼了？」

「金煥和劉雪麗打起來了。」

「現在呢？」

「雪麗去對門醫院包紮，金煥在宿舍裡。」

林平歎了口氣，跟媳婦胡玉說聲，關門下樓。

他是班主任，囑咐過學生，有要緊事可以晚上給自己打電話。上次半夜有電話還是康偉，他說刷牙的時候滑倒了，把玻璃杯打碎了紮到了手掌，鮮血淋漓。林平一直不清楚康偉說的是真是假。因為後來還有傳聞說當晚他曾和別人吵架。

教師是神聖而光榮的職業，這句話常掛在領導嘴邊。領導除了開會時給學生講話，沒給學生講過課。可見這神聖和光榮的職業確實不咋地，而班主任和輔導員工作，更是等而下之了。團委學工處負責全院班主任輔導員管理，薛青就常常自嘲：「學院一等人黨政領導，二等人專家教授，三等人輔導員班主任。」

林平對待學生管理很認真。每週一次的班會，他不肯讓班長編一編班會日誌，都是絞盡腦汁找題目，給學生講點自己覺得有益的東西。每週例行的宿舍檢查，他每次都把四五個宿舍都走一趟，逐個寫了評價再回去。有的人到宿舍樓下簽個字就走，就當是上去查過了，還有的連去都

不去，直接找人簽字罷了。

一次提起來查宿舍這事，組織人事處孫穎就捂著鼻子說：「哎呦，那麼髒臭的地方你們也去，我陪領導去過一次，差點吐了，好幾天吃不下飯去。」

大晚上街上空空蕩蕩，林平的騏達一路風馳電掣。進校門時候，被喊醒的保安披著大衣出來，滿臉不高興：「幹什麼的？」

「政法系班主任。」

「班主任怎麼這個點兒到學校來？」

「我到宿舍看看，有點事……」

話沒說完，後面大江聽到動靜，揉著眼睛出來了：「老林，有事了？」他回頭給保安說：「這是宣傳部的林科長，開門。」

扭臉對林平，像是解釋又像是自言自語：「新換了家保安公司，人還認不全。」

在女生宿舍樓門口，林平還受到了宿舍大媽的盤查。幸而打通電話，金煥下樓來了，眼睛紅腫，手裡拿著一綹頭髮。陪著她的是兩個舍友。

從前發放助學金時，林平做過一番家庭狀況的調查。

金煥家在甘肅農村，是單親家庭，她高中時候，父親在石場打石頭出事故去世了。九月分上學報到時，是她一

個人扛著大包小包行李來的。第一年學費就是靠助學貸款，平時打飯據說也主要是打兩元的水煮菜，學習很刻苦，但英語一直不好。

劉雪麗家在信東本地，父母都在開發區政府工作，生活比較寬裕，時常網購化妝品和小零食，也不斷請同學吃飯。成績挺不錯，聽說還有個體育系的男朋友。

林平和她們的舍友簡單聊了聊，知道了事情的原委。她們二人家庭環境不同，生活習慣也不同，早就有些積怨。

上周，雪麗邀金煥出去聚餐，金煥正在三抽桌上看書，推說作業要寫不去了。雪麗開玩笑似的說：「又不讓你回請，別害怕。」

金煥抬頭：「我不稀罕。」

雪麗摔門就走了，跟舍友說：「狗肉上不得檯面，我就看不上這種土包子。」

今晚，雪麗趴在上鋪打英雄聯盟，邊打遊戲，邊說讓金煥給她把眼霜拿上來。金煥不拿，說：「我又不是你家僕人，憑什麼對我呼來喝去的。」

雪麗就盯著螢幕說了一句「拿個眼霜怎麼了？沒教養！」

金煥上去扯下了她的被子，二人就扭打起來了。

知道雪麗去醫院了，林平就問：「她傷得怎麼樣？」

「她沒怎麼受傷，我只抓了她兩下，」金煥撇撇嘴：「我的眼睛被她打了，頭髮也被拽掉了。」她揚了揚手裡的那絡頭髮。

樓外正是個風口，一陣風吹來，林平打了個寒戰，他揮揮手：「沒受傷就回去睡吧。我去醫院看看。今後遇事不要衝動，更不要動手。明天你們兩個到我辦公室來。」

去學院對門的第二醫院找了一圈，林平沒找到劉雪麗，打電話才知道她已經回家了。她母親不依不饒說要報警，他父親倒是通情達理，說：「孩子鬧彆扭也屬於正常，明天到學校見面再談吧。」

回到家已經是淩晨兩點多了，林平想著明天要給學生當法官，頭疼不已。

他的想法一貫是息事寧人，不必報警也不必賠償，雙方相互諒解不再追究，就算了。可這生活瑣事引發的糾紛，難分對錯。金煥肯定是不會道歉的，聽劉雪麗媽媽的意思，她也難以善罷甘休。

林平在床上翻來覆去像是烙燒餅一樣，老是睡不著。胡玉嫌他老是鬧動靜，閉著眼踢了他一腳。

第二天的辦公室裡，除了金煥和劉雪麗之外，還來了幾個學生，是幾個雪麗找來的證人。這幾個證人都說，是

金煥先動的手。

林平一見劉雪麗的媽媽沒來，心中一喜。家長遠遠比孩子難對付。想來是傷情輕微，家長覺得來了也討不到便宜，就此作罷。心裡高興，但他表面上還是沉著臉沒說話。

金煥沉著臉不吱聲，只是不住地望向林平。

雪麗說：「我被毀容了，她得先賠我一千元錢，不然我就報警。」

金煥脖子一梗：「我也受傷了。」

就在這時，團委的薛青進來了。他的圓臉油光發亮，眼睛卻佈滿血絲，看來昨晚又熬夜了。他沖林平點點頭打個招呼，坐在一邊，打量著學生沒作聲。

林平看著雪麗顴骨和眉弓上有兩道血印子，但沒破皮。心裡就有了數。他虎著臉說：「你們報警賠償之類的事，我不管，那是派出所和法院的事。學院嚴禁打架鬥毆，你們要準備接受處分，」他扭頭對其他幾個學生：「你們先到外邊等會兒。」

他從抽屜裡拿出列印好的材料。那是一份學院的學生管理規定，找到第十二條：「在校學生參與打架鬥毆者，勒令退學。」

指著管理規定，林平作出一副很生氣的樣子：「你們執

270

意要追究責任，我只好按程式報學院處理。你們通知各自的家長，準備辦理退學手續。開除之後，你們願意上法庭就上法庭，願意去派出所就去派出所，怎麼樣？」

金煥和劉雪麗都是十八九歲的女孩，有了矛盾互不相讓是自然，不過一看要開除學籍，兩人臉上都露出一些驚訝和擔心，自然而然地聲音也小了，都有些後悔。

林平看她們都有退意，就換了個口氣說：「要是你們都不再追究此事，我也可以不上報學院處理，給你們都換個宿舍。你們今後也加強情緒管控。回去考慮考慮，怎麼樣？」

兩名女生點點頭，沒有了開始的鬥志昂揚。林平作了個手勢，二人就離開了辦公室。

薛青嬉皮笑臉湊過來，大拇指一豎：「行啊你老林，化干戈為玉帛，」他瞟著林平的表情：「不過你這學生管理規定，我怎麼覺得不太對呢？參與打架要勒令退學，這個規定我也參與起草了，記得不是這麼說的。」

「哈哈，你小子，啥都瞞不住你，」林平笑著說：「我提前把裡面的內容刪改了一下，列印出來的。本來是『參與打架鬥毆者，根據嚴重程度，處以警告、記大過和勒令退學處分。』」

薛青笑起來，眼睛眯成了一條縫，順手摸起來桌上的

橘子，剝開填在嘴裡一瓣，含糊不清地說：「那個學習強國，你刷了多少分了？」

「兩千多。」

「你咋那麼能，看新聞看視頻有觀看時間兩分鐘以上地要求，我打開看吧，它一會兒不動就自動關螢幕，不算積分，」薛青晃著腦袋：「實在難弄。我讓辦公室的值班學生幫我刷著，他們又不會做那些時政類的題，現在才刷了一千來分。」

「我聽說有人編了小程式，能刷分，」林平活動活動酸麻的脖頸：「據說挺方便，二三十塊錢，負責刷三個月，每天保證五十分。」

「你先弄著試試，行的話，我也下載個小程式。」

開會和寫材料的空檔裡，林平搜索到了那個刷分程式，也按照要求付了錢。網站提示說，程式啟動碼二十四小時內發到手機上。

手機又響起來，是政法系系主任楊釗的電話。

「楊主任好，有指示？」

「林科長，昨晚你處理了一起學生糾紛是吧？」

「嗯，和她們談了談，已經處理完了，沒事了。」林平有些好奇系主任會過問這件小事。

「咳，這個事，」楊釗明顯有些話不便說出口，頓了

頓，他說到：「你到我辦公室來一下吧。」

林平滿肚子疑惑去見楊釗。敲開辦公室的門，就見沙發上坐著一位女人，那人一轉臉，他就知道，這一定是劉雪麗的媽媽，因為面相很類似，臉型豐滿，眼睛細長，眉毛上挑，顯得有些刁蠻。

那人一見林平，就回頭對楊釗：「楊主任，這就是那個班主任？」

林平不動聲色，點頭致意之後便轉向楊釗。楊釗趕忙替那女人作了介紹。

「楊主任，林老師，我要求對那個抓傷我家雪麗的學生從重處分，希望學校能滿足我們的合理要求，」她盯著二人，眼神鋒利：「我們是看在咱學院顧書記的面子才不報警的，不然昨晚就拘留了。」

林平心想：派出所又不是你家開的，雪麗傷情頂多也就是個輕微傷，哪會拘留呢？便冷眼看她，並不答話。金煥雖然有些倔強，卻敏感而自尊，處分是萬萬行不通的。

楊釗滿臉堆笑：「處分是一定要處分的，不過，學校要走程式，要先調查……」見林平拿眼看他，楊釗就使了個眼色。

「還調查什麼呀？事實很清楚，那女生尋釁滋事，我們雪麗是正當防衛。哼，還拿退學嚇唬我們。」

看來林平調解過金煥和雪麗之後，雪麗又跟她媽媽提起過調解過程。

「兩人都動手了，傷情也不嚴重，作為班主任，我建議……」林平忍不住開口，沒說完話就被打斷了。

「你個小小的班主任，提什麼建議？有偏有向嗎？」

楊釗打著一手以柔克剛的好太極：「您說的對，我們絕對公平公正處理，只要調查有結果，一定及時處分。孩子入黨的事情，我們也會積極解決。」

那女人手機響了起來。

「我正在學院處理咱閨女的事……你不管我也不管，誰管？」她邊說邊走了出去。

趁著她接電話的當兒，楊釗三兩句話跟林平說清了原委。

上午，楊釗被黨辦一個電話叫去黨委書記顧大春的辦公室。見到一個女同志在那兒反映什麼情況，看上去領導對她還挺客氣。

今天上午，劉雪麗的媽媽是開車帶女兒來的，到了學校就直奔書記辦公室去了。

「也不知道她跟顧書記反映了些什麼，書記沉著臉跟我說，加強學生教育，勤和家長交流，然後跟那人說：『孩子的事一定及時處理，在我們這裡學習請一百二十個放

心，』顧書記還跟我說『目前是大一，大二要解決孩子的組織問題。』

　　此人看來來頭不小，林平還沒開口問，楊釧已給了答案：「劉雪麗的父親從前是開發區的二把手，幾周前調動到市人力資源和社會保障局工作，管人才交流中心。」

　　林平被那女人搶白了幾句，有些憤憤不平，就說：「凡事大不過一個理字，她當自己是官太太就要處處占上風？」他想了想，又跟楊釧說：「楊主任，咱不能因為她找來鬧就處分另一名學生，要是那樣的話，今後我這班主任工作就很難開展了。」

　　楊釧拿手指頭虛點他兩下：「你十幾年經驗的老班主任了，不要想撂挑子不幹，我也聽說學生沒什麼傷，配合一下，咱把這事糊弄過去，等家長冷靜一下，就嘛事沒有了。」

　　那人看來是接了丈夫的電話，再進來就不那麼不依不饒，但依然因為林平剛才那句「兩人都動手了」，對他翻了兩個白眼。

　　楊釧拍胸口打包票要嚴肅處理，林平也不情不願地表了態，說是要認真調查，好容易把她送走了。

　　回到辦公室關了門，楊釧端起杯茶喝了兩大口，對林平說：「你看，只要曉之以情、動之以理，家長也能夠理

解。」

　　楊釗以柔克剛，大事化小、小事化無的手段，林平還是很佩服的。明知道忍一忍就可能過去，不過他自己有時候還是忍不住，於是也自嘲地笑了起來。

　　等了兩天刷分程式的啟動碼，依舊沒有動靜，林平從網上再找那個軟體，發現已被封禁。又過了兩天，新聞上登出來，用軟體刷分的人被發現，給處分了。編寫軟體的那個人被刑拘了，不禁暗叫倒楣，這三十元算是扔進無底洞了。

夢記：
操場上有一群紅色的狐狸，大尾巴很蓬鬆。他們站著閒聊，開玩笑，看到有人經過的時候，就趕緊趴下吃草。經過的時候，我裝作不知道。

網上評論：
Suhua：學習強國都不想做，你這恨國黨。
墨墨：該處分處分，該退學退學，身為教師，怎麼可以這樣和稀泥？無良之輩，斯文敗類。
宙斯Zeus：我看這仇富的情緒還挺重。

4 月 12 日，召開二〇二〇年社科課題申報會

4 月 14 日，召開黨委會，對科級幹部進行調整。

關鍵字：上課　課題　餐廳　群消息　提拔

第十四章　科研課題與教學

一

　　春天，北方的天空格外遼闊。摻雜了些沙塵的風，正掠過遠處的麥田。正午的陽光透過辦公室的窗玻璃，照在身上有些暖意。

　　手機上定的表叮鈴鈴響起來，林平才猛地想起，今天上午後兩節還有課。他趕忙收拾教材和教案，帶上筆記型電腦就奔去教室。清清爽爽的天氣，一身單衣竟然跑出了點汗。饒是這樣，路上學習委員已經開始給他打了兩次提醒電話。全因為從前他也忘記過上課時間，打鈴五六分鐘才想起來，跑到教室喘成一團，當時囑咐學習委員及時提醒，不要誤了上課。

　　跑到教室才發現自己白白帶來了電腦，沒有帶優盤，自然也就無法播放課件。自己準備了幾個晚上的豐富材料就無法展示了，林平心裡很懊惱。但事已至此，只好幹講了。

　　他講基礎哲學課，今天是價值和人生價值一節。他講到激情洋溢處，渾然忘記了沒帶優盤的小小不快，手臂揮舞，兩眼閃爍著光芒，像是個指揮家，和那個平日嚴肅安靜的林平迥然不同。

　　「存在主義哲學認為，人生是孤立而荒誕的，人的自由選擇賦予了人生以意義，我們要認清選擇的重要性，並肩負起由此而來的責任。」

　　台下前幾排的學生眼睛亮晶晶的，思索著。後面大部分學生有的在玩手機，有的在睡覺，渾然沒有聽進去。林平並不氣餒，這是哲學課的常態。他試圖改善過，效果不大。

　　前排一名戴眼鏡的黑瘦女生舉起手：「老師，那人生的選擇和意義究竟應該是什麼呢？」

　　「每個人的選擇不同，意義也不同，沒有所謂應該與不應該……」

　　「呃，那您的選擇或者您為我們推薦什麼樣的選擇什麼呢？」那女生扶了扶眼睛框，繼續問。

　　林平很高興，他剛上大學的時候也久久被這個問題困擾，很高興看到學生中有人對此深入思考和探討。

　　「我認為，一個人的人生自有其內在意義，但更大的意義應該是和他人相聯繫，」他見女生有些迷惑，便說的具體一些：「比如人生的奮鬥和意義不僅是為了自己的生活和未來，還要為父母、家庭和伴侶，再大而化之，為了親戚朋友，為了一村一鎮，乃至國家民族。這樣，才能實現自己的價值。」

　　女生若有所思地坐下了。後排卻發出了「嗤」的一聲。林平抬眼望去，是個高個子的男生。

　　合堂教室都是三個班上課，百來號人，林平並不熟悉學生，也不知道名字，便用手指點了一下他：「同學你有什麼問題嗎？」

　　那男生站起來：「老師，你覺得你實現自己的價值了嗎？」說著，他看了看自己周圍趴在桌上睡倒的同學，臉上露出一絲戲謔的笑容。

　　前排的幾名學生皺起眉頭，回頭看著那男生。

　　「嗯，」林平沉吟了一下，說：「好問題，作為老師，我努力提升自身學識，盡量以靈活的形式讓大家都能接受，」他歎了口氣：「教書育人也是實現價值的一種方式⋯⋯」

「老師，你講的這些我們也聽不懂，再說，和現實社會沒關係，對我們找工作也沒幫助，不如講講在社會上的經驗。」他旁邊一個胖胖的男生，嘴上似乎有些小鬍子，坐在椅子上仰臉對林平說。

戴金絲眼鏡的一名女生好像是胖男生的朋友，小聲嘀咕：「老師能有什麼經驗，有經驗也不會來教哲學了。」聲音不大，但在課堂上還是分外清楚。旁邊有個女生附和的聲音：「就是，看他天天騎車上班，也混得不咋成功。」

太不像話了，林平覺得一股火苗從胸口直接就竄到眉心，他提起手來想一掌拍在講桌上。

他二十年前剛上班的時候，和同學肖裕去參加另一個朋友的婚禮，席間林平就曾聽見這樣的議論：

「那誰誰去哪兒了？」

「發改委。」

「那另一個羅什麼呢？」

「公安局。」

「真牛。」

「那那個誰誰誰呢？」

「嘻，他去了信東學院。」

「混的不太好啊，怎麼去了學校了？」

「就是就是。」

還是肖裕機靈，看見他臉色不好看，就嚷了句：「高校也不錯嘛，我想去還沒去成。」

教室裡很安靜，學生這回都抬起頭來了。林平看著台下齊刷刷注視著自己的目光，艱難地咽了口唾沫，皺著眉頭說：「大家先看會兒書。」

他胸中火氣翻湧，難以平復，對後排發難的幾個學生多少有些看法，便看著座次表上的姓名發呆。

雙手撐著講桌愣了一陣子，林平漸漸冷靜下來。

學生當眾叫板，是表現了真實的情緒和想法，劈頭蓋臉訓他幾句，拿著他考試過關與否說事，能壓下去，但不解決問題。宣傳和輿情工作可以採用打壓和治服的方法，教育還是要疏導而不是壓抑和回避。

「今天大家提的意見很好，體現了咱們同學的獨立思考，這非常難得，我們今後會增加生活中真實案例的比例，大家有什麼意見和建議還可以跟我提，我的郵箱是huaji2999@gmail.com。」

作為教育者的林平和作為宣傳科長的林平還是有所不同的。

想通了這一點，林平心裡舒服多了，一邊收拾教材和電腦，一邊想今後可以邊講哲學課，邊放一些展示個人奮鬥歷程的小視頻，也能提高學生興趣。至於和現實結合，

就複雜一些了，找一些新聞上的案例，活躍一下課堂氣氛。同時注意界限，只要堅持不講公民概念、不講新聞自由等「七不講」，就不會被教務處的教學資訊員給舉報到學院裡去。好在學生也注意不到太深刻的現實問題。這年頭，明槍易躲，暗箭難防。不斷有同事被領導告誡，也給他提了個醒。

正收拾著，合堂教室裡的學生三五成群，魚貫而出。林平沒注意，後排顫巍巍站起來個老太太，她夾著個硬皮本，慢慢走過來，笑眯眯地對林平說：「講得不錯，有理論基礎。雖然講得有些多，學生積極性不太高，但對課堂突發事件地處理很得體，鼓勵了學生獨立思考，小夥子不錯不錯。」

一霎那，林平汗都要下來了，合堂裡百多人，好學生都靠前坐，他也不太注意後排情況，哪知道有督導提前埋伏。好在他基本上是依著教材講的，不過也有隨便發揮的部分。系主任楊釗對此已有所評價「林科長有學識有激情，如平原逸馬」，但也有人說得不太好聽「滿嘴跑火車」。

和督導握了握手，他想了想，該出去請教一下，顯得謙遜。教學督導有年終評級的發言權。推開門出去看看，那老太太早不知道跑到哪兒去了。他還納悶，督導處新來

了個老太太，我怎麼不認識？改天跟老杜聊聊，打聽打
聽。

二

　　隔了兩周，信東學院召開一年一度的社科課題申報
會。黨委書記顧大春和院長齊澤出席會議。院長照例講了
講創新和所謂「頂天立地」。頂天就是說要有理論高度，立
地是說要于現實實踐相結合。佈置完之後，讓科研處指導
各系，通知教師申報。

　　從名額上看，政法系大概有三兩個課題能夠晉升院級
課題，還可以推出去一個參與省裡的社科基金專案角逐。
開完會之後一周時間要報上課題申報書。眼看著三五天過
去，系裡還沒動靜，系主任楊釗就有些著急，一大早召開
了系務會，動員老師參加課題申報。林平因為是行政、教
學雙肩挑教師，也去了。

　　「只要能申報上學院的社科課題，學院資助一萬，系
裡再資助一萬，如果能申報成功省裡的課題，在此基礎上
再加一萬。」一個系一年的科研經費也就是幾十萬的樣
子，楊釗這次是下了血本了，林平心想。

　　見到競爭壓力不大，他準備申報一個《高校思政教育
的案例分析教學模式分析》，順便問了一句旁邊的李東菊。

李東菊擺擺手：「我哪有什麼想法，大才子。回去我再想想，想好了再說吧。」

正開會，電話響了，他趕忙出去接了。是宣傳科的小王：「林科長，有人在貼吧和微博反映餐廳的米飯裡有蒼蠅，下面還有很多陰陽怪氣的回復。」

林平皺皺眉頭：「我知道了，回辦公室再細說。」

學院餐廳的衛生條件不佳並不是新聞，學生從前也沒有太大意見，畢竟，覺得可以就吃，覺得不好就出去吃館子嘛。

自從前幾周學院發佈了個通知之後，學生意見大了起來。通知要求，所有學生午飯和晚飯期間不允許離開校園，萬一有事離開校園要有假條。同時，保衛科的老黃和大江帶領一干保安，將校門口的小攤小販都趕得遠遠的。

名義上是淨化校門口環境，提高學生餐飲衛生水準，實際原因林平也有耳聞。據說是承包餐廳的老北到顧大春書記辦公室去過，抱怨學生都往外跑，餐廳的飯沒人吃，下一年的承包費用要降低等等。

林平回到辦公室，就快到中午了，看了看帖子的截圖，照例轉發給了吧主，讓他們要麼刪帖要麼多發幾個帖子，把這個壓下去。同時把截圖也發給了後勤處老嚴一份，讓他們督促餐廳開展自查。

　　吧主現在都是學院的學生，都很聽話。自從上次的加強公眾號和微博管理之後，學生發言規矩多了，貼吧的問題就凸顯出來。不斷有人從貼吧裡發帖子對學院說三道四。

　　「信東學院強迫學生學習強國刷分」

　　「文學系教師向獲得獎助學金的學生索要煙酒」

　　「學生會幹部素質底下，檢查宿舍翻動學生私人物品。」

　　林平沒有跟領導彙報，但架不住又有人當成一項功勞把這些資訊搜集起來給了黨委書記顧大春。於是，院辦又召他們去書記辦公室聆聽指示。

　　「最近貼吧裡發了些什麼言論？你們關注了沒有？」

　　週一峰用詢問的目光看了一眼林平，林平低頭說：「關注了，有負面言論，不過……」

　　「你們是幹什麼吃的？」

　　聽有挨訓經驗的同事說過，顧書記說話時，好好聽著，千萬不要反駁，不然會更慘。週一峰和林平就俯首聽訓。

　　顧大春訓了幾句，覺得不解氣：「再控制不住輿情，你們兩個就別幹了！」

　　出了書記辦公室，週一峰臉上一直保持著的恭順瞬間

變成了一層冰。他冷冷地看了眼林平：「到我辦公室去，我們商量個辦法。」

真要出了事，不要說升遷，領導人一句話就可能撤掉林平當前這個小小的副科。他感受到了權力的威力。

商量的結果，是由學院宣傳部聯繫吧主把貼吧管理權收回來。吧主有目前在校學生，也有畢業生，交出權力自然是不願意的，少不得又費了些手段：申請了一筆費用，用於管理團隊活動，又讓在校生和畢業生的班主任出面坐了坐工作。收回來之後，學院宣傳部也是沒時間直接管理的，就組建了新媒體協會，讓校內學生幹部管理。

現在貼吧裡的秩序也比較好，很少出現反映學校問題的，大部分是交友和談戀愛，少數是播報學院的各種新聞。

因為貼吧管理得力，週一峰和林平又一次受到了黨委書記顧大春的表揚：「宣傳部能夠把輿論管起來，說明確實下了功夫，有辦法。」

這次的事情轉給吧主和後勤處之後，林平就放在了腦後。宣傳部只負責輿論監督和引導，具體處理餐廳的問題還是要後勤處督促餐廳的承包人老北。

後勤處辦公室主任老嚴當時正在餐廳二樓。二樓餐廳的前半部分叫零點餐廳，是學生打飯的視窗和用餐的地

方，後半部分是教工餐廳，教工餐廳旁邊有個伸出去的露臺，還有三四個包間，是專門用來接待來賓的。這幾個包間一般都是通過後門來往，門口種了幾叢修竹，修了粉白的影牆。

老嚴就在最大的包間裡，和餐廳的老北、保衛處的老黃、大江等幾個人喝著東山特釀。幾個人是以給老嚴祝賀的名義聚在一起的，打算喝完酒，打打牌。

收到截圖的時候，老嚴看了一眼，去廁所的時候就跟老北咬了咬耳朵：「宣傳部裡又發來資訊了，說學生在貼吧反映咱餐廳衛生情況。」

「這群狗日的，」老北恨恨地罵了兩句，說：「我請請週一峰、林平他們幾個行不行？」

老嚴想了想，搖搖頭：「衛生條件這事得措施，不然學生總是會唧唧歪歪，萬一林平他們捅到領導那裡，咱們也不好交待。」

老北不滿地哼了一聲：「宣傳部不給平事，還總給添事，他奶奶的。」他掏出手機，罵罵咧咧囑咐餐廳值班經理去弄一些紗布紗窗裝上。

這些天每天上班時間，林平繼續寫新聞、監控輿情，下班後不再做飯、輔導作業，而是關在屋子裡琢磨課題申報書的寫法。看了一些「案例分析教學模式」的文獻，參

考了去年的幾個申報成功的課題材料，又加了一些自己的見解。三天時間，申報書就寫好了，踩著截止日期交給了楊釗。楊釗大加讚賞，說：「你這大筆桿子出馬，一個頂倆。」

林平連稱不敢當，順便瞄了一眼桌子上別人的申報書，《孔書記講話金句研究》、《孔書記新發展戰略思想對信東美好未來的重大意義研究》、《孔書記四個必須思想對人類發展的研究》。心想，要申課題基金也不能這麼沒廉恥吧？

楊釗笑著對他說：「不必覺得壓力大，這幾個課題和你那個不同，他們是申報的專項，市里現在專門撥給學校十萬的專項課題基金，對孔書記的思想和生平、言行等進行研究，發掘孔書記光輝的人生歷程，啟發思政教育教學。」

距離清明節還有幾天，餐廳又出事了。

據說，一名學生在餐廳的牛肉麵條裡吃到了煙頭，便端回去找大師傅理論。大師傅已經表示另作一碗，但口氣不好，學生一怒之下把麵條倒在了餐廳視窗前的地下。圍觀的學生有起哄的有拍照的，大師傅罵了學生，還要拿飯勺打他，學生跑到樓下，拿了塊磚頭上去，把玻璃砸了。出事不到半小時，手機錄的視頻就發到網上去了。

多虧事先合作過，在人家網站上發過學院的宣傳廣告，週一峰和林平一聯繫視頻網站，網站管理方面就把學生髮上去的視頻給刪了。

事發突然，有好事者當即跟黨委書記顧大春彙報了情況。

黨辦通知後勤處處長鄭傅、辦公室主任老嚴，週一峰和林平到黨委書記辦公室開會。

「聽說從前學生反映過這事，怎麼沒處理沒解決？」

一切都按照程式處理的，所以林平並不慌張：「已按程式處理了網路輿情，並報後勤處督促餐廳提高衛生水準。」

「提高的結果怎樣？」顧大春聲音不高，但雙眼如同利刃盯著面前的兩人。

正好這時，鄭傅和老嚴敲門進來。

顧大春便提高了聲音：「結果，學生砸了玻璃。」

「啪」的一聲，他一掌拍在桌子上，桌上水杯和筆筒亂顫，剛進門的二人嚇得一哆嗦。

顧大春一字一頓地說：「事情要有督促、有跟進、有結果。你們組個調查組，把餐廳檢查一遍，檢查情況要出個新聞，」停了幾秒，他又說：「學生和餐廳人員發生矛盾的事，團委學工處和後勤處協調解決，向我彙報。」

因為涉及到學生管理，檢查的那天黨辦還通知了團委，薛青也去了。鄭傅、老嚴、週一峰、林平和薛青，他們一行五人還沒到餐廳，遠遠就看到餐廳的老北在門口迎候著，還一直招手。鄭傅沉著臉沒吱聲。老嚴回頭跟他們幾個說：「這老北還算懂事，不知道他們的衛生措施搞得怎麼樣？」

餐廳一共三層，一樓是平價餐廳，二樓是零點餐廳、教工餐廳和包間。

進了餐廳，見各視窗都安裝了紗窗，打飯的師傅都戴上了透明的玻璃口罩，放菜的託盤也都加了紗罩。

薛青瞥了一眼其他人，跟林平耳語道：「你知道飯店的服務員為啥戴口罩？因為怕唾沫濺到菜裡，你知道學院餐廳服務員為啥戴口罩？因為怕他們吐到裡面……」

林平有寫新聞的任務，正做記錄，聞言咬了咬牙，忍住笑。

鄭傅和週一峰是處級幹部，在檢查隊伍的最前，周聽到動靜回頭看了他們一眼：「說什麼吶？這麼高興。」

薛青打個哈哈：「閒聊，說咱們餐廳的衛生水準一日千里，比前些年真是提高不少。」

到了二樓，鄭傅一指後廚：「瞧瞧去。」

後廚明顯是剛剛清理過。地上拖把拖過的印記還很明

顯。操作臺上也擦得一塵不染。

　　週一峰目光很銳利，看到了儲藏室門旁菜架下面掛著雙襪子，但他沒吭聲，暗暗打量後勤處二人的動靜。

　　林平也注意到了襪子，才多看了兩眼，老嚴就一攬他的肩膀：「裡面太悶，出去透透氣。」把他拉到了露臺上。

　　其他人也跟了出來。幾個人在露臺上吞雲吐霧。林平看著台下的小竹林，覺得有些無聊，又不太喜歡煙味，就離得遠了幾步。薛青湊過來說：「老北這老小子手可快了，有雙鞋泡在洗菜池裡，我剛看到他就拎出來扔到了角落裡，還一勁兒給我讓煙。」

　　「學生那頭處理得怎樣？」

　　「沒事了，給那學生談了談，告誡他少些牢騷，也沒讓他賠玻璃，便宜他了。」

　　按照科研評審程式，林平作為課題申請人要彙報課題前期研究成果和研究背景、意義，學院要組織專家現場提問，最後專家組集中評議。於是林平交上了申報材料之後，就連夜做課件，準備彙報。一直熬到凌晨兩點，才算是基本滿意了。

　　會前，科研處的負責人王豐還跟他交代了一句：「拜託做個記錄，會後給寫個新聞發到院報上和網上。」

　　會上，第一個彙報的是祕書科小孫，他彙報的課題是

《孔書記新發展戰略思想對信東美好未來的重大意義研究》。林平開始還很奇怪,他是個專門的行政人員,什麼時候開始研究思政課題了?待開講後才明白,這個課題是黨委書記顧大春主持的,是準備申報省市級課題的。

課題審議評委雖是校內、校外各有一半,也都是明白人,書記的課題自然是毫無懸念的過了。參加課題審議的專家教授來這裡坐這兩小時不是白坐的,聽聽彙報,作一下點評,三千元的酬勞就到手了。要是哪個不開眼的瞎給領導課題提意見,下一年就不會請他來了。何況,車接車送,晚上還有山珍河鮮,怎能不識趣?

對書記的課題不提意見,但專家教授的水準還是要表現的,第二個上臺的李東菊就承受了較大的火力。她的課題是《孔書記講話金句研究》。

一位五十多歲的專家扶了扶自己的黑框眼鏡,笑眯眯地和旁邊的幾位交換了意見,說道:「史記曾說『務正學以言,無曲學以阿世』,我們做學術,還是要專精于理論,領導人每隔幾年就要換屆,語錄之類內容,其研究價值何在?」他又開手指往上將了將自己所剩無幾的頭髮,得意於自己引經據典,展示了水準和學術良知。大學教授嘲諷市委書記是安全的,因為差著級別。同理,局長校長們批評市委書記就是危險的,因為管著他們的官帽子。

　　李東菊在臺上沒有說話，白胖的臉有些漲紅，她往上提了提自己的嘴角，強笑著說：「本課題是向黨委彙報過的，研究意義得到了黨委書記的認可。」

　　台下一位李教授端起茶杯喝了口水，笑吟吟地說：「理論研究很重要，實踐研究也要跟上，我覺得這個課題雖然理論深度不夠，但也有其獨特的研究意義。」

　　其他專家紛紛點頭表示認可。

　　信東學院文科學報的總編也是學術委員會的委員，他平時總是跟著領導，顯得有些駝背，此時就像是打了雞血一般，駝背好像也直了一些：「對，領導的要求就是我們的指路明燈，我們作為黨的教育機構，只一定要圍繞黨委書記的英明決策，論證其正確性，研究其推進方式方法，絕不能隨便放炮，故作高明，嘩眾取寵。」他眼神如同利劍，掃視了會場，同時深深地看了黑框眼鏡一眼。

　　剛才發言的黑框眼鏡後悔不迭，趕忙說：「各位說得有道理，領導思想高度是常人難以企及的，而且境界高遠，值得深入發掘。」他抹抹自己頭上沁出的汗水，努力保持呼吸均勻。

　　林平很不合時宜地想起了單大炮的一句評語：「舔出了新境界、新水準、新高度，」忍不住臉上露出了微笑。

　　那是前幾天在酒桌上，大炮給某個省台節目的評語。

省台搞了個知識搶答比賽節目，搶答某地黨委書記金句和生平。正好在包間裡電視上看到了，主持人問「黨委書記曾步行十幾裡到外地借書，借的什麼書？」有人立刻搶答：「論民主」。又問：「書記曾經在九〇年代寫過一首詩，是什麼內容？」又有參賽者立刻背出了全詩，贏得了全場掌聲。

大炮當時作出了這個評價，立刻遭到了大江和丁子東的反對。

丁子東是新晉教師，三十上下，因為學院規定新晉教師必須要當輔導員，坐班一年，就跟著薛青在團委學工處做事。他當時推了推眼鏡框，說得很客氣：「單老師，我覺得對領導人的崇拜有助於國家的凝聚力和團結，我國有幾千年的君主制度的傳統，國情、文化和別的國家不同。」

林平在課題申請會上排到第十五個，已經快到六點鐘了，專家頻頻看表。沒等他拷貝過去課件，便說：「課件都是些表面現象，你直接講講就可以了。」

總算他內容比較熟，研究背景、課題意義、技術路線、預期成果說了個八九不離十。

後來又有幾個委員發言，皆對此課題的價值和意義表示了贊同。學報駝背總編更是大加讚賞。林平想起薛青轉述他媳婦的話：「我是編輯我可恥，我為國家浪費紙。」他

媳婦肖莉莉是學報的編輯助理，常說編輯部閑得編手鏈、打毛衣。

　　晚上在家臨睡時，收到了祕書科小李的短信：「這幾天可能要討論調整科級幹部。」林平知道這是他在提醒自己。可最近的工作常被領導批評，還有傳言說要把他調出去，到成教學院。那可是個閒散人員集中地，真調到那兒去，就說明真的沒希望了。怎樣能幹出成績呢？聽著窗外呼呼的風聲，林平很久都沒睡著。

　　摁下葫蘆起了瓢，餐廳的事學生那頭沒事了，餐廳檢查也過去了，沒想到教師 QQ 群裡又有了新情況。

　　這個教師群是老師們自己建的，管理員都是普通教工，學院大部分人都在裡面，不過沒有院領導。上次有人不小心把院長拉進群裡了，立馬沒人說話了，幾個管理員商量了一下，最後決定讓拉進群的人把院長又給踢出去了。

　　學生砸玻璃的時候，有教師把視頻連結發到了群裡，因為是內部群，林平沒理他們。沒想到隔了半天，有人匿名回復說：「餐廳的飯也該檢查檢查了，吃過兩次，一次不熟，一次倒是熟了，回家就拉肚子。」下面就引起了一陣討論。不知怎的，這個群被黨委書記顧大春知道了。

　　一天，他被叫到黨委書記辦公室。進去的時候顧大春

295

在看一份文件，林平就安靜地站在一邊等著。

顧大春看完文件擱在一邊，揉揉眉心說：「聽說學院有個群，裡面很不平靜？」不等他回答便說：「你留意一下，跟我彙報，什麼意見建議，有誰叫好，誰反對，都截個圖列印了給我看看。」看到林平沒有立刻回答，顧大春加重了語氣：「關鍵時刻，你作為宣傳幹部要明確政治站位，提高警惕，時刻繃緊神經，現在是發展的重要節點，內部一定要夯實。」

回去之後他犯了難。

學院教職工們很少傻到在網上公開發佈什麼資訊，因為大部分人都在學院家屬院住，而家屬院和辦公區的 IP 地址都能夠在學院資訊中心查詢到。因此，所謂教職工的議論主要就是在群裡了。

雖然不時地有些爭論，但林平很珍惜教工群裡坦誠交流的氛圍，不希望自己成為這一方淨土的破壞者。領導人卻要求見到群眾的議論，怎麼辦？

他前思後想，給自己定了一條原則：領導要求要執行，群裡的教師意見要上報，但資訊要有所選擇，名字也不能體現在報告裡。

他精心製作了一張表格，把群裡教職工的意見分了幾類：「加班補貼」、「午餐」、「假期調休制度」、「冬季取

暖」、「學習強國強迫刷分」「夏天宿舍太熱，學生上樓頂睡
覺不安全」等，主要觀點和建議措施都列上。原始的群裡
討論截圖附在後面，但名字都以**號代替。

　　材料交上去之後，林平心裡頗為不安了一陣子，心
想，自己做的這事很像是出賣革命同志的叛徒，但轉念一
想，是對是錯，是領導來定的，自己只是個小卒子，供人
驅使的角色，何必想太多。更何況自己的正科還在人家手
裡攥著。

　　三天之後，顧大春把林平叫到辦公室，對他說：「材料
我看過了，非常翔實。今後你多注意這方面的動向，及時
向我彙報，」他沉吟了一下：「不必通過黨委副書記和宣傳
部長。」

　　林平應了一聲，關門出來。心中思忖，這兩任黨委書
記的囑咐簡直是一個模子裡套出來的。可這越級彙報次數
越多，被越過去的領導對自己的嫌惡就越多。因為這意味
著一把手對他們並不太信任。

　　上一任劉鳳鳴任黨委書記的時候，宣傳部長週一峰就
含蓄地點過自己：「林平，有事多彙報多通氣。」這一任書
記顧大春這裡，自己再那麼幹，別人不得說自己後腦上長
了反骨？當過中學老師的父親，多次告誡過自己：「兒啊，
聽領導的話。」可他不知道，兩位領導的話不一致的時

候，該怎麼辦？

回到自己辦公室的時候，林平心中有了個清晰的答案：「聽一把手的，越級彙報，越就越了。」

如此這般兩三次下來，顧大春確實知道了教職工所思所想，一些政策允許範圍內的事也解決了：加班補貼的事制定了制度，按照打卡時間發了下來；學院為教職工免費供應自助午餐；假期加班的，可以申請調休；學生上樓頂睡覺那條，也解決了，把樓頂的門鎖了……

這些做法得到了教職工的一致好評。可時間久了，學院裡就有不少議論：黨委書記怎麼知道我們私下裡說的事情？群裡的交流開始少了，有牢騷大家也不太在群裡發了。甚至關係不錯的同事聚一聚的時候，誰把手機掏出來放在飯桌上，就常有人開玩笑地說：「別錄音啊，要不咱還是去游泳池裡聊吧。」

不久，黨委委員、組織人事處處長關明就找林平去談話，說：「好幾年的老科長，也該動一動了。最近要有個思想準備，承擔更重的任務。」

林平嘴裡說著：「感謝領導提攜，」心裡怦怦直跳，出來的時候攥了攥拳，告誡自己，平靜淡泊。

回到家，他還是忍不住告訴了媳婦胡玉，說了之後胡玉挺高興，表示要給老公慶祝一下。林平自己倒有些洩

298

氣：說明自己還是有些沉不住氣。

隔了兩天，檔出來了。任職檔上一共八名幹部，分屬七個部門，辦公室兩名。林平任宣傳科長，正科級。

上一批因為換屆耽擱了的幹部，這一批不少都榜上無名，有人興高采烈，有人罵罵咧咧，也有人陰陽怪氣。

這批提拔的幹部，都是及時轉換角色，能夠跟得上新領導節奏的。

林平接連參與了四五場宴請，祝福的酒、道賀的酒，喝得七葷八素。

一次散會後，有財務處幹部開小孫的玩笑，說：「孫科長，我們財務和人事都是提拔了一名，黨政辦怎麼是兩名？」

小孫科長一副理所當然的樣子：「你們財務是服務於專案支出，人事處是服務于廣大幹部職工，我們辦公室是服務于領導，這重要性能一樣嗎？

夢記：

城市的中心有堆成火山的篝火，街上到處是熊熊的火把，火把上刻著字：「燒死他」。

網上評論：

紅山 hong：不忠誠的兩面人該被槍斃。

臣子豪：堅持不講公民概念、不講新聞自由等「七不講」
是對的，就怕被西方價值觀念洗腦的知識分子，在講臺上
散播毒液，他們就是跪著的一代。

5月30日，學院舉辦「孔頌」詩歌節。

關鍵字：獲獎　抄作業　學習強國　正能量

第十五章　詩歌節

一

接下舉辦詩歌節這個棘手的差事，純粹是自找的。

話要從林平上周去西河縣領獎說起。

信東市到西河縣的省道剛剛翻修過。柏油路烏黑發亮，車又少，開起來很順暢。路兩旁是連片的麥田，綠油油的。遠處是一排排的白楊，深綠色的，在蒼藍的天空下，像是山巒。雲的影子就在這山巒和麥田上浮動。

林平那天興致很高，他的詩稿獲獎了。雖然只是個西河縣銅業公司贊助的獎項，但他投出去了那麼多次詩稿，這是第一次獲獎。跟週一峰請假的時候，周說：「獲獎是好事，快去吧。」當時他表情有些不陰不陽，林平也沒在意。

事後他想起來，該編個別的理由請假就好了。學院這種人多資源少的地方，每個人的收穫就意味著別人的失去，很少有人真心為他人的成功和收穫而高興。顧大春要求林平越級彙報的事，應該會讓週一峰很不滿。

開著車窗，風嗖嗖地進來。李宗盛的那首《沙丘》都有些聽不清楚。不過這都不要緊，重要的是，他獲獎了。

進了縣城，路上車多了起來。他松了油門，減緩了車速。

他老家就在這縣裡，西河鄉周莊。他小時候也來過縣城，有條窄窄的青石板路，還很髒。現在都是寬敞乾淨的馬路，高樓也多了。

聽村裡的人說，銅業公司污染很厲害，當時引進的時候有很大爭議，最後縣裡領導力排眾議，一錘定音：「寧可毒死，不能餓死。」

引進銅業公司之後，縣裡房價迅速漲起來，本來一兩千一平米，現在一萬多。地賣得多了，政府有錢了，醫院、學校都建得中規中矩，只是地下水受到了污染，離得最近的西河鄉開始引鄰縣的地下水當飲用水。林平見過，老家鄉親從地下抽出來黑黃的水，灌溉麥田。鄉親都說：「糧食都賣到城裡去，城裡人抗藥性強，咱自己不吃。」

縣城招待所叫西河賓館，門口放了石獅子，大門上裝

上了飛簷，古色古香的。西河文化詩歌比賽的頒獎會就在這裡。

　　招待所停車場已經停了十七八輛車，林平看了看，最好的是奧迪，還有幾輛桑塔納和江淮，自己的紅色騏達還是挺上檔次的。一個滿頭白髮的老人騎著輛白色的坤車進來，把自行車停得遠遠的，挺了挺胸，挾著包走過來。

　　和林平一起進門的是個三十多歲的少婦，高瘦身材，頭髮挽了個髻，別了根簪子。她側過臉沖林平笑了笑，鼻樑很細，白白淨淨的臉上有兩粒雀斑。

　　雖然林平是第一次獲獎，但學院裡的頒獎活動，每次都讓他寫報導，早就熟悉了流程。

　　西河銅業公司的董事長先上臺致辭。他西裝革履，戴了個金絲眼鏡，文質彬彬，和一般的企業老闆很不同。也難怪會贊助詩歌比賽活動。

　　然後女主持人宣讀獲獎名單，那個少婦是一等獎，林平聽見她名叫鹿芳。

　　林平等五人是二等獎。還有八九個三等獎。獎品都差不多，是一本獲獎證書，一盒當地的特產西河牛肉，還有五百到三千不等的獎金。二等獎是一千五百元錢，錢並不多，但林平很高興。

　　頒獎之後是詩人論壇。臺上放了八九把椅子，主持人

把省作協和詩歌協會的詩人請到臺上，然後是一等獎獲得者鹿芳，幾位二等獎獲得者最後登臺。其中有個號稱後現代酸甜派詩人的老魏，從前一起參加過某個詩歌研討會。

林平事先也接到了通知，不過他沒有準備，也就沒有上去。

女主持人是西河銅業人力資源部的部長，身穿一身月白的旗袍，開叉很高，顯出又細又長的腿，吸引了臺上台下不少詩人的目光。

「今天，我們很榮幸邀請到正廳級省管幹部、省作協副主席、詩協主席付榮先生，大家歡迎。」

付榮個子不高，短髮搭配中山裝，顯得很俐落。他向觀眾致意後便開始了洋洋灑灑的發言：「西河縣氣候宜人，民風淳樸，歷史悠久，不愧是文運昌盛、人傑地靈，如果沒有這世代相承的文脈詩風，怎能承載起這令人仰止的千古美名……」

先誇了一陣西河縣，接下來又誇銅業公司：「這次詩歌比賽頒獎，折射出西河銅業作為中國企業的文化覺醒，也體現了喬總作為企業家的社會情懷……」

林平想起來西河銅業在東山建了個銅廠，前些日子記者報導銅廠把廢水打進深管子，排到地下。後來，東山的泉眼裡冒出來黑紅色的水，還有刺鼻的氣味。再後來這名

記者被抓起來，說是敲詐勒索。

　　學院保衛科的大江，在對付記者的第一線，當時來辦公室，看報紙上的新聞還說來著：「記者都不是好東西，長著個狗鼻子，瞎編瞎寫敗壞別人，該抓。」

　　付榮之後，是正處級幹部、市作協主席李同心、市作協副主席顧雄才，市作協祕書長和委員，各自發表了一篇熱情洋溢又大同小異的講話。

　　論壇上其他詩人交流，也大多是這個套路：誇西河，誇銅廠，誇董事長的社會責任感。

　　其中那位滿頭白髮的詩人哽咽地說：「喬董事長哺育了我們西河這片詩歌的沃土……」董事長樂得合不攏嘴。

　　鹿芳發言的時候，唯讀了一下自己的獲獎詩歌：「從前，麥子、棉花和玉米／在土黃色的記憶裡生長／風吹過／炎熱的夏天／祖先在屋後裸行／沙沙地響……」她聲音並不清脆，然而很溫柔。

　　主持人問她獲獎感言，她淡淡地說：「我覺得舉辦比賽很好，不過寫作者要保持和商業界的距離。」其他人掃了她一眼，氣氛冷了一會兒，很快就繼續談笑風生起來。

　　頒獎會後是合影、交流，然後是午餐。喬董事長舉杯敬酒：「感謝各位詩人、學者大力支持，請各位多創作與西河有關、與銅業有關的詩歌作品。只要產生良好的社會影

響，我們有專項創作經費進行支持。」

董事長離席後，眾多詩人還紛紛感慨：「喬董事長對文學的見解獨到，詩學感受力非凡，西河銅業真是文化的搖籃。」

詩人落座的時候，省作協副主席那一桌都是領導，坐來坐去只有五個人，就要林平過去。林平本已坐在鹿芳旁邊，剛說了幾句話，又被人強拉過去，湊了六人。鹿芳眨眨眼睛，說：「恐怕你在那桌坐不住。」

果然，過不多時，西河銅業的副董事長來了，領導席就顯得有些擠。林平便很識趣地端起杯子離開了。他游目四顧，看到鹿芳那桌已經坐滿了，便走到邊上一張桌子邊坐下。這張桌上都是大學生，幾個三等獎、幾個優秀獎，嘰嘰喳喳聊得很開心。其中有個李欣，是信東學院的寫作積極分子，林平一來，他們就紛紛喊著老師。

林平坐了不到一會兒，鹿芳過來說：「恐怕你在這個桌上也呆不住。」不一會兒，就有老魏等幾個當地詩人，很熱情地拉著林平的手，去給領導敬酒。

林平推辭了一下，沒推掉。便隨著一起去敬酒。主席和副主席正和女主持人暢談文學和詩歌。付榮伸出兩三根手指漫不經心和老魏他們握了握，拿了拿酒杯又放下了。

林平在後邊拈著杯子，被老魏瞥見，搗了他一下：「去

給領導敬個酒，以後發作品或是比賽可以打個招呼，就容易多了。」

林平有些懶洋洋的，就遙遙舉杯示意了一下，轉身又回去了。讓老魏在後面白了他一眼：「狗肉上不得檯面。」

回家路上，林平買了只紅燒肘子慶賀一下。

到家看到女兒在書房寫作業，他感覺挺欣慰。這孩子從小愛學習，完成作業從不讓人操心，上初一了，作業多，寫到十點多也要堅持寫完。

林平圍起圍裙去了廚房。胡玉這半個月出差，臨走囑咐他一定得讓女兒吃好喝好，不然回來找他算帳。

晚飯是帶回來的紅燒肘子，米飯和番茄炒雞蛋，她平時見到肉能就著吃一大碗飯，今晚卻皺起眉頭，拿著筷子挑來撿去，看上去沒胃口。

林平捏捏她的小耳朵，軟乎乎的，問她：「今天過得怎麼樣啊？」

「我不想上學了」她嘟起嘴巴：「今天老師批評我來著……」

「你調皮了？」

「才不是，是同桌米臣臣抄我作業，英語老師看到就跟值日生說，要記下來，告訴我班主任。」她翻個白眼。

「英語老師？她為啥不自己說？」

「她還是鄰班的班主任，事情多怕忘了唄。」

「這次臣臣又許給你啥了？餅乾？讓同學抄作業本來就不對，你還索賄……」林平輕輕擰一擰她的臉蛋。

她的嘴巴撅地更厲害了：「這次沒有，上回也不是我向他要的，是他主動給的，」她抽抽鼻子：「我明天不想上學了。」

「那怎麼行，」林平見她愁眉苦臉的，連忙說：「你可以主動跟班主任說說，坦白從寬，占據主動。」

她一葛楞腦袋：「我才不跟她說，班主任很凶，上回抓到我，讓我寫了三百字的檢討，還讓我站了一上午。告訴她，她不得熊死我？」

「那我跟她說說情，說錯不在你，在那個要抄作業的傢伙，好不好？」

「別，你說了，回頭她還是收拾我……」她猶豫了一陣子，還是搖頭。

林平連說帶演，講了個笑話，哄著她把少半碗米飯給吃完了，總算鬆了一口氣。

林平一邊刷碗，一邊望向窗外，天已經黑下來了，除了樓角偶爾閃爍的紅燈，周圍住宅樓的輪廓都已經看不清了。遠近高低，各處的燈光星星點點，每次看到都讓人感慨，這人類營造的山峰和山中蜂巢一樣的家庭。

女兒飯後繼續寫作業，寫著寫著，忽然跑過來問林平：「媽媽今晚有空嗎？我想跟她聊聊天。」

「我問過了，這兩天她和同事封閉起來做材料，可能沒時間，怎麼了？」

「我們明天考試，月考，考九門。」

「是有點緊張嗎？」

她不吱聲，眼神有些黯然，點點頭：「也因為明天可能挨熊。」

林平把她攬到身邊：「考試是檢驗自己的一種方式，成績好就積累成功經驗，成績不好就找找哪兒錯了，吸取教訓，好好準備就好。至於挨熊這事……」

「你甭管了爸爸，我再想辦法。你現在聽我背各門的內容吧？」

「你能有什麼辦法？」林平抬眼看她若有所思的樣子，點點頭，擦乾手解了圍裙，聽她背書。

「亞熱帶熱帶溫帶寒帶，種子子葉胚根胚芽，秦皇漢武三國魏晉……」聽著聽著，林平的眼皮越來越沉，覺得上下眼皮抹了膠水一樣黏黏的，終於一晃把書掉在了地上。

他揉揉臉，瞥了一眼對自己怒目而視的女兒：「你再背，我好好聽。」

「挫折對人生的意義，挫折是把雙刃劍，能夠讓我們學習經驗……人生的意義在於創造和奉獻……學習優秀傳統文化……」

林平發現，女兒背得很流暢，但只要一卡殼，忘記一個字就想不起來整句話。一問才知道，她壓根不理解，純粹是死記硬背這些內容的。於是有些發愁，想著是否有一種方式，結合她在生活和學習中遇到的事情，或者故事來給她講講。

他想起來上回，那天下午放學後，曉陽一進家就嘟囔著：「我不想上學了，地理老是學不好。」她地理考了四十來分，給打擊壞了。當時林平給她沏了杯熱奶，放了些糖，對她說：「不上學你會幹嘛？學知識要慢慢來嘛。」

她當時一拗頭：「我也能上班，我可以教小學。」

後來林平就耐心地跟女兒講了講學習和工作，奉獻社會和回報之間的關係。後來她一邊喝那杯奶，一邊不耐煩地揮揮手表示聽到了，然後抹抹嘴又打起精神去學習。

正想著，她把書一扔：「這哪兒背得下來啊，不押韻還那麼長。」她從前背詩還是很拿手的，常常搖頭晃腦地背給林平聽。抬眼看看表，已經九點多了，她耷拉著腦袋去睡覺了。

臨睡前女兒囑咐，別跟她班主任說抄作業的事。她躺

在床上，看著天花板，很認真地說：「老爸可別跟班主任說哈，不然明天我就死定了。有一回她掐關貝貝，貝貝哭得可慘了。」

「好的好的，」口裡答應著，林平心裡卻想，明天值日生或者英語老師一說，班主任說不定會訓她幾句，女兒臉皮薄，弄不好就像上回一路嚎啕大哭著回來，在懷裡再抽抽搭搭上半天。還是跟她老師說一聲吧，爭取主動，也好有個寬大處理。

林平看看天不早了，打電話不方便，就發條短信吧。她班主任李老師很快回了信：「收到，曉陽不是第一次犯這種錯誤了，請家長明天到校面談。」他吸了口涼氣，本以為就是一個電話或者短信能解決的問題，沒想到還要請上半天假。

曉陽快睡著的時候，還迷迷糊糊問告訴她班主任了沒。林平也嗯啊著應付過去了。

暑假，女兒在海邊抓螃蟹的時候，他和胡玉坐在礁石邊，看女兒開心地一趟趟來回展示戰果。當時她忽然冒出一句話：「天天這樣子多開心啊，我不想上學了。」

林平當時問她：「上學學知識，知道很多事，多好哇。」她頭也不回地說：「我的懶和快樂加起來大於我的好奇心。」這小妮子。

　　初中的校園裡，學生正在上課間操，音樂鏗鏘有力，回蕩在綠色的操場上，學生動作整齊劃一。後排站著體育教師，他穿一身黑色運動服，身體像釘子一樣筆直，手提喇叭，維持紀律。

　　教學樓是灰綠色的，有四層，每層八九個教室。教室窗戶都裝上了鐵欄子，有些生銹，但看上去很堅固。鐵窗欄的空隙裡探出一些鮮豔的花朵，那是學生帶去的盆栽。

　　在二樓教室裡，林平見到了她的班主任李老師。

　　李老師不到三十歲，中等身材，圓圓的臉上戴著一副金絲眼鏡，很和氣的樣子。寒暄了幾句之後，她就溫和而堅定地說：「請一定告誡曉陽要堅持原則，不給別人抄作業，好朋友也不行。」

　　林平連連點頭稱是，想起來昨天曉陽託付的事，就陪笑說：「李老師，曉陽說有的同學有時候非要抄她作業……」

　　「抄與被抄是一回事，這不是頭一回了，一定要改正，」李老師扶了扶眼鏡框：「除此之外，我曾見她和其他班的幾個女生一起買零食。我一般不允許學生跨班交朋友，除了上廁所，也不允許學生在課間到走廊裡、教學樓外閒逛，更不允許回家後碰手機和平板電腦。什麼假期裡你找我玩，我找他玩，我一概不允許。」

　　她看看林平，補充說：「當然，我也是覺得她接觸的東西越多心越散，和別的學生接觸也是這樣。專心於學習才能有好成績。」

　　「感謝您，老師這孩子最近回家學習比較認真，在學校裡怎麼樣？」

　　「她成績中等水準，很穩定，」李老師頓了頓，又說：「不過她看上去聽話，實際上不聽話。好多事她有自己的想法，這你得及時提醒她，要服從老師要求，遵守紀律，自行其是可不行。」

　　林平連連點頭應著：「您多費心。」

　　「這幾天上級安排了一個禁毒掃毒的知識科普，他們學生沒有時間看那些科普視頻，也沒時間做科普小練習題，您在家幫他做做，我看群裡的家長都通知到了，只有您沒回復。」

　　他忙不迭地道歉，說回去一定趕緊做，並再次努力擠出些笑容，向老師表示了感謝。

　　走出教室的時候，林平暗自得意，這下女兒不會挨訓了。抬頭看見前面牆上也有一個監控攝像頭，黑洞洞的，和教室後排的一樣。

　　下午到辦公室，打開指定的網站，不僅把曉陽該看的三個視頻看了，該做的題做完，還受鄰居之托，把他家孩

子的也給如此這般弄完了。

晚上一回家，林平壓住心裡的小得意，問曉陽，老師沒批評她吧？曉陽一仰腦袋，用得意地語氣告訴林平說：「我讓人抄作業的事，擺平了。」

望著林平疑惑的目光，她咧嘴起來：「我給了值日生兩塊巧克力，他就答應不向班主任告發我。英語老師……估計她早忘了。」

二

五月的風，慵懶、恬淡，雨也是溫熱的。桐花開得豔，槐花的香氣更是飄滿校園。

一天，黨委書記顧大春忽然讓黨辦打電話把他叫去。林平不知是福是禍，忐忑不安中進了書記辦公室。

「你有能力，又有責任心，今年提了科長，要保持定力，專心工作，繼續努力。你明白嗎？」

林平聽出這是在向自己許諾。便連連點頭：「感謝領導培養和關懷。」

「你去吧。」

林平出來之後，前思後想。一會兒覺得是最近向領導打小報告頻率低了，他不滿意？一會兒又覺得是不是有誰向領導說什麼？

下了班又去黨辦，問辦公室小孫，小孫一本正經地說不清楚。他看了看門外，輕聲說：「上午你們部長來彙報過。」林平向他抱抱拳，走了。

回到家，私下裡發短信問祕書科小李。小李是林平一手帶起來的，感情上很親近，他回了個電話，聲音很小：「部長向書記彙報的時候，我中間進去倒水，聽見他說『工作很積極，但據說他常看小說、寫詩，愛好比較廣泛』，嗯，平哥你多留神。」林平謝了小李，邀他改天一起嘗嘗鼎尚鮮新上的湘西菜。

看來是自己最近這一段太扎眼，惹人嫉恨，還是要夾起尾巴做人。林平暗想。

沒過兩天，顧大春又把他叫去。

這次領導臉上帶著燦爛的笑容，「聽說你詩歌獲了獎？」

林平沒弄清是福是禍，沒敢接茬，虛應著：「瞎寫的，碰巧了。」

「獲獎是好事。別人能辦詩歌節，我們也能辦。週一峰當總管，你當籌備辦公室主任，下個月，辦個詩歌節，就叫……」他的手指在桌子上虛點幾下，「孔頌詩歌節。請一些高端人才指導一下，擴大影響，到時候我們請市里領導來觀摩活動。」

　　這些天，林平為籌備詩歌節，求爺爺告奶奶，聯繫各路神仙。

　　林平本以為付榮自然是不會參加，覺得他是省裡的廳級幹部、省作協副主席、詩人協會主席，怎麼會參加一個普通高校的活動？沒想到電話打過去，開始付很冷淡，後來聽說是詩歌節的事，馬上非常熱情。

　　「我很忙，不過有這類文化活動，我是一定要支持的，」付榮說：「嗯，這個……我一般到其他地市去參加活動，都是要五千車馬費的。」

　　「付主席，我要請示一下領導。」林平知道顧大春和院長齊澤在用錢的事上有些分歧，不敢貿然答應。

　　學院的財務政策是專家、教授一次三千，副教授兩千依次遞減。

　　果然，跟週一峰一說，周就說：「都是三千，他搞這個特殊恐怕院長那裡通過不了。」

　　林平覺得，如果嚴格限制三千以內只能請本市作協主席和副主席了。如果請付榮能夠提升詩歌節的影響。他看著週一峰臉色說：「要不請示一下書記？」

　　周看著電腦沒抬頭，說：「你去彙報吧。」林平摸不清他的態度，心想去就去，便找顧大春把事情講了。

　　第二天是黨委會，據說因為這事，顧大春跟齊澤拍了

桌子。小李說：「顧書記說，誰在這事上提反對意見，就是反對黨委。後來就通過了。」

　　一事通百事通，付榮的事情辦妥了，再聯繫作協祕書長、知名作家就按照這個規格來，或五千或四千。在一篇書評裡被稱為「當代李白」、「東方莎士比亞」的作家也欣然應允前來參加活動，讓林平感動不已：「還是知識分子使命感強，對文化活動的熱情高。」

　　只有鹿芳是個例外，她在電話裡一聽說信東學院要辦詩歌節，第一反應是很支持。一聽說是「頌孔」為題目，馬上反問說：「為什麼是頌孔？」她的嗓音在輕柔裡帶有些磁性，很動聽。

　　林平張口結舌沒回答上來。

　　鹿芳說：「林老師，我喜歡莊子，欣賞道家的飄逸出塵。不喜歡孔子，也不喜歡儒家文化。這次我不參加了。請見諒。」

　　林平覺得這女人很特別。

　　專家請到了，還要發徵稿啟事。林平聯繫了一下，在信東日報、晚報上各發了個廣告。

　　擔心沒人捧場，他以學院宣傳部的名義擬寫了一個通知，報給週一峰知道後，發給了各系，要求各系每名教師和學生各寫一首投稿。學生作品發給學團系統的薛青，教

師作品發給人事系統的孫穎。

通知發出去之後，沒有任何動靜。一周多了，才投了幾十篇。林平撓了半天頭皮，又在群裡發了個補充通知：「投稿情況以數量進行排名，最後進行通報，並報送黨委主要領導。」「主要領導」幾個字加粗加重。又過了一周，問了問孫穎薛青：稿件如雲。政法系人數排第五，稿件數第一，遠超其他系。

薛青那天笑眯眯地咬著嘴唇進來。見他辦公室裡有人，把他叫出去，給他看投過來的詩稿。

「啊，孔子/您沒有祖國/您是人類文明的火把」

「孔子，佇立河邊/一聲長歎/逝者如斯/人已遠/一本論語……宇宙的長明燈」

薛青笑起來，眼睛都要沒了：「又是火把、又是長明燈，這是要把孔子燒了嗎？」

日子在忙忙碌碌的工作中過去，偶爾有投稿能夠當個笑料或談資。

在西河銅業詩歌比賽獲了二等獎，林平受到了鼓舞，便有空就自己寫點小說、詩歌投個稿。百投一中，聊勝於無。

某日收到一個編輯的回信，知道自己某首詩歌可以刊載，林平很高興，給編輯打電話致謝。

　　編輯是個沉穩的中年人，他語重心長地跟林平說：「多寫些生活中的小事，家長里短、親情愛情友情，少針砭時事。有的文學期刊，發了些針砭時事的，出版社都取締了。」

　　林平這才想起來自己一起投的還有個小說，叫做《信東大事記》。按照莫談現實的標準，裡面有些內容不甚妥當，忙說：「感謝您指教。」

　　編輯對林平謙遜的態度比較滿意，便進一步點撥他：「當然你也可以寫點正能量的，表現大好形勢的，這種最容易發。」

三

　　本地作家老魏獲得了市作協的邀請，去鄉村采風。他發在朋友圈裡一條動態：「這幾天有幸參與市里組稿，這正是：春風和煦迎盛世，合村並居采風忙。」

　　在辦公室聊起這事，薛青幽幽地說：「不合村並居，城鎮化怎麼完成？不完成城鎮化，城裡的房子賣給誰？」他老家在熙縣，最近搞拆遷，一畝地補償兩千塊，但回遷樓房是一平米六千塊。父母雖然不樂意上樓，但「歷史的腳步無法阻擋」，他只好貸了些款，暫時把父母接到信東來住了。

　　每到五六月分，學院都會非常緊張。具體來說就是增加值班幹部和教師人數，嚴格控制學生請銷假。這幾天還收到個通知，說五六月分如果不能保障網站的安全，就把學院網站下的二級網站全都關掉，到六月中旬以後再開。

　　快到學期末了，為完成每學期聽課的任務，林平還去找李東菊想聽聽她的課，被李很客氣地謝絕了。只給了他份教案，說：「照著這個教案寫寫聽課記錄就可以了。」也是，天天那麼忙，哪有空去聽課。

　　林平在辦公室補聽課的記錄，薛青又一扭一扭地進來了，見他步態和平時不同，林平就開玩笑：「變成大姑娘了？」

　　薛青吸溜著熱茶，說：「甭提了，前幾天喝酒回去摔在馬路牙子上了，」他眼一乜斜，瞅見林平在抄記錄。嗤地笑了起來。

　　「你笑什麼？」

　　「李東菊不讓你去是不？前幾天我去聽她課了？」

　　「噢？」

　　「她給學生講，德先生和賽先生是五四運動的兩位發動者……」

　　「哈哈，你怎麼說？」林平知道這下李東菊露怯了，德先生是「Democracy」賽先生是「Science」，是五四運動

的主張。

「我能怎麼說？」薛青眉飛色舞：「要是當著學生的面提出來，那不得當場嗆嚓了我。我是課後給她說的。」

「她怎麼說？」

「別提有多好玩了，她臉漲成個茄子，先紅後紫。」

「你要小心。」林平覺得挺好笑，不過還是提醒薛青。

薛青大剌剌地說：「沒事，學術爭論，越辯越明嘛，」又擠擠眼：「一般的知識點，也就算了，這個實在是不能忍哇。」

回到家，在沙發上發呆的時候，螢幕一亮，收到一條小玲的短信。小玲說她已經到了新西蘭，剛找到住處，還沒開始學習生活。

「學院要求做學習強國，每天要夠四十分，我這裡暫時沒辦網路，林平你先幫我做兩天好嗎？我一辦好網路就自己開始做。」

林平覺得，讓出國學習的做這個並不合理，但他也知道這怪不著學院。市里年終會照這個排名給各單位劃分，分低的要通報批評。換誰當領導都會按著基層使勁做。

這幾天宣傳部也有要求，他在群裡也會一天一查，一天一通報。

　　有一天，小王說：「林科長，我不是黨員，就不用學了吧？」林平一本正經地對他說：「學習是進步的橋樑，發展的動力。不是黨員，也要考慮發展進步嘛，」他笑眯眯地說：「小王你看，咱宣傳部其實是黨口的部門，科員一般是黨員才夠格，下半年又要到了交申請書的時候，你要努力向組織靠攏哇。」

　　小王叫王大海，名字很大氣，人卻很精細。上次小李被推薦到祕書科，他就一直在觀察。毫無疑問，小李是靠林平推薦才過去的，林平和辦公室主任李忠是大學同學，這不是什麼祕密。

　　小王就有些不服氣，院報和學院新聞網，經常見自己寫的消息。長篇的通訊稿，自己也沒少寫。某天他私下裡就跟人說：「當時我去給領導當祕書，自己也夠格，」連帶著還小小地抱怨了一下林平。話雖這麼說，他心裡知道自己沒有正式編制，推薦過去當祕書，是不可能的，不過是找點心理上的補償。

　　如果有句話不想讓別人知道，那你就永遠不要說，不然早晚會傳到當事人耳朵裡。

　　林平在學院呆了二十年，小王的話很快就傳進了他耳朵裡。他就對這年輕人有了點看法：「不知道自己吃幾兩乾飯，沒數」。

可到了每年的編制考試時，還是要點撥他：抓住機會，好好準備。

小王一邊覺得林平不給機會，一邊在寫新聞之餘，抓緊時間玩手機鬥地主、跑得快。編制考試成績一出來，便抱怨題難，抱怨學院招收名額少。但口頭上還是要說：「這個編制，誰稀罕，我家三五套房子往外租著，光房租就比這破工資多。」

這幾年不比從前，黨員納新標準高了。入黨從前就是糊弄一下程式，隨便寫個申請就成。現在還有黨的知識培訓、有考試，小王跟著去培訓了一星期，中間倒曠了三四天的課，開車不知道去那裡耍了。這還不算什麼，宣傳部管培訓，週一峰和林平給他兜著。關鍵是考試，考試是組織人事處舉辦的，往年是處級幹部監考。都一個單位的，低頭不見抬頭見，誰也不會為難誰，自然大家大抄特抄。今年顧大春指示人事處臨時從黨校請了幾個老師當考官，誰也不認識，於是指望作弊的兄弟們，大眼瞪小眼。小王自然又沒考過，回來又是一通抱怨：「入黨事事那麼多，天天要學習，我才不幹。」

林平心裡都給他擬好了一副對聯。上聯：年年考試，年年考。下聯：天天抱怨，天天玩。橫批：天下奇才。

一個下午，薛青捧著杯翠綠的信陽毛尖，來找他，見

323

他辦公室其他人都出去採訪了，便和他閒聊。

「她後來還專門跟我理論了一次，可能是一口氣咽不下去。」薛青嘿嘿地樂：「李東菊說，上級專門有精神，講五四只講愛國進步運動，淡化民主、科學，所以我的處理方式是對的，給學生講了就錯了。她跟我說了這以後，把兩層下巴一揚，趾高氣昂就走了。」

林平放下手頭的材料，聽他說得有趣，便笑起來。笑了一半，忽然手機狂響。

他接起來一聽：「大江打人致傷，要密切注意線上線下輿論。」

薛青看他臉色陰晴不定，便旁敲側擊地問緣由。

林平想了想，這種事瞞不過學院內部的人。便把情況給他說了。

薛青想了想，拉他去看看。林平想，弟兄們一場，去看看也是理所當然。

到了保衛科，沒見到老黃，倒是看到幾個物業公司的保安，正在眉飛色舞地談論什麼。見了他們兩個，保安就恢復了正襟危坐的樣子。

林平過去打了個招呼，打聽了一下具體的經過。

大江從前給人當過媒人，這本是好事，媒人媒人，成不成酒兩瓶，就不就吃塊肉。可是後來，兩口子打架，經

324

常請他評理。他今天中午喝了半斤多酒，兩口又來找他評理。評來評去，大江發了怒，把他們罵走了。

他出門去洗車，新買的馬自達六。交給洗車行之後自己去外邊吸了根煙。回來一看，洗車的小夥正在開他的車。他帶著怒氣就上去打了一個耳光，說：「你也配開我的車？」小夥子比較瘦弱，一巴掌便倒在地上，耳膜穿孔加腦震盪。現在大江被拘留了，小夥子在醫院裡。

林平和薛青歎了會兒氣，去拘留所想看看他，被民警告知，只能律師探視，也沒看成。

過了兩天，學院都知道了，不過這事在酒桌閒談時提起來的多，網上倒沒有什麼動靜。

事情過去一個來月，大江賠了三萬塊錢，獲得受害者諒解，免於刑事處罰。他的保衛科副科長職務被免掉了。

老黃向來不管錢，保衛科的支出一直是大江管，他免職的時候也一併交了帳。審計科核查了一下費用，發現從前多報過聘請保安的人數，冒領過值班費用。問大江，大江坦然承認，說是晚上保安執勤，缺乏積極性，便多報了一些費用，用作激勵大家夜班執勤。

錢被勒令退回，紀委內部給了大江警告處分，貼在了辦公樓角落裡。大江自己免職後，回到政法系，擔任思政課教師，負責大一學生的思想教育。

　　過了些日子，西河銅業把參加詩歌比賽的作品都結成了集子，印了出來，前兩首正是詩人協會主席付榮的作品《啊，我別墅裡嬌豔的花朵》、《儒商頌》。林平把給自己的四冊恭恭敬敬地墊在洗衣機底下了，避免洗衣服震動的時候劃傷木地板。

　　五月二十五日，接到通知，六月不允許辦任何民間集會，詩歌節的事自然也沒被批准。顧大春躊躇半响，最後決定，讓專家遠端評選。專家選出一二三等獎，林平送給顧大春過目。

　　顧大春聽說市里新建立一項教育基金，正聯繫去市里化緣。看見獲獎的作品後，粗粗一翻，問林平：「什麼叫孔頌？」

　　林平一驚：「書記您看哪兒不妥？」

　　顧不滿地瞥了他一眼：「二等獎的這篇怎麼回事？」他的手指戳的正是一篇叫《木塑》的詩歌：「這是什麼話？」

　　林平看過它，是熙縣一個中學老師投過來的，語言很巧妙，主要表達的是孔子言論被誤讀的歷史。「通體閃爍著透明的光芒/雕刻成跪著的模樣。」他趕緊解釋：「這是專家評的……」

　　顧一揮手打斷了他的話：「那就是怎麼請的專家？沒有鑒別沒有篩選嗎？」他看了一眼林平，緩和了口氣，語重

心長地說：「不是歌頌，就是誹謗，沒有騎牆的中間立場。上級正在弘揚傳統文化，這個思想傾向，要是咱們學院的老師，就要讓宣傳部重點注意一下了。」

林平額頭已微微沁出汗水，趕忙接茬說：「那……改成三等獎？」

「還什麼三等獎？拿掉算了。」

林平趕緊記了下來。

……

「還有這個三等獎的《小舟》也有問題，什麼『乘桴浮於海』，現在正逢盛世，還有什麼『道不行』的事兒嗎？」

評出一二三等獎後，五月三十日，遠程頒獎，結成集子。

出版的時候遇到難題，出版社說版號緊張，收了書稿之後遲遲不給印刷。好在林平機靈，知道只交了錢是遠遠不夠的，就跟部長彙報，請了請出版社的總編。格蘭雲天大酒店的包間裡，總編吃飽喝足之後，很文雅地遮著嘴剔牙，聽著林平的訴苦，漫不經心地點點頭表示理解。他大手一揮，不顧上面還粘著牙縫裡剔出來的肉絲：「版號緊張，這個月，這個月一定能出來。」

六月初，學院邀請市委書記孔令華來學院觀摩指導。

　　孔書記見了《孔頌詩歌比賽獲獎作品集》，非常高興，大筆一揮「桃李春風　詩文錦繡」。學院黨委書記顧大春忙吩咐宣傳部，把字給了設計公司。

　　七天之後，一丈多高，三尺多寬的石碑就在龍澤湖邊立了起來。八個燙金的大楷在陽光下熠熠生輝。林平圍著碑轉轉，想著千萬別有什麼紕漏，手機上忽地蹦出條新聞，東北某省廳長寫了本《平安經》，在某知名出版社出版，還據此書作了曲，寫了詞，讓下級部門組織合唱。

　　碑的背面，四個大字：「盛世繁華」。

夢記：
拌著渾濁的油墨，吃下一條鱷魚，它的長嘴和爪子，像半缸草酸，灌下千瘡百孔的我。

網上評論：
安達黃帝：那個鹿芳，不尊重傳統文化，洋奴西狗。
cat 後廚：打仗該先讓大學文科生、文科教師上，剩一半就足夠了。要這些舞文弄墨的傢伙有什麼用？

國家圖書館出版品預行編目資料

信東學院大事記：宣傳工作背後的故事／曲丁
著. 一初版.－臺中市：白象文化，2020.12
　　　面；　公分
　ISBN 978-986-5559-17-5（平裝）

857.7　　　　　　　　　　　　　109014982

信東學院大事記：宣傳工作背後的故事

作　　　者　曲丁
校　　　對　曲丁
專案主編　黃麗穎
出版編印　吳適意、林榮威、林孟侃、陳逸儒、黃麗穎
設計創意　張禮南、何佳諠
經銷推廣　李莉吟、莊博亞、劉育姍、李如玉
經紀企劃　張輝潭、洪怡欣、徐錦淳、黃姿虹
營運管理　林金郎、曾千熏
發 行 人　張輝潭
出版發行　白象文化事業有限公司
　　　　　412台中市大里區科技路1號8樓之2（台中軟體園區）
　　　　　出版專線：（04）2496-5995　　傳真：（04）2496-9901
　　　　　401台中市東區和平街228巷44號（經銷部）
　　　　　購書專線：（04）2220-8589　　傳真：（04）2220-8505
印　　　刷　普羅文化股份有限公司
初版一刷　2020 年 12 月
定　　　價　200 元

白象文化　印書小舖　出版‧經銷‧宣傳‧設計
www.ElephantWhite.com.tw　PressStore　自費出版的領導者　購書 白象文化生活館